선생님과 춤 연습을 하다니,
뭔가 신기하네요.

알고는 있지만, 춤을 출 때 페어는 몸이 붙을 정도로 가깝다.
세리아는 가까이에서 리오의 얼굴을 쳐다보고 뺨을 붉혔다.

정령환상기

우와! 말도 안 돼! 대단해! 예쁘다!
즐거우시다니 다행이에요.

사츠키가 무심결에 탄성을 질렀다.
하지만 그 목소리가 아래 있는 성에 닿는 일은 없었다.

키타야마 유리
Yuri Kitayama
Illustrator◆Riv

9
월하의 용사

정령
환상기

커버 및 본문 일러스트_ Riv

CONTENTS

✤

정령의 마을

사라
은늑대 수인 소녀

오피아
하이엘프 소녀

아르마
엘더드워프 소녀

아르슬란
사자 수인 소년

벨라
은늑대 수인 소녀이며 사라의 동생

드뤼어스
정령의 마을에 사는 준고위 정령

벨트람 왕국

세리아 크렐
리오의 학원시절 은사인 백작 영애.
현재는 몸을 숨기며 리오와 함께 행동한다

라티파
노예였던 여우 수인 소녀이며 이세계 전생자
리오를 오빠라 부르고 좋아한다

가르아크 왕국

**리제롯테
크레티아**
공작 영애이자 리카 상회 회장

**로아나
폰테인**
플로라를 따르는
귀족 영애

**플로라
벨트람**
벨트람 왕국
제2왕녀

리오

이세계 전생자. 전생의 기억을
가진 소년. 현재는 미하루 일행의
안전을 최우선으로 행동하고 있다

아마카와 하루토

리오의 전생이자 일본 대학생
이었던 청년. 미하루와 소꿉친구
이며 아키와는 이부남매

아이시아

리오 안에 잠들어 있던 계약정령.
고위 정령인 듯하나, 본인의 기억은 모호

아야세 미하루

하루토의 소꿉친구이며 첫사랑인 소녀.
은인인 리오의 전생이
하루토라는 것은 모른다

사카타 히로아키

용사로 이세계
소환된 청년

센도 아키

하루토의 이부남매이며
마사토의 의붓누나

센도 마사토

밝고 솔직한
아키의 의붓동생

장소는 일본. 중고등학교 통합 학교인 고등학교. 이것은
아마카와 하루토가 아버지와 살던 시골을 떠나 예전에 살
았던 도시의 고등학교로 진학한 날의 일이다.

아침에 하루토는 입학식에 지각하지 않도록 여유롭게
등교했다. 고등학교에 도착해 반 편성 명부가 붙은 게시판
으로 향했다.

하루토는 게시판 앞에 서서 찬찬히 명부를 보았다. 제일
먼저 발견한 것은 자기 이름. 그 뒤에도 눈을 굴려 그 사람
의 이름이 없는지 확인했다.

찾는 사람의 이름은 아야세 미하루. 하루토의 소꿉친구
이자 옛날에 다시 만나자고 약속한 소녀의 이름이었다. 그
러나 미하루가 같은 고등학교에 다닌다는 확신은 없었다.

그래도 가능성은 있었다. 아버지의 의향으로 어머니와
동생에 관한 정보를 완전히 차단당한 하루토는 고등학교
에 진학하며 그 족쇄에서 풀려났다.

아버지가 이혼한 원인을 가르쳐줬고 어머니와 동생이
아직 이 도시에 살지도 모른다는 것, 미하루도 아직 이 도
시에 살지도 모른다는 이야기를 들었다.

어디에 진학했는지는 몰랐지만, 같은 도시에 산다면 같
은 고등학교에 입학할 가능성은 적지 않았다.

그 결과, 우연인지 필연인지 하루토는 다른 반 명부에서 아야세 미하루의 이름을 발견했다.

'찾았다……'

하루토는 가슴이 두근거리는 걸 느끼고 주먹을 꾹 쥐었다. 그리고 한동안 시간을 잊고 미하루의 이름을 보았다.

"얘, 자기 반 확인했으면 입학식장으로 가. 그러다 지각한다?"

그때, 듣기 좋은 소프라노 보이스로 하루토의 등에 말을 거는 소녀가 나타났다.

허리까지 오는 길고 고운 머리카락, 의젓하고 귀엽기도 한 외모에 늘씬한 몸매. 무심코 시선이 빨려 들어갈 정도의 미소녀였다.

주위에 있는 신입생들이 성별과 상관없이 선망의 눈길을 보냈다.

"아, 네. 죄송합니다."

하루토는 몸을 돌려 말을 건 소녀에게 살짝 고개를 숙였다.

"친구 이름이라도 찾고 있었어?"

소녀가 고개를 갸웃거리며 하루토에게 물었다.

"네. 그랬어요."

"그랬구나. 식장이 어딘지는 알지?"

"네, 괜찮아요. 그럼 실례하겠습니다."

하루토는 차분한 미소를 짓고 자리를 뜨려고 했다.

"아, 참! 얘!"

소녀가 하루토를 불러 세웠다.

"네?"

하루토는 소녀를 돌아보았다.

"나는 2학년 스메라기 사츠키야. 학생회 임원을 맡고 있어. 이것도 인연인데 네 이름을 물어도 될까?"

사츠키라고 이름을 밝힌 소녀가 싱긋 웃으며 자기소개를 하고 하루토의 이름을 물었다.

"아마카와 하루토예요. 잘 부탁드립니다, 스메라기 선배."

하루토는 밝게 웃으며 이름을 댔다.

"사츠키라고 불러. 다시 한번 입학 축하해, 하루토. 앞으로 2년 동안 잘 부탁해!"

사츠키라고 이름을 밝힌 소녀가 싱긋 웃으며 하루토의 입학을 축하했다.

정령환상기

【 제 1 장 】 ❋ 연회 전의 나날

　장소는 슈트랄 지방, 가르아크 왕국 왕도 가르투크 근교 암반지대.

　시각은 새벽. 미하루는 누구보다 빨리 일어나 평상복으로 갈아입고 밖에 세워둔 사다리를 타고 바위 집 옥상에 올라갔다.

　그리고 아직 해가 뜨지 않은 하늘을 홀로 멍하니 바라보았다.

　지구에서는 쉽게 볼 수 없는 대자연의 풍경이지만, 미하루의 얼굴은 멍했고 초점도 맞지 않았다. 어젯밤 일을 생각하고 있었다.

　늦은 밤, 미하루는 꿈을 꿨다. 소꿉친구인 아마카와 하루토의 인생을 그린 꿈으로, 원래는 미하루가 알 턱이 없는 시간대의 사건이었다.

　그리고 미하루가 꿈에서 깨니 아이시아가 있었다. 아이시아는 꿈을 잊고 싶은지 묻고 하루토와 함께 있고 싶은지 선택을 하게 했다.

　미하루는 하루토와 함께 있고 싶다고 했고 지금도 꿈 내용이 기억났다. 그러나 이해할 수 없는 점도 있었다.

　'정신이 드니 자고 있었고, 아침이 돼서…….'

　그렇다. 아이시아와 나눈 대화가 실제로 있었던 일인지

꿈속에서 있었던 일인지 확신할 수 없었다.

"……역시 꿈이었나? 으음, 하지만……."

미하루는 자신 없게 중얼거리고 고개를 저었다.

'나는 분명히 눈을 뜨고 아이와 대화를 나눴어.'

오히려 기억이 선명해서 꿈같지 않았다. 그리고 또 신경 쓰이는 점도 있었다.

'아이가 깨기 전의 꿈을 보여준 거고 역시 하루토 씨가, 하루……인 거지?'

그때는 당연히 하루토가 아마카와 하루토라는 전제로 대화했는데 생각해보니 그 점을 확실하게 확인하지 않았다.

그리고 미하루는 아직 고등학교 1학년인데 하루토는 대학생일 때 죽었고 지금은 이렇게 이 세계에 나고 자랐다. 이렇게 어긋난 시간대도 신경 쓰였다.

'……그래. 아이가 일어나면 다시 이야기해보자.'

미하루는 크게 심호흡하고 그러기로 했다. 그러나 바위 집 사람들은 아이시아를 포함해 아직 아무도 일어나지 않았다.

그래서 한동안 이러고 기다려야 했다. 미하루는 무릎을 안고 앉아 동이 트는 하늘을 멍하니 바라보았다.

마음이 들떠 다시 잠들고 싶지 않았다. 그렇다고 무언가를 할 기분도 아니었다. 눈 앞에 펼쳐진 대자연도 전혀 인상적이지 않았다. 가만히 있으니 여러 생각이 머릿속에 떠올랐지만, 머리 회전이 느렸다.

미하루는 그렇게 멍한 상태로 바위 집 지붕에 앉아있었다. 대체 얼마나 시간이 흘렀을까. 잠시 뒤.

"……씨?"

지붕 아래에서 목소리가 들렸다. 그러나 미하루는 생각에 몰두한 나머지 누가 왔는지 알아차리지 못했다.

"미하루 씨? 미하루 씨?"

이번에는 더 크게 미하루의 이름을 반복해서 불렀다.

"……응? 앗, 하루토 씨?!"

미하루는 누가 말을 거는 것을 깨닫고 서둘러 일어나 아래를 보았다. 그곳에는 검을 든 리오가 있었다.

"이른 아침부터 뭐 하세요? 그런 데서?"

리오가 눈을 동그랗게 뜨고 지붕 위에 선 미하루를 신기하게 쳐다보았다. 그러자 바람이 불어 미하루의 긴 머리카락이 물결쳤다.

"아, 그게, 일찍 일어나서 잠 좀 깨려고요."

미하루가 얼른 이유를 꾸며냈다.

"……춥지 않으세요?"

리오가 걱정스럽게 미하루를 바라보았다.

"네, 괜찮아요."

미하루가 조금 긴장한 음색으로 대답했다. 다시 바람이 불었다. 이번에는 아까보다 조금 강해서 미하루의 긴 치마가 훌렁 펄럭였다.

"앗……."

리오는 서둘러 시선을 피했다. 얼굴이 살짝 홍조를 띠었다. 보고 말았다. 미하루가 치마 아래 입은 흰 속옷을…….

"으아, 아……."

미하루는 반사적으로 치마를 잡아 눌렀지만, 리오의 반응을 보니 보인 게 틀림없었다. 미하루의 얼굴도 순식간에 붉어지기 시작했다.

"죄, 죄송합니다!"

리오가 황급히 사과했다.

"아, 아, 아뇨. 저, 저야말로, 이런 모습을, 보여서, 으으……!"

미하루가 한층 얼굴을 붉히고 민망해하며 고개를 가로저었다. 어쩔 줄을 모르겠는지 급히 뒷걸음질 쳤다. 그러나 바위 집 지붕은 발 둘 곳이 마땅치 않았다. 미하루는 울퉁불퉁한 지붕에 발이 걸려 넘어질 뻔했다.

"위험해!"

리오는 균형을 잃은 미하루를 보자마자 순식간에 몸을 강화해 지붕 위로 도약했다. 그리고 미하루를 안아 들듯이 살짝 부축했다.

"아……."

미하루는 넘어질 뻔하며 눈을 감았다가 리오가 안아서 부축해주자 움찔하며 눈을 떴다.

"괜찮으세요?"

리오가 물으며 가까이서 미하루의 얼굴을 들여다보았다.

"······네, 네."

미하루는 리오의 얼굴을 마주 보며 조심스럽게 고개를 위아래로 흔들었다.

"다행이다······."

리오는 안도의 한숨을 내쉬었다.

"고마, 워요."

미하루는 리오의 품속에서 몸을 살짝 움츠리고 감사를 표했다.

"아뇨."

리오는 본연의 미소를 지어 보이며 고개를 좌우로 저었다.

"······."

미하루는 가만히 리오의 얼굴을 보았다.

"······왜 그러세요?"

리오가 이상해하며 고개를 갸웃거렸다.

"네? 아, 아뇨, 저기, 그게······!"

미하루는 퍼뜩 정신을 차리고 다시 얼굴이 새빨개져서는 뭐라 말하려고 했다.

"아, 죄송해요. 계속 붙어있었네요."

리오는 미하루가 부끄러워하는 줄 알고 얼른 거리를 뒀다.

"아······."

미하루는 정신이 드니 손을 들어 리오의 옷을 잡았다.

"미하루 씨?"

리오는 당황해서 미하루의 의도를 확인하려고 했다.

"아, 저기, 하루토 씨, 지금부터 검 훈련해요?"

미하루가 황급히 하루토의 옷을 놓고 상관없는 질문을 꺼냈다.

"네. 일과라서."

리오는 고개를 끄덕이고 손에 든 검을 들어 보였다.

"……봐도 될까요?"

미하루가 눈 딱 감고 물었다.

"물론, 괜찮은데요……."

"그러면 여기 앉아있을게요."

리오가 미하루의 안색을 살피며 고개를 끄덕이자 미하루는 다시 그 자리에 무릎을 안고 앉았다.

"그럼, 자요. 아침에는 조금 추우니까요."

리오는 갖고 있던 수건을 모포 대신 미하루에게 건넸다.

"……고, 고마워요."

미하루가 조금 상기된 목소리로 말하며 허둥지둥 수건을 받았다.

"그럼 내려갈게요."

리오는 그 말을 남기고 지면으로 뛰어내려 홀로 검 훈련을 시작했다.

"따뜻해……."

미하루는 리오에게 빌린 수건을 두르고 천 너머로 리오의 체온을 느끼며 꼭 끌어당겼다. 두근두근, 심장 박동이 빨라지는 게 느껴졌다.

이렇게 가까이 있었다. 이렇게 멀리 있었다.

리오가 하루토인지 반신반의했다. 그러나 미하루는 저기서 검을 휘두르는 리오가 하루토의 환생이라고 강하게 의식하며 리오를 응시했다.

그러자 가슴의 두근거림이 진정되기는커녕 더 빨라졌다.

'어, 어라? 어, 어떡하지……'

미하루는 달아오르는 몸과 두근거림을 느끼고 익숙하지 않은 현상에 초조해하기 시작했다. 예리한 표정으로 검을 휘두르는 리오를 응시하고 있으니 괜히 수습이 안 되는 것 같았다.

그러나 미하루는 일종의 흥분 상태인 자기 마음을 진정하려고 심호흡을 반복하며 가만히 웅크리고만 있을 뿐, 그 뒤에도 리오를 뚫어져라 보았다.

잠시 뒤, 조금 익숙해졌는지 여러 생각을 할 여유가 생겼다. 제일 먼저 생각한 것은 역시 리오였다.

'……하루는 이 세계에서 뭘 하려는 거야?'

아이시아가 리오는 이제 돌이킬 수 없다고 했다. 그래서 자신의 삶에 소중한 사람이 휘말리지 않게 하려고 한다는 말도…….

대체 이 세계에서 리오에게 무슨 일이 일어나고 있는 걸까. 이번에는 괴로워져서 미하루는 리오를 안타깝게 바라보았다.

"미하루 씨?"

그때, 리오가 검 훈련을 마치고 바위 집 지붕으로 돌아왔다.

"어라, 훈련 그만해도 되나요?"

미하루가 눈을 깜빡이며 물었다.

"네, 해야 하는 건 다 했거든요."

리오가 고개를 끄덕이고 의아해하며 미하루를 보았다. 훈련할 때부터 미하루의 상태가 조금 차분하지 않았다.

"그렇군요……."

미하루는 어색하게 고개를 끄덕였다. 미하루가 모르는 사이에 시간이 꽤 지난 모양이었다.

"다른 사람들은 아직 자는 모양이고 저는 안으로 들어갈 건데 미하루 씨는 어떡하시겠어요?"

"저는 잠시만 더, 이곳에."

"그래요……? 그럼 이만."

두 사람 사이에 미묘한 침묵이 내려앉자 리오는 지붕을 내려가려고 했다.

"저, 저기, 괜찮다면 잠깐 이야기할 수 있을까요?"

미하루가 황급히 리오를 불러 세웠다.

정신이 드니 생각보다 말이 앞섰다.

"……네. 그럼 옆에 잠깐 실례하겠습니다."

리오는 조금 당황하면서도 미하루 옆에 앉았다.

"……."

미하루는 곁눈질로 리오의 얼굴을 살피고 긴장해서 몸을

움츠렸다. 그러자 리오가 눈치 있게 미하루에게 물었다.

"할 말이 있나요?"

"아, 네, 그게……."

미하루는 자기가 이야기하자고 불렀지만, 무슨 이야기를 할지 정해놓은 것이 없어서 당황하고 말았다.

리오는 이상하게 여기며 고개를 갸웃거리면서도 미하루의 말을 기다렸다. 미하루는 화제를 찾으려고 열심히 머리를 굴렸다.

잠시 뒤, 어떤 화제가 떠오르자 미하루는 조심스럽게 입을 열었다.

"저, 저기, 어제, 다 같이 씻을 때 세리아 씨와 이야기를 나누었는데, 하루토 씨의 옛날이야기가 나와서……."

"……아, 씻고 나온 뒤에 선생님께 들었어요. 고아라는 걸 숨길 생각은 없었어요. 분위기가 이상해지진 않았나요?"

리오가 살짝 켕기는 미소를 지으며 이해하고 미하루에게 물었다.

"아, 아뇨, 그러지 않았어요! 다들 하루토 씨 이야기를 듣고 싶었는지 진지하게 귀를 기울였어요."

"그랬군요……."

미하루가 서둘러 말하자 리오가 조금 수줍게 웃었다.

"저도, 저도 듣고 싶었어요. 하루토 씨의 옛날이야기. 우리와 만나기 전에 어떻게 자랐는지. 괜찮다면 좀 더 자세히 들을 수 있을까요?"

미하루는 용기를 내서 리오에게 물었다. 지금까지는 배려 차원에서 리오의 과거를 건드리지 않았지만, 지금은 리오와 더 가까워지고 싶었다.

"그렇게 재미있는 이야기는 아닌데요."

리오는 난처한 얼굴로 어깨를 으쓱했다. 언젠가 물을지도 모른다고 생각한 질문이라서 놀라지는 않았다.

"아니에요. 물론 하루토 씨가 싫다면 억지 부리지 않겠지만, 이야기해주실 수 없을까요?"

평소 같으면 물러났겠지만, 오늘의 미하루는 물러나지 않았다.

"······알겠습니다. 그럼 고아가 되기 전부터 할게요. 다섯 살이 되기 전에 저는 어머니와 둘이서 살았어요. 아버지는 어머니가 저를 낳자마자 곧 돌아가셨다고 해요."

리오는 각오를 다졌는지 천천히 고개를 끄덕였다. 그리고 자신의 옛날이야기를 하기 시작했다.

"네."

리오의 과거가 갑자기 무거운 내용부터 시작됐지만, 미하루는 조용히 고개를 끄덕였다.

"고아가 된 것은 다섯 살 때의 일이에요. 어머니가 돌아가시고 부모님이 이민자라서 친척은 없었습니다. 저는 혼자가 됐고 슬럼가밖에 있을 곳이 없어서······ 일곱 살이 될 때까지 2년 동안 고아로 살았습니다."

"······."

미하루는 할 말을 찾지 못하고 입술을 깨물었다.

"그랬던 제게 전환기가 온 것은 일곱 살에 기억을 되찾았을 때일까요? 열이 심하게 나서 죽을 뻔했는데 정신이 드니 열이 가라앉고 전생이 기억나더군요. 지금 돌아보면 아마 아이시아가 구해준 게 아닐까 싶네요. 뭐, 본인은 기억나지 않는다고 하지만요."

리오가 조금 즐겁게 웃었다. 한편, 미하루는 견디기 힘든 표정을 지었다.

"기억을 되찾은 지 얼마 안 돼서 벨트람 왕국의 분쟁에 휘말렸고 그것을 계기로 벨트람 왕국 왕립학원에 들어가게 됐어요. 거기서 세리아 선생님과 친해지고, 열두 살 때 누명을 뒤집어써서 부모님의 고향이 있는 야구모 지방으로 갔습니다. 그사이에 라티파를 만나 마을에 가기도 했네요."

리오는 거기까지 간추려서 이야기하고 "뭐 궁금한 거 있으세요?"라며 미하루에게 확인했다.

"저기, 하루토 씨의 어머니는 어떤 분이셨어요?"

"……강하고, 다정하고, 따뜻한 분이셨어요. 아버지가 돌아가시고 홀로 저를 소중히 키워주셨습니다. 죽는 순간까지 저를 걱정하셨죠……."

리오의 표정이 조금 쓸쓸해졌다.

"병을, 앓으셨나요?"

"아뇨, 살해당하셨어요. 이 세계는 치안이 그다지 좋지 않아서."

리오는 애써 밝게 웃으며 아무렇지 않게 말했다.

"아, 세상에……."

미하루는 몹시 슬퍼하며 얼굴을 일그러뜨렸다.

"그런 표정 짓지 마세요."

리오는 씁쓸하게 웃으며 미하루에게 말했다.

"하지만……."

미하루는 견디지 못하고 눈물을 글썽였다.

"……저는 이미 마음 정리가 끝났어요. 그러니 괜찮습니다."

리오는 단호하게 미하루에게 고했다.

'그럴 리 없어.'

그러나 미하루는 마음속으로 몹시 슬퍼하며 생각했다. 그러나 리오가 너무나 단호한 표정을 지어서 아무 말도 할 수 없었다.

철도 들지 않은 어린아이가 다섯 살에 어머니를 잃고 일곱 살이 되기까지 슬럼가에서 고아로 살았다. 괜찮을 리 없었다.

"힘들었겠어요. 어머니가 돌아가시고, 집도 없이 홀로……."

미하루는 간신히 입을 움직였다.

부모도 집도 없이 다섯 살 어린아이가 대체 어떻게 살았을까. 평온하게 나고 자란 미하루는 상상조차 할 수 없었다.

"힘들었죠. 고아였을 때는 살기 위해 뭐든지 했어요. 뭐든지 하지 않으면 살 수 없었고 그래도 살기 힘들었어요. 다행히 저는 슬럼가의 깡패에게 빌붙어서 이용가치가 있는 동안 최소한의 것은 취했지만요."

리오가 자조하며 말했다.

"⋯⋯."

말 그대로 사는 세계가 완전히 달랐다.

미하루는 또다시 말을 잃었다.

"음~ 좋은 아침!"

바위 집 현관을 열고 사라, 아르마, 라티파와 아이시아가 나타났다.

"앗, 역시 오빠 밖에 있었네! 안녕!"

라티파가 붙임성 있게 웃으며 천진난만한 눈빛으로 리오를 금방 발견했다.

"안녕, 라티파. 여러분도 안녕하세요."

리오는 웃으며 라티파에게 대답했다.

"안녕하세요, 리오 씨."

"미하루 언니도 같이 있었군요. 안녕하세요."

사라와 아르마가 아침 인사를 하고 별일이라는 듯이 미하루를 보았다.

"응. 안녕, 얘들아."

미하루가 억지로 웃으며 대답했다. 눈에 살짝 눈물이 고였지만, 자연스럽게 훔쳤다.

"⋯⋯."

아이시아는 지면에서 미하루를 말없이 쳐다보았다.

"안녕, 아이."

미하루는 아이시아가 자기를 보는 것을 깨닫고 아이시아에게 말을 걸었다.

"미하루, 안녕."

아이시아가 차분하게 대답했다.

"아, 미하루 언니가 오빠의 수건을 두르고 있어! 좋겠다!"

라티파가 미하루가 두른 수건이 리오의 것임을 재빠르게 알아챘다.

"아침에는 추우니까 미하루 씨에게 빌려줬어. 준비운동으로 몸을 풀고 항상 하던 대로 대련할까?"

리오가 쓴웃음 지으며 말하고 지붕에서 뛰어내려 그들에게 다가갔다.

"네, 꼭이요!"

사라가 제일 먼저 힘차게 고개를 끄덕였다. 리오, 라티파, 사라, 아르마, 마사토는 무술을 즐기는 사람끼리 대련하는 것이 아침 일과였다.

일어나는 시간은 제각각이지만, 대체로 마사토가 제일 늦게 나왔다.

"……"

미하루는 갑자기 떠들썩해진 현관 쪽을 웃으며 내려다보았다. 그러자 지면으로 내려간 리오 대신 아이시아가 지붕으로 날아올라 왔다.

"미하루, 어제 잘 잤어?"

"……아이. 어제 있었던 일, 꿈이 아니지? 하루토 씨가 하루인 거지?"

미하루가 안절부절못하며 매달리듯이 아이시아에게 물었다.

"응."

아이시아는 고개를 끄덕였다.

"……."

역시 꿈이 아니었다며 미하루는 놀라서 숨을 삼켰다.

"어제 내가 한 말 기억해?"

아이시아가 물었다.

"……응. 머지않은 날에 하루가 사실을 밝히고 우리에게서 멀어진다며……."

미하루가 조심스럽게 대답했다.

"맞아. 그러니까 미하루는 그때 도망치면 안 돼."

"그때까지 어떻게 해야 해?"

억양 없는 목소리로 고한 아이시아에게 미하루가 당황해서 물었다.

"되도록 하루토 곁에 있고 무서워하지 마. 다정하게 대해줘. 하루토 곁에 있고 싶다고 분명하게 전해. 하루토는 다정하고 몹시 겁이 많은 사람이니까."

말하는 아이시아의 목소리는 여전히 평탄했지만, 무척 다정하게 들렸다. 하루토를 잘 알고 하루토를 진정으로 생각하는 것이 잘 전해졌다.

'아, 나는, 나는 아직 아무것도 모르는구나. 하루를, 하

루토 씨를⋯⋯.'

미하루는 자신이 한심해서 괜히 기운이 없어져 얼굴에 그늘을 드리웠다.

그러나 아직 늦지 않았다.

"⋯⋯응!"

미하루는 아래에서 다른 사람들과 이야기를 나누는 리오를 내려다보며 힘차게 고개를 끄덕였다.

◇ ◇ ◇

그 후, 리오는 사라 일행과 일과인 대련을 했고 아침 먹을 시간이 되었다.

"연회에 참가하려면 리오와 미하루가 입을 정장이 필요할 거야."

세리아가 식사 중에 제안했다. 그래서 다시 아망드로 가리카 상회에서 물건을 사게 되었다.

사라, 오피아, 아르마는 인간족의 영역에 방문하는 것 자체가 처음이고 라티파도 몇 년 만에 오는 것이었다. 미하루, 아키, 마사토도 외출이 아직 익숙하지 않으니 외출할 멤버를 엄선해야 했다.

그 결과, 연회에 출석하는 리오와 미하루는 당연히 가고, 연회 출석에 익숙한 세리아와 경호원으로 아이시아가 동행하기로 했다. 라티파, 사라, 오피아, 아르마, 아키, 마사토는 바위 집에서 대기다.

라티파는 같이 가고 싶은 모양이었으나 슈트랄 지방에 데려가는 대신, 억지 부르지 않기로 약속해서 그런지 조르지는 않았다.

그들은 오전에 바위 집에서 출발해 아망드에 도착했다. 곧장 리카 상회 점포로 향했다.

"후후."

미하루를 도와주러 온 것이긴 하지만, 오랜만의 쇼핑이 즐거운지 앞장선 세리아는 기분이 좋았다. 그 뒷모습이 귀여워서 리오와 미하루도 피식 웃었다.

몇 분 뒤, 리카 상회 건물 앞에 도착했다.

"일단 미하루 씨의 드레스부터 고를까요?"

리오의 말에 먼저 미하루의 드레스부터 고르기로 했다.

"……죄송해요. 저 때문에 괜한 돈을…….."

미하루가 미안해하며 고개를 숙였다. 당연히 연회에는 알맞은 옷차림이 있는데 미하루는 오늘 아침 세리아에게 드레스를 사자는 이야기를 들을 때까지 까맣게 잊고 있었다.

귀족의 교제에 끼려면 무엇을 하든 돈이 필요했다. 또다시 리오에게 부담을 줬다고 생각하니 미하루는 미안해 죽을 것 같았다.

"필요한 지출이니까 신경 쓰지 마세요. 저도 정장을 사야 하고요."

리오가 웃으며 고개를 가로저었다.

"자, 미하루. 하루토에게 드레스 입은 멋진 모습을 보여주자."

세리아가 웃으며 미하루의 등을 떠밀어 가게로 들어가자 재촉했다.

"……네."

미하루는 아직도 조금 미안해하며 고개를 끄덕이고 천천히 발을 움직였다. 리오와 아이시아도 뒤따라 가게 안으로 발을 옮겼다.

"어서 오십시오."

가게로 들어가자 점원들이 조용히 일행을 맞이했다. 이가게에 여러 번 들렀지만, 리카 상회의 고급스러운 브랜드 숍인 만큼 가게 안에는 부드러운 분위기가 감돌았다. 가게 여기저기에 옷차림이 좋은 손님들이 옷을 보고 있었다.

"자, 골라보자. 드레스가 3층에 있던가? 우선 사이즈부터 재야겠네."

세리아가 익숙하게 3층으로 향했다.

그들은 드레스 코너로 이동해 일단 이런 가게에 익숙한 세리아가 점원과 대화하고 미하루는 사이즈를 재기로 했다.

미하루와 세리아는 둘이서 치수측정실로 갔다. 리오와 아이시아는 층 한쪽에서 대기했다.

"이제 측정하겠습니다. 탈의해주시겠습니까?"

"네."

미하루는 치수측정실로 들어가 점원의 지시에 따라 옷

을 벗었다.

"……미하루, 정말 몸매 좋다."

세리아가 속옷 차림의 미하루를 옆에서 보고 넋이 나가 한숨을 내쉬었다.

"정말 아름답네요."

치수를 재는 점원도 생긋 웃으며 미하루를 칭찬했다.

"아하하, 고마워요."

미하루가 부끄러워하며 양손으로 가슴을 가렸다. 그런 대화를 나누는 와중에도 미하루의 쓰리사이즈는 능수능란하게 측정됐다.

그 후, 측정실에서 나오자 드디어 드레스를 고르는 시간이 됐다. 우선 둘이 층을 빙 돌며 눈에 들어오는 것을 골랐다.

괜찮아 보이는 드레스를 고르면 미하루가 시착실로 가서 점원의 도움을 받아 다양한 드레스를 입어보았다.

갈아입을 때마다 시착실을 가리던 천이 열리고 드레스를 입은 미하루가 나타났다.

"흠흠, 이것도 잘 어울려. 그럼 이번에는 이걸 입어봐."

세리가 열심히 드레스 고르기를 즐기며 다양한 드레스를 미하루에게 건넸다.

"……."

리오는 각양각색의 드레스로 갈아입는 미하루를 조금 떨어진 곳에서 물끄러미 바라보았다.

"미하루, 예뻐?"

아이시아가 갑자기 옆에 서 있는 리오에게 물었다.

"⋯⋯응, 그러네."

리오는 아이시아를 힐끗 보고 쑥스럽게 웃으며 대답했다.

"미하루에게 말하면 기뻐할 거야."

아이시아가 말했다.

"그럴, 까?"

리오는 고개를 갸웃거리며 조금 의외라는 듯이 아이시아를 보았다.

"응."

아이시아가 고개를 끄덕였다.

"하루토, 아이시아. 너희는 어떤 드레스가 제일 잘 어울리는 것 같아?"

두 사람이 대화를 나누는데 세리아가 돌아보며 물었다.

"⋯⋯미하루 씨는 색이 차분한 드레스가 어울리는 것 같아요."

리오가 대답했다.

"나도 그렇게 생각해."

아이시아도 리오의 의견에 동의했다.

"아, 역시? 나도 그렇게 생각했어! 그럼 이번에는 이 드레스를 입어볼래? 아직 입을 게 많으니까 팍팍 입어보자!"

세리아가 해맑게 웃으며 새 드레스를 미하루에게 권했다.

미하루의 드레스를 많은 시간을 들여 고르고 이번에는 리오의 정장을 골라야 했다. 리오의 정장은 세리아와 함께 미하루도 의욕을 보였고, 리오는 두 사람의 옷 갈아입히기 인형이 돼서 무사히 연회에 입을 옷을 장만했다.

그들은 해 질 무렵에 아망드를 떠났다. 리오가 세리아를, 아이시아가 미하루를 바람의 정령술로 옮기며 아망드에서 바위 집으로 이동했다.

"어떻게 완전히 해가 지기 전에는 돌아왔네요."

리오가 바위 집을 설치한 암반지대 부근까지 오자 안도의 한숨을 내쉬었다.

"아하하, 미안해. 옷 고르기에 푹 빠져버렸지 뭐야."

세리아가 미안하다며 사과했다.

"저도요. 미안해요, 신이 나는 바람에…….''

미하루도 민망해하며 사과했다.

"아뇨, 덕분에 좋은 걸 샀는걸요."

리오가 밝게 웃으며 고개를 저었다.

그런 대화를 나누는 사이, 바위 집 상공까지 왔다.

"……마사토가 집 밖에서 수련 중이야."

아이시아가 아래를 보고 말했다.

"정말이네. 다른 사람은 저녁 짓고 있나? 다녀왔어, 마사토!"

미하루가 달리 집 밖에 있는 사람은 없는 것을 확인하고 조금 크게 마사토에게 귀환 인사를 던졌다.

"앗, 누나, 형, 드디어 왔구나. 기다리다 죽는 줄 알았어."

마사토는 때마침 땅에 내려선 리오 일행을 보고 어깨를 으쓱했다.

"우리를 기다린 거야?"

리오가 물었다.

"아~ 아니, 뭐, 그래. 일단 안으로 들어가자."

마사토가 머리를 긁적이고 조금 모호하게 말하며 현관으로 걸어갔다.

무슨 일 있었나? 일행은 잠깐 얼굴을 마주 보고 일단 마사토를 뒤따랐다.

"형, 누나들 왔어!"

마사토가 현관을 열고 집안을 향해 크게 외쳤다.

"정말?! 그럼 미하루 언니랑 아이시아 언니, 세리아 씨는 손 씻고 셋이 같이 내 방으로 와! 오빠는 거실에서 기다려!"

곧장 라티파의 목소리가 들렸다.

아무래도 무슨 일이 일어날 모양이었다.

"후후, 무슨 일이지? 가자."

세리아가 즐겁게 웃고 세면대에서 손을 씻고 라티파의 방으로 갔다. 미하루와 아이시아도 뒤를 따랐다.

리오는 마사토와 둘이서 거실에서 대기했다.

"무슨 일 있었어?"

리오가 세 사람 다음으로 손을 씻고 마사토에게 물었다.

"어~ 곧 알게 될 거야. 나는 땀을 흘려서 좀 씻을게. 그럼!"

마사토가 말을 남기고 후다닥 욕실로 갔다. 뭔지 눈치라도 챘나? 입가에 씨익 미소가 그려져 있었다.

리오는 홀로 차를 준비하고 거실에서 그들을 기다렸다. 그러자 10분도 지나지 않아서 그녀들이 줄줄이 나타났다.

"기다렸지? 오빠! 짜잔!"

라티파가 제일 먼저 거실에 나타나 빙그르르 턴을 돌며 교복을 입은 자신을 리오에게 뽐냈다. 함께 있는 아이시아, 세리아, 사라, 오피아, 아르마, 미하루, 아키도 같은 교복을 입었다. 방긋방긋 웃는 라티파와 오피아나 평소와 다름없는 아이시아와는 반대로 다른 사람들은 부끄러워했다.

"……깜짝 놀랐어."

리오가 휘둥그레진 눈으로 교복을 입은 그들을 바라보았다.

"에헤헤, 어때? 오빠."

라티파가 수줍게 리오의 감상을 물었다.

"정말 잘 어울려."

리오가 솔직한 감상을 말했다.

"신난다! 미하루 언니의 교복을 참고해서 다 같이 만들었어!"

라티파가 티 없는 미소를 지으며 기뻐하고 리오에게 설명했다.

"정말 미하루 씨가 이 세계에 왔을 때 입은 교복이랑 조금 비슷하네요. 그건 그렇고 선생님과 아이시아 것까지 있을 줄은……."

리오는 다시 미하루를 보고 교복을 입은 세리아와 아이시아를 보았다.

"이, 입으란 대로 입어봤는데……."

세리아가 낯선 교복을 입고 부끄러운지 꾸물거리며 뺨을 붉혔다.

"어울려?"

아이시아가 고개를 갸웃거렸다.

"응. 둘 다 정말 잘 어울려."

리오는 조금 부끄러워하며 두 사람을 칭찬했다.

"후후, 두 사람 거는 마을에서 슈트랄 지방으로 오는 동안 만들었어요. 그래도 사이즈를 정확하게 재지 않아서 아이시아 님은 미하루와 같은 사이즈로 만들고 세리아 씨는 리오 씨에게 들은 인상을 참고해서 라티파보다 조금 크게 만들었지만요."

오피아가 조금 뿌듯한 얼굴로 아이시아와 세리아의 교복을 만든 경위를 말했다.

'그러고 보니 선생님의 키와 체형을 물어본 적이 있었지.'

"그랬군요……. 오피아 씨, 사라, 씨, 아르마 씨, 다들 잘 어울려요. 미하루 씨와 아키도."

다른 일행도 칭찬했다.

"감사합니다!"

리오가 감탄하며 이해하자 오피아가 기뻐했다.

다른 사람들도 부끄러워하긴 했지만, 기뻐 보였다.

"오빠한테 보여주려고 만든 보람이 있네!"

라티파가 방긋방긋 웃으며 그들에게 말했다.

"그러네, 미하루." "……응."

오피아가 밝게 웃으며 긍정했고 미하루도 수줍어하며 고개를 끄덕였다.

"설마 그러려고 만든 거야?"

리오가 자기에게 보여주려고 만들었다는 말을 듣고 살짝 당황했다.

"응, 오빠를 놀라게 해주고 싶어!"

라티파가 뻔뻔스럽게 고개를 끄덕였다.

"……그랬구나. 엄청 놀랐어, 고마워. 여러분도요."

리오가 미소 짓고 일행을 둘러보며 수줍게 감사를 표했다.

"아뇨, 다 함께 같은 옷을 입는 시도는 즐거울 것 같았습니다."

"익숙하지 않은 옷이라 뭔가 부끄럽네요."

사라와 아르마가 뺨을 붉히고 교복을 입은 그들의 모습을 새삼스레 바라보았다.

"마을에는 교복이라는 문화가 없으니까요."

리오가 말했다.

"와, 그렇구나. 나는 왕립학원 다닐 때 교복을 입었고 리오도 학원에 있을 때는 교복을 입었지."

세리아가 흥미로워하며 말했다.

"선생님이 학원 교복 입은 모습은 좀 보고 싶네요."

리오가 짓궂게 웃으며 세리아를 보았다.

"돼, 됐어. 창피하니까. 지금도 입고 있으니까 이거면 됐잖아?"

세리아가 창피해하며 휙 고개를 돌렸다.

"나 오빠가 교복 입은 모습 보고 싶어! 멋있었겠지?"

라티파가 리오가 교복을 입은 모습을 상상했는지 에헤헤, 하며 활짝 웃었다.

"그럼 리오의 교복도 만들면 되지 않을까?"

세리아가 떠오른 생각을 말했다.

"아, 그거 좋네요! 미하루 언니랑 오피아 언니는 어때?"

라티파가 의욕을 내며 미하루와 오피아를 보았다.

"후후, 재미있겠다. 그럼 먼저 치수부터 재야지. 마사토와 세트로 만들어야지."

"치수는 정장 고를 때 들었어."

오피아와 미하루도 관심을 보였다.

"아니, 제 거는 딱히……."

리오는 부끄러워서 가볍게 사양했지만, 이 분위기라면 그리 머지않아 제작에 착수할 듯했다.

'리오가 또래 아이들과 친해져서 다행이야.'

한편, 세리아는 그런 리오를 기쁘게 바라보았다. 학원시절을 아는 만큼 자신을 이해하는 사람들에게 둘러싸인 것이 자기 일처럼 기뻤다.

마사토를 제외하면 전원 귀여운 여자애들뿐이라 사랑하는 소녀로서는 조금 복잡했지만…….

"오빠랑 마사토 교복도 조만간 꼭 만들기로 하고, 우리가 교복 입은 모습을 보여줬으니까 이번에는 둘이 정장 입은 것도 보고 싶어! 보여줘, 보여줘!"

라티파가 리오와 미하루에게 정장을 보여 달라고 졸랐다. 어쩌면 이 타이밍에 리오에게 교복 입은 모습을 보여준 것은 아망드에서 드레스 입은 모습을 보여줬을 미하루에게 뒤지지 않으려는 생각 때문인지도 모르겠다.

"입어볼까요? 미하루 씨."

리오가 키득 웃고 미하루를 떠봤다.

"……네."

미하루는 수줍게 웃고 살짝 고개를 위아래로 끄덕였다. 약 20분 뒤, 리오와 미하루는 정장을 입고 거실로 나왔다.

"오오!"

막 씻고 나온 마사토가 감탄을 내질렀다.

"오빠, 굉장해! 멋있어! 미하루 언니도 엄청 예뻐!"

라티파도 요란스럽게 리오와 미하루를 칭찬했다.

"정말 무척 아름답습니다, 미하루. 그리고 리오 씨도 멋집니다."

사라도 미하루를 칭찬하고 이어서 부끄러워하며 리오를

칭찬했다.

"마을에는 없는 디자인인데, 이런 정장도 있구나." "리오 씨는 늘씬해 보이고 미하루 언니의 예쁜 몸매도 눈에 띄네요."

오피아와 아르마도 흥미롭게 리오와 미하루를 보았다.

"감사합니다."

리오가 낯간지러워하며 감사했다.

"아하하, 그렇게 보니까 좀 부끄럽다. 어때? 아키."

미하루가 뺨을 붉히며 일행에게서 시선을 돌렸다가 마침 그곳에 있던 아키에게 감상을 물었다.

"……응, 엄청 예뻐!"

아키는 넋이 나간 얼굴로 미하루를 바라보다가 미하루의 질문에 퍼뜩 정신을 차리고 힘차게 고개를 끄덕였다.

"후후, 고마워."

미하루가 기뻐하며 웃었다.

"그런데 연회에서 이러고 춤추고 그러나요?"

아키가 멍하니 고개를 기울이고 리오에게 물었다.

"으음, 어떤가?"

리오는 왕립학원에서 귀족의 예의범절을 배운 적은 있지만, 실제로 연회에 나가본 적은 없어서 세리아에게 물어보았다.

"뭐, 억지로 시키지는 않는데 그런 장면은 있지."

귀족으로 연회에 출석한 경험이 있는 세리아가 대답했다.

"그, 그래요?"

미하루가 몸을 굳혔다.

"앗, 그렇구나. 혹시 미하루 춤 못 춰?"

"……네."

세리아가 묻자 미하루가 망설이며 고개를 끄덕였다.

"으음, 안 춰도 문제는 없지만, 무슨 일이 일어날지 모르니까 최소한 춤추는 방법 정도는 알고 있는 게 안심, 되겠지? 나라도 괜찮다면 연회가 열리기 전까지 가르쳐줄게."

"정말요? 꼭 좀 부탁드려요!"

미하루가 가슴을 쓸어내리고 세리아에게 부탁했다.

"좋아, 나한테 맡겨! 리오라는 연습 상대도 있으니까. 리오는 일단 학원에서 춤 배웠지?"

세리아가 자신 있게 수긍하고 리오를 보았다.

"네, 뭐, 정말로 일단은, 이지만요……."

리오가 세리아와 대조적으로 조금 자신 없게 고개를 끄덕였다. 왕립학원에서 도망치고 4년 넘게 한 번도 춤을 추지 않았으니 자신이 없을 만도 했다.

"그럼 미하루에게 시범을 보여야 하고, 춤을 어느 정도 기억하는지 확인하고 싶으니까 복습 삼아 나랑 춰볼까? 모처럼 정장도 입었으니까. 자, 자세 잡아."

세리아가 제안하고 홀드하기 위해 먼저 오른손을 들었다. 그러자 미하루는 물론 다른 이들도 흥미진진하게 리오와 세리아를 주목했다.

"알겠습니다. 실례할게요."

리오는 왼손으로 세리아의 오른손을 잡고 세리아와 몸을 밀착했다. 그리고 세리아의 등에 오른손을 댔다.

"……으, 응. 깨끗하게 홀드하네."

알고는 있지만, 춤을 출 때 페어는 몸이 붙을 정도로 가깝다. 세리아는 가까이에서 리오의 얼굴을 쳐다보고 뺨을 붉혔다.

"천만에요. 선생님과 춤 연습을 하다니 뭔가 신기하네요."

리오가 살짝 수줍어했다.

'으으, 선생님다운 모습을 보이려고 의욕 좀 부렸는데 다들 보고 있으니 엄청 창피해…….'

세리아가 이제 와서 그런 생각을 했다.

"그럼 리드해줄래? 잘 봐, 미하루."

"네."

리오는 바로 스텝을 밟으며 세리아를 리드하기 시작했다. 발놀림은 부드러웠고 세리아도 리오의 리드에 따라 자연스럽게 발과 몸을 움직였다.

"와아아……."

다른 사람들은 숨을 삼키고 리오와 세리아의 춤을 응시했다.

"간단한 동작만 기억나는데 어떤가요?"

리오는 십여 초 정도 춤을 추고 멈춰서 세리아에게 물었다.

"……충분히 잘하잖아. 정말 추기 쉬웠어."

귀족이 출석하는 파티에서 추는 춤은 경쟁하는 춤이 아

니었다. 오랫동안 함께 한 페어와 함께 추는 것도 아니었다. 물론 잘하면 더할 나위 없지만, 춤을 추는 것은 어디까지나 사교의 일환으로 상대도 때에 따라 바뀌기 때문에 정확함은 그다지 중요하지 않았다. 대강 기초만 외우면 창피당할 일은 없었다.

리오의 춤은 충분히 합격점이었다. 기억하는 동작 하나하나를 정성껏 재현하려는 것이 전해져서 안정감 있었다.

스텝만 외우면 특별히 문제 되지는 않을 것 같았다.

"아뇨, 스텝이 이상한데 지도 부탁드려요."

리오가 자신의 춤을 생각해보곤 세리아에게 부탁했다.

"알았어. 그럼 바로 미하루도 춰볼까?"

세리아가 리오의 수준을 파악하고 이번에는 미하루를 불렀다.

"네? 제가, 지금부터요?! 못 해요!"

미하루가 당황해서 허둥지둥했다.

"괜찮아. 기본 스텝만 외우면 최소한으로는 출 수 있고 리오가 리드하면 어느 정도 자연스럽게 발이 움직일 거야. 먼저 홀드부터 해보자. 모처럼 드레스도 입었으니까."

세리아가 웃으며 미하루의 손을 잡고 리오 앞으로 끌고 왔다.

"하으……."

미하루는 리오 앞에 서서 부끄러운지 고개를 숙였다. 춤을 추는 세리아가 무척 아름다웠고 지금부터 자신도 조금 전의 세리아처럼 리오와 몸을 붙일 생각을 하니 괜히 두근거렸다.

"……오른손을 빌려주시겠어요?"

리오가 조심스럽게 왼손을 내밀었다.

"네, 네. 으……."

미하루가 조심스럽게 오른손을 내밀자 리오가 그 손을 꼭 잡았다. 리오의 손 감촉이 그대로 전해지고 이어서 리오가 홀드하기 위해 몸을 밀착하자 미하루는 심장이 빠르게 뛰는 것을 느꼈다.

"왼손은 제 오른 어깨에 올리는 느낌으로. 네, 거기예요. 팔 힘으로만 자세를 유지하려고 하면 자세가 쉽게 무너지니까 상반신은 가슴을 펼치듯이 복근과 등 근육을 의식해서. 좋아요. 이게 춤출 때의 기본자세입니다."

리오가 해설하며 자기 손발을 움직여 미하루의 손발 위치를 조정했다.

"그렇군요……."

미하루는 두근거림을 억누르듯이 딱딱하게 대답했다.

'이, 이렇게 밀착하는구나. 아까 추는 걸 볼 때도 같은 생각을 했지만…….'

직접 홀드해보니 상상 이상으로 몸이 닿았다.

"으, 둘이 정장을 입어서 엄청 잘 어울리는 것 같아. 나도 드레스 입고 오빠랑 춤춰보고 싶어."

라티파가 리오와 미하루를 조금 부럽게 바라보았다.

"으음. 미하루의 드레스는 세부 디자인까지 공을 들여서 만들기 복잡하지만, 열심히 하면 만들 수 있을지도?"

오피아가 드레스를 직접 만들 수 있을지 의욕을 발휘해 분석했다.

"정말?!"

라티파가 눈을 반짝반짝 빛냈다.

"응. 다들 드레스를 입고 리오 씨와 춤추고 싶어 하는 것 같으니 힘 좀 내볼까?"

오피아가 웃으며 의욕을 담아 사라와 아르마의 얼굴을 보았다.

"무, 무슨 말입니까?!"

리오와 미하루를 빤히 보던 사라가 라티파와 오피아의 대화를 듣고 당황했다.

"리오 씨와 미하루 언니에게 방해되지 않는 범위에서 우리도 춤을 배워볼까요?"

아르마가 태연하게 춤을 배울 의사를 보였다.

【 제 2 장 】 ❈ 왕도 가르투크로

리오와 미하루가 정장을 사고 난 뒤로 시간이 순식간에 지나갔다. 춤 연습을 하고, 사라와 라티파 일행을 데리고 도시를 견학하고, 미하루를 데리고 리제롯테와 연회 사전 협의를 하고…….

그리고 연회가 드디어 사흘 뒤로 다가왔다.

정오가 지난 시각. 바위 집 앞에는 연회에 출석하는 리오와 미하루, 그리고 호위로 함께 하기로 한 아이시아를 배웅하고 있었다.

"다녀올게. 둘 다 세리아 씨와 사라 말 잘 듣고 있어."

미하루가 아키와 마사토에게 말했다.

"응, 미하루 언니도 조심해. 오빠 일도 부탁해."

"이 집에 있으면 걱정 없을 거야. 사츠키 누나한테 안부 전해줘."

아키와 마사토가 각각 말했다.

"없는 동안 아키와 마사토를 잘 부탁드려요. 라티파도 착하게 있어야 해."

리오는 세리아, 사라, 오피아, 아르마에게 말하고 라티파에게도 말했다.

"네, 맡겨주세요!"

사라, 오피아, 아르마가 확실하게 대답했다.

"응, 오빠!"

라티파도 힘차게 고개를 끄덕였다.

"리오도 미하루를 확실하게 에스코트해줘. 저 아이 성격이라면 긴장할 테니까. 아이시아도 리오와 미하루를 잘 부탁해."

세리아가 리오와 아이시아에게 말했다.

"네." "맡겨둬."

리오와 아이시아가 입을 모아 대답했다.

"잘 다녀와."

"다녀오세요. 리오 씨, 아이시아 님."

"기다리고 있을게, 오빠, 아이시아 언니!"

세리아가 부드럽게 웃으며 전송했다. 사라 일행과 라티파도 뒤를 이었다.

"이제 갈까요? 미하루 씨."

리오는 웃으며 모두에게 대답하고 조금 떨어진 곳에서 아키, 마사토와 이야기하고 있는 미하루에게 출발하자고 했다. 그러자 미하루가 아키와 마사토와 이야기를 마무리하고 리오에게 다가왔다.

"부탁드려요, 하루토 씨." "네."

미하루가 꾸벅 인사하자 리오가 의젓하게 고개를 끄덕였다.

"자, 가자."

그러자 아이시아가 땅을 차고 한발 먼저 하늘로 날아올

랐다. 아이시아의 행동에는 군더더기가 없었는데…….

'으음, 아이시아에게 미하루 씨를 옮겨달라고 할 생각이
었는데…….'

군더더기가 너무 없어서 난처하기도 했다. 가끔, 아니,
종종 있는 일이었다.

"저, 저기, 옮겨주시겠어요? 하루토 씨."

미하루가 스스로 리오에게 다가가 옮겨달라고 부탁했
다. 부탁까지 받았는데 아이시아를 불러 미하루를 맡기면
미하루에게 실례였다.

"……네. 그럼 실례하겠습니다."

미하루가 괜찮다면 리오가 거절할 이유는 없었다. 요즘
춤 연습으로 밀착할 기회도 있었다. 춤출 때는 특별히 불
편하지 않았지만, 그건 그거였다. 리오는 마음을 다잡고
조금 어색하게 미하루에게 다가갔다.

"……."

미하루는 리오의 두 팔에 안겨 조금 긴장했다. 참고로
미하루는 춤 연습으로 리오와 밀착할 때마다 긴장했는데
요즘은 그래도 스스로 리오와 거리감을 좁히려고 했다.

'역시 미하루도 요즘은 스스로 적극적으로 리오 씨에게
다가가려고 한다니까…….'

슈트랄 지방에 오기 전부터 함께 지낸 사라, 오피아, 아
르마가 눈치채고 자연스럽게 눈빛을 교환했다.

라티파도 뭔가 생각하는 게 있는지 미하루를 빤히 보았다.

"다녀와, 오빠, 미하루 언니!"

그리고 미하루를 안은 리오의 등을 끌어안았다.

"응, 다녀올게."

리오는 키득 웃으며 뒤에 있는 라티파에게 대답했다.

"다녀올게, 라티파."

미하루도 라티파에게 대답했다. 잠시 뒤, 라티파가 스스로 리오의 등에서 떨어지자 리오는 바람의 정령술로 하늘로 떠올랐다.

"가능하면 사츠키 씨를 데리고 성을 나올 수 있도록 노력해볼게요. 오래 걸려도 일주일 안으로는 돌아오겠습니다!"

리오는 떠날 때 그런 말을 남기고 세리아와 라티파 일행의 배웅을 받으며 드디어 연회를 향해 출발했다.

몇 시간 뒤, 아망드.

물론 연회장은 가르아크 왕국의 왕성이 있는 왕도 가르투크이지만, 현지에는 리제롯테가 소유한 마도선을 타고 가기로 했다. 내일 아망드를 떠나 연회 이틀 전 오후에는 왕도에 도착할 예정이었다.

참고로 저택 시녀들은 미하루가 이세계에서 온 용사의 친구라는 사실을 알았고 미하루는 현재 마도구로 머리카락 색을 바꾸지 않았다. 성에서 사츠키와 만날 때 머리카락 색이 다르면 설명하기 귀찮기 때문이었다. 리제롯테는 머리카락 색을 바꾸는 마도구가 있는 줄 알았지만, 리오가 머리카락 색을 바꾸는 마도구를 몇 개 빌려주겠다고 제안해서 다른 사람에게 말하지 않겠다고 약속했다.

아망드에 도착 후, 아이시아는 영체화했고 리오는 미하루와 함께 리제롯테의 저택으로 향했다.

"어서 오십시오, 하루토 님."

저택 문에 도착하자 경비병이 공손하게 인사했다. 이제는 얼굴로 통과할 수 있게 됐다.

"안녕하세요. 약속하고 왔다고 전해주시겠습니까?"

리오가 용무를 전하기 전에 리오의 방문을 저택에 알리러 다른 병사가 달려갔다.

"들었습니다. 안내하겠습니다. 이쪽으로 오십시오."

리오와 미하루는 저택 부지 안으로 안내받았다. 저택 부근까지 시녀 코제트가 마중을 나왔다.

"하루토 님, 미하루 님, 어서 오세요."

코제트가 두 손으로 시녀복 치마를 잡고 우아하게 인사했다.

"안녕하세요, 코제트 씨."

리오도 인사했다. 코제트와는 여러 번 만나서 완전히 익숙해졌다. 미하루도 리오를 따라 "안녕하세요."라고 인사했다.

"자, 이쪽으로."

코제트는 바로 리오와 미하루를 저택 안으로 들게 했다. 리오와 미하루는 코제트의 뒤를 따라갔다. 코제트의 걸음걸이는 참 우아하고 아름다웠다.

'아름다운 사람이야.'

성인 여성의 미색을 느낀 미하루는 코제트의 용모와 몸가짐에 압도당했다.

"실례지만, 사사로운 질문을 드려도 될까요? 사적인 질문이라 대답하고 싶지 않으시다면 억지로 여쭙지 않겠습니다."

이동 중에 코제트가 가볍게 말을 꺼냈다.

"상관없습니다. 뭔가요?"

리오가 흔쾌히 승낙했다. 비즈니스에서 사적인 이야기는 다루기 어렵지만, 더 원만한 관계를 형성하는 데는 플러스가 되는 화제였다.

코제트와는 여러 번 얼굴을 본 사이였고, 다소나마 개인적인 이야기를 하는 것이 어색하지는 않았다.

"두 분, 애정 관계이신가요?"

그런데 코제트의 질문은 상상을 초월했다. 리오는 허를 찔렸다. 하지만 리오와 미하루 사이는 리제롯테에게만 자세히 설명했고 오해하기 쉬운 상황이 이어졌으니 코제트가 신경 쓰일 법도 했다.

"네? 아니, 저기……."

미하루는 얼굴이 새빨개져서는 순진한 반응을 보였다.

"아하하, 아니에요."

리오는 쓸쓸하게 웃으며 부정했다.

"네, 네······."

미하루는 조금 복잡한 표정을 짓고 리오를 따라 고개를 끄덕였다.

"어머, 그러시군요. 세실리아 님과 아이시아 님도 그렇고 하루토 님 주위에 아름다운 여성분이 많이 계셔서 신경이 쓰였답니다."

코제트가 미하루의 반응을 눈에 새기고 아름답게 웃으며 말했다.

"안타깝게도 그 누구와도 그런 사이가 아닙니다."

리오가 쓴웃음 지으며 고개를 저었다.

"어머나. 의외네요······. 이런, 실례했습니다. 너무 파고들면 안 되죠. 곧 두 분이 머무실 객실에 도착합니다. 편히 지내주세요. 미리 전해드린 대로 주인님은 외출 중이셔서 내일 오전 중에 아망드로 돌아오실 예정입니다."

코제트는 입가에 손을 대고 우아하게 놀랐으나 리오의 연애 사정을 깊이 파고들지는 않았다. 그 후, 리오 일행은 곧 머물 방에 도착했고 그날, 리오와 미하루는 완전히 다른 방에서 묵었다.

몇 시간 뒤, 리제롯테를 모시는 시녀가 사용하는 저택 휴게실. 코제트는 동료 나탈리, 클로에와 소파에 앉아 쉬고 있었다.

　"어느 정도 예상은 했지만, 하루토 님은 생각보다 난적이야."

　코제트가 홍차를 마시며 울적하게 중얼거렸다.

　"……너 아직도 포기 안 했어?"

　나탈리가 어이없어하며 코제트를 보았다.

　한편, 클로에는 흥미롭게 코제트를 보았다.

　"당연하지. 저렇게 좋은 남자를 조용히 보고만 있으면 여자 체면이 말이 아니지!"

　코제트가 힘차게 말했다. 단정한 외모, 기품과 교양이 느껴지는 세련된 행동거지, 그리고 사람의 영역을 벗어난 힘……. 리카 상회에서 수많은 남자를 만나봤지만, 하루토만큼 뛰어난 이성을 만난 적은 없었다.

　"그렇게 아름다운 사람들에게 둘러싸여 있는데? 그야말로 리제롯테 님과 아리아 정도의 미인이 아니면 거들떠보지도 않을 거라는 결론이 나왔잖아."

　그렇다. 하루토에게 적지 않은 동경을 품은 것은 다른 저택 시녀들도 마찬가지였으나 아이시아와 세실리아, 그리고 미하루라는 뛰어난 미소녀들을 차례로 보고 대부분 순식간에 마음을 깨끗이 접었다. 가까이에서 보면 눈 호강은 하지만, 그 이상의 무언가를 바라지는 않았다.

"좋은 소식이 있어. 미하루 님과 아이시아 님, 그리고 세실리아 님도 하루토 님과 사귀지 않는다고 본인에게 확인했거든."

'뭐, 미하루 님이 어떻게 생각하는지는 수상하지만.'

코제트가 득의양양하게 말하면서 몰래 생각을 했다.

"그런 걸 물었어? 또 아주 과감한 짓을 했네……."

나탈리는 어이없음 반, 감탄 반의 감정으로 코제트를 보았다. 한편, 클로에는 귀를 쫑긋 세우고 선배들의 대화를 조용히 들었다.

"우리 직무 내용에는 손님의 인물상을 파악하는 것도 포함되어있으니까."

코제트가 직무의 일환이라는 대의명분을 걸고 기분 좋게 웃었다.

"하지만 하루토 님은 최근 들어 리제롯테 님께 가장 중요한 손님이셔. 기분을 해치지는 않았지?"

나탈리가 의심스러운 눈초리로 코제트를 노려보았다.

"어머, 손님과 친해지는 것도 우리의 중요한 일이잖아? 조금 개인적인 이야기도 해야 만들 수 있는 원만한 관계도 있다고."

코제트가 어깨를 으쓱하고 홍차를 마셨다.

리제롯테의 시녀들은 주인을 공적으로, 사적으로 보좌하기 위해 포괄적인 권한을 부여받아 리카 상회에서 구매 상담을 하기도 했다.

거래하며 유리한 조건을 끌어내기 위해서라도 고객과 친해지는 것보다 좋은 방법은 없어서 시녀들은 기회만 있으면 고객과 적극적으로 친해지는 것이 추천됐다.

"너는 남자 한정으로 너무 친해지는 경우가 왕왕 있어서 문제야……."

나탈리가 잔소리를 했다.

"너도 참 변함없이 고지식하구나. 사랑은 장애물이 있어야 불타오르잖아? 그러니까 네가 연애 한 번 못해본 거야."

코제트가 한숨을 내쉬었다. 현재 코제트는 거래 건으로 만난 남자에게 무척 평판이 좋고 여러 번 유리한 조건을 끌어낸 실적이 있었다. 그중에는 구혼하는 상속자도 있을 정도였다.

"내, 내 연애 문제랑 무슨 상관인데? 너도 상대를 너무 따져서 특정한 사람과 오래 못 가잖아."

나탈리가 울컥해서 입을 내밀고 코제트에게 반격했다.

"그건 부정하지 않을게. 하지만 일에 지장이 생기지 않는 범위에서 선을 긋고 물러날 때도 잘 아니까 그 점은 안심해."

코제트가 짓궂게 웃었다.

"……정말 진심, 인 거지? 설마 네가 연하에게 이렇게 빠지다니."

나탈리가 이마를 짚고 크게 탄식했다.

"연하라고 해도 서너 살이잖아. 성인의 연애에 나이 차이는 상관없다고. 연하 절대주의인 남성 귀족도 아닌데 현실적인 나이 차이잖아?"

코제트가 말했다.

"알고 있겠지만, 직무상 범위를 벗어나 개인감정을 우선해서 리제롯테 님께 폐가 될 것 같으면 내가 직접 리제롯테 님께 보고드릴 거야."

나탈리가 못을 박았다.

"물론이야. 그래서 처음부터 말했잖아. 생각보다 난적이라고. 우선 상대를 아는 것부터, 쉽게 이길 가능성은 작지만, 꾸준하게 할 거야……. 그보다 가벼운 마음으로 손댈 상대가 아니니까 너도 조심해."

코제트가 진지하게 말하다가 뒷부분은 다시 장난스럽게 말했다. 나탈리에게 한 말이었지만, 시선은 자연스럽게 클로에를 향했다.

"왜, 왜 내가 손댄다는 전제로 말해?"

나탈리가 상기된 목소리로 말했다.

"어머, 아니야? 하루토 님이 미노타우로스를 한 방에 무찔렀을 때, 너도 눈이 하트 모양이 됐던데."

"안 그랬어!"

"그래? 친구니까 특별히 하루토 님의 인품과 공략 주의점을 가르쳐주려고 했는데 그러면 안 가르쳐줘도 되겠네?"

코제트가 태연하게 시치미를 뗐다.

"관심 없거든."

나탈리가 대답했다.

"저기, 저는 듣고 싶어요! 하루토……님이 어떤 분인지."

지금까지 조용히 듣고 있던 클로에가 손을 들고 의사 표시를 했다.

"어머나, 클로에는 나탈리와 다르게 솔직하네."

코제트가 기분 좋게 웃었다.

"아, 아니, 노린다든가 그런 게 아니라 옛날에 하루토 님께 실례되는 일을 해서 제대로 사과하고 싶어서요!"

클로에가 당황해서 변명했다.

"그러고 보니 너와 하루토 님은 원래 안면이 있다고 했지?"

코제트가 겉으로는 클로에의 설명을 이해했다.

"그런데 하루토 님은 특별히 신경 쓰지 않으시는 것 같던데?"

한편, 나탈리는 클로에의 진의를 파악하려고 사실을 확인했다.

"그건 그렇지만, 제가 납득 못해요. 요전번에도 마물이 아망드를 습격했을 때. 엄마와 동생을 구해주셔서……."

클로에가 송구한 듯이 고개를 숙였다.

"후배의 고민을 들어주는 것도 선배의 일이지. 클로에를 위해서 내 프로파일을 가르쳐줄게."

코제트가 선배인 척하며 이야기를 정리했다.

"어쩔 수 없네."

나탈리가 웃으며 한숨을 내쉬었다.

"내가 본 바로 하루토 님은 상냥하고 이야기하기 편한 사람인데 스스로 말을 많이 하는 사람은 아니야. 사람과의 거리에도 민감하고 퍼스널 스페이스가 넓은 것 같아. 여자를 좋아해서 여자에 익숙한 건 아니지만, 완전히 면역이 없지도 않아. 앞뒤가 없는 것도 아니지만, 무척 성실한 성격이지 않을까? 아마 가드는 단단하지만, 친밀한 사람은 무척 소중히 대할 거야. 친구 이상, 연인 미만인 친밀한 사이만 되면 꾹꾹 밀어붙여도 의외로 매몰차게 대하지 않을 거야."

코제트가 주로 클로에를 보며 말했다.

"여전히 내면을 파고드는 분석이네. 남자에 대해서는 특히."

나탈리가 참지 못하고 씁쓸하게 웃었다.

"고마워, 칭찬으로 들을게."

코제트가 싱긋 웃었다.

"덧붙여서 앞으로 공략할 때의 주의점은 우리 입장 상, 많이 친해져도 하루토 님에게 막 들이대는 건 악수야. 만날 기회가 있을 때마다 꾸준히 접촉하고 예의를 벗어나지 않는 범위에서 인상에 남게 자기를 어필할 것. 연애 경험이 적으면 자신의 호감을 은근슬쩍 드러내는 것도 피하는 게 나아. 잘하면, 어디까진 잘하면 된다는 정신으로 계속 접촉해. 그러다 운이 좋으면 기회가 올지도 모르니까. 어때, 난적이지?"

다시 주절주절 말하고 살짝 윙크했다.

"따, 딱히 공략할 생각은 없어서……."

클로에가 코제트의 시선을 피하고 말했다.

"그래? 진심으로 노리고 싶으면 상의해줄게. 나탈리도."

코제트가 클로에와 나탈리에게 말하고 밝게 웃었다.

"나는 사양할게."

나탈리는 제대로 받아들이지 않고 어깨를 으쓱했다.

"글쎄? 사랑은 맹목적이라고 하지? 자각하지 않아도 감정이 폭발하지 않게 조심해야 해."

코제트가 나탈리와 눈을 맞추고 클로에 쪽으로 눈짓했다.

"……그래."

나탈리는 코제트의 의도를 파악하고 한숨을 내쉬며 고개를 끄덕였다. 클로에는 아직 일한 지 얼마 안 된 신입이었다. 본인은 부정해도 하루토에 대한 감정이 연심으로 발전할 가능성이 작지 않았다. 그건 선배인 자기가 주의할 필요가 있다는 것이었다.

'자기 이야기하는 것처럼 클로에를 염려했구나.'

업무 외에는 빈둥거리는 것처럼 보이지만, 세밀하게 배려하는 점이 좀처럼 코제트를 미워할 수 없는 이유였다.

"그래서 나는 전력으로 잘하면 된다를 노릴 테니까 하루토 님이 오시면 꼭 알려줘."

아까 한 말 취소. 역시 자기 생각뿐이었다. 그렇게 생각하니 역시 얄미웠다. 나탈리는 작은 한숨을 내쉬었다.

◇ ◇ ◇

다음 날, 쾌청한 날씨.

오전에 리제롯테가 아망드 저택으로 돌아왔다. 리오 일행은 신속하게 정오에는 마도선을 타고 왕도 가르투크로 떠났다.

왕도 가르투크는 아망드에서 북동쪽에 있는데 리오 일행이 탄 리제롯테의 마도선은 바다 대신 창공을 날아 하늘을 나아갔다. 정오 지나서 왕도에 도착할 예정이었다.

참고로 마도선은 목조 범선 모양으로, 선체에 철판을 댔고 비행 중에 양력을 얻을 수 있게 측면에 날개를 달았다.

마도선은 인마전쟁기에 만든 고대 마도구인데 전쟁 시기에 대량으로 생산된 역사가 있었다. 다른 고대 마도구에 비하면 현존하는 수 자체는 상당히 많았다. 그래도 한 척, 한 척의 가치가 말도 안 되게 고액이라 본래는 영주도 아닌 귀족 영애가 개인적으로 소유할 수 있는 물건이 아니고 애초에 일반인이 이동을 위해 탈 수 있는 것이 아니었다. 그래서 미하루는 물론 리오도 마도선에 타는 것은 이번이 처음이었다.

"여러분, 마도선 여행은 어떠십니까?"

리제롯테가 마도선이 아망드를 출발해 항행이 안정되자 리오와 미하루를 선내 응접실로 불러 환담 시간을 가졌다.

오늘 오전까지 외출했다가 곧장 왕도로 떠나는 빡빡한 일
정이었으나 피로는 엿보이지 않았다.

"선내가 있기 좋아서 무척 쾌적합니다."

먼저 리오가 싱긋 웃으며 말했다.

"저도요. 거의 흔들리지 않아서 깜짝 놀랐어요."

미하루도 솔직한 감상을 밝혔다.

"다행입니다. 나중에 자유 시간을 마련할 테니 괜찮으시
다면 갑판에서 바깥 풍경도 즐겨주세요. 지금은 제 이야기
상대가 되어주시길 바랍니다."

"네, 기꺼이요!"

리제롯테가 다정하게 웃으며 말하자 미하루가 기뻐하며
수긍했다.

"그럼 제일 먼저 이틀 뒤에 연회가 시작될 때까지의 예
정을 다시 확인해볼까요? 왕도에는 오늘 해가 지기 전에
여유 있게 도착할 겁니다. 초대할 테니 오늘 밤은 제 본가
에 머무르세요. 왕성에는 내일 오전에 갈 예정이니 운이
좋으면 연회 전날에 사츠키 님을 만나 뵐 수 있을 겁니다."

현재, 사츠키는 연회가 시작될 때까지 외부 사람과 면회
를 거부하고 있었다. 그래서 실제로 만날 수 있을지 없을
지 왕성에 가보지 않고는 모르지만, 미하루는 사츠키의 친
구니까 만날 가능성이 컸다. 리제롯테는 그렇게 생각했다.

"감사합니다. 그래서 보답이 될지는 모르겠지만, 저택
주방을 빌려서 제가 있던 세계의 케이크를 몇 가지 만들어

봤어요. 괜찮다면 드셔보세요. 이 세계에 비슷한 과자가 있을 수도 있고 입에 안 맞을지도 모르지만요……."

미하루가 큰 바구니를 꺼냈다. 그리고 자기가 앉은 소파 앞에 놓인 테이블에 놓았다.

"어머, 감사합니다. 저도 리카 상회 신상품 개발 때문에 과자를 종종 만듭니다. 단 것을 무척 좋아해요. 지금 먹어봐도 될까요?"

리제롯테가 기뻐하며 말했다. 자기가 레시피를 모르는 과자가 있다면 돈을 내서라도 레시피를 알고 싶었고, 레시피를 아는 과자여도 만드는 사람에 따라 맛이 크게 차이나기 때문이었다.

"네, 물론이에요. 마도구로 차갑게 해놓긴 했지만, 빨리 드실수록 좋아요."

처음부터 그러려고 가져온지라 미하루는 흔쾌히 승낙했다.

"그럼 눅눅해지기 전에 들도록 할까요? 아리아, 나이프와 접시를 준비해줘."

리제롯테가 들뜬 목소리로 아리아에게 명했다.

"알겠습니다."

아리아가 공손히 고개를 숙이고 실내에 배치된 식기장으로 발을 옮겼다. 곧 개인용 접시가 테이블에 놓였다.

"열게요."

미하루가 지참한 바구니를 리제롯테와 아리아가 볼 수 있게 열었다. 그러자 바구니 안에서 하얀 냉기가 흘러나왔다. 마도구의 효과였다.

바구니 안은 네 개로 나뉘어있고 각 구역에 꽉 차게 홀 케이크가 들어있었다. 종류가 많아서 조금 작았지만, 이 방에 있는 사람끼리 다 먹기 힘들 양이었다.

"어머, 이렇게나 많이! 다 맛있어 보여요. 아아, 멋져라. 이렇게 많은 케이크를 먹을 수 있다니……."

사과파이, 밀크레이프, 레어치즈 케이크에 몽블랑. 리제 롯테는 눈을 반짝반짝 빛내며 마음 깊이 기쁨을 드러냈다. 표정을 보면 예의상 하는 말이 아니라는 것을 쉽게 알 수 있었다.

아리아도 디저트에 관심이 있는지 흥미롭게 케이크를 보았다.

"많이 있으니 괜찮다면 아리아 씨도 드세요. 그래도 남을 것 같으면 다른 분들과 나눠 드시고요."

미하루의 말에 아리아가 눈썹을 까딱 움직였다.

"감사합니다. 역시 셋에서는 다 못 먹겠죠? 아리아, 당신이 쓸 접시도 준비해."

리제롯테가 특별히 시녀인 아리아에게도 과자를 먹을 것을 허락했다.

"……영광입니다. 차도 더 준비하겠습니다."

아리아는 살며시 웃고 접시와 차를 준비했다.

"그러면 제가 케이크를 자를게요. 리제롯테 님, 뭐부터 드시겠어요? 설명이…… 필요하면 어떤 케이크들인지 알려드릴게요."

미하루가 리제롯테에게 말하고 방에 딸린 간이주방에서 차를 준비하는 아리아를 슬쩍 보았다.

리오가 미하루를 리제롯테의 저택에 처음 데리고 갔을 때 세 사람은 리제롯테가 전생을 기억한다는 사실을 공유했다. 그래서 원래 리제롯테에게 가져온 케이크를 설명할 필요는 없었다. 그러나 아리아가 리제롯테의 비밀을 아는지 모르는지 알지 못했다. 미하루는 그 점을 염려했다.

"안심하세요. 미하루 님과 처음 뵌 뒤로 아리아에게만 제 비밀을 말했답니다."

리제롯테가 밝혔다.

"그러셨어요?"

미하루가 눈을 크게 뜨며 고개를 갸웃거렸다.

"네. 앞으로도 미하루 님과 만날 텐데 그 편이 여러모로 편해서요. 아리아는 항상 제 곁에 있는 제 심복이니까요."

"그래도 죄송해요. 저 때문에……."

"아뇨, 지구 출신인 분이 여럿 소환된 지금, 미하루 씨 말고도 리카 상회의 비밀에 다다른 자가 나타나도 이상하지 않습니다. 실제로 저와 접촉을 시도하는 사람이 또 있을지도 모르니까요. 마침 좋은 기회였는지도 모르겠습니다."

리제롯테가 씁쓸하게 웃으며 고개를 저었다.

'아버님과 어머님께는 아직 말씀드리지 않았지만…….'

살짝 민망한 표정이 지어졌다. 부모님은 원래 제일 먼저 말하는 편이 좋은 인물일지도 모르나 그래서 결심이 서지 않는 상대이기도 했다.

"그러니 다른 사람은 몰라도 아리아가 있는 곳에서는 특별히 배려하실 필요 없으니 괜히 어려워 마시고 말씀해주세요. 여기 있는 케이크 중 몇 가지는 리카 상회에서 개발한 상품으로 지구 용어를 걸고 팔고 있기도 하고요. 사과파이와 밀크레이프, 몽블랑에 이건…… 레어치즈 케이크입니까?"

리제롯테가 아주 밝게 웃으며 지구에서 쓰는 용어로 케이크 이름을 말했다.

"……네! 뭐부터 드시겠어요?"

미하루는 리제롯테의 사소한 표정 변화를 보고 뭔가 느꼈는지 똑같이 밝게 대답하며 테이블에 둔 나이프를 들었다.

"송구스럽습니다. 그러면 이 사과파이부터."

리제롯테가 흥분한 목소리로 사과파이 홀케이크를 가리켰다.

"알겠습니다."

미하루는 바로 사과파이 홀케이크를 잘랐다. 리제롯테의 접시에 한 조각을 덜고 리오에게도 무슨 케이크를 먹고 싶은지 묻고 나눠준 뒤, 마지막으로 자기 케이크를 접시에 덜었다. 드디어 시식이 시작됐다.

리제롯테는 나이프와 포크를 써서 미하루가 잘라준 사과파이를 한입 크기로 잘라 입으로 가져갔다.

"음~! 맛있어라! 미하루 님, 천재 과자 장인이세요?!"

리제롯테가 헤실 웃으며 감상을 말했다. 겉의 파이 반죽은 쿠키처럼 바삭바삭하면서 안은 촉촉했다. 반죽과 사과의 단맛이 절묘하게 어우러져서 입속에서 씹으니 더할 나위 없는 하모니를 연주했다.

"과찬이세요. 갓 구운 따뜻한 상태에서 먹어도 맛있는데 이번에는 시간이 지난 뒤에 드려야 해서 만들자마자 식혔어요. 반죽의 바삭함이 남아있었으면 좋겠는데…… 음, 괜찮은 것 같네요."

미하루는 귀족인 리제롯테가 기뻐하는 것을 보고 안심하고 자기도 사과파이를 먹었다. 그리고 차가운 상태의 완성도를 확인했다.

"아뇨, 과찬이 아닙니다. 아예 우리 상회에서, 아니, 제 전속으로 과자를 만들어주셨으면 할 정도예요! 다음에는 꼭 갓 만든 걸 받을 수 있을까요?"

리제롯테가 진지한 표정으로 간청했다.

"아하하, 전속으로 일할 수는 없지만, 갓 만든 거라면 기꺼이요."

미하루는 다시 사과파이를 만들어줄 것을 흔쾌히 승낙했다. 그 뒤로도 리제롯테는 미하루가 만든 케이크를 먹을 때마다 입맛을 다셨다.

그러는 사이, 아리아가 차를 가져와 케이크 시식에 참여했다. 먼저 산처럼 크림을 올린 몽블랑에 관심을 가지고 접시 위에 하나를 놓았다.

"……이건, 몽블랑이로군요."

아리아가 눈을 가늘게 뜨고 접시 위의 몽블랑을 응시했다. 케이크 위에 놓인 마롱글라세는 나중의 즐거움으로 놔두고 먼저 크림 부분을 잘라 입으로 가져갔다.

"……훌륭합니다."

밤 맛이 섞인 달콤한 크림 맛이 입안에 침투하자 아리아가 몹시 당황해서 감상을 말했다. 입가심으로 차를 마시지 않고 한 입 더.

"리카 상회의 몽블랑보다 단맛은 가볍지만, 그만큼 느끼하지 않으면서 촉촉하고 진해서 얼마든지 계속 먹을 수 있을 것 같습니다."

아리아가 넋을 잃고 감상을 말했다.

"감사합니다. 설탕은 최소한으로, 밤 맛을 최대한 살려봤어요."

미하루는 이 몽블랑을 만든 포인트를 말했다.

"이 고급스러운 맛의 비밀은 밤 자체의 단맛에 있었군요……."

아리아는 한 입 더 몽블랑을 먹고 맛을 확인했다. 그리고 그 타이밍에 마롱글라세를 입으로 가져갔다.

"……행복합니다."

아리아가 눈을 감고 진지하게 중얼거렸다.

"아리아, 몽블랑 다음에는 이걸 먹어봐. 리카 상회도 취급하지 않는 케이크니까."

리제롯테가 키득 웃으며 아리아에게 다음 케이크를 권했다.

"실례하겠습니다."

아리아가 꾸벅 고개를 끄덕이고 자른 밀크레이프를 접시에 덜었다. 그리고 물 흐르듯이 아름다운 동작으로 한입.

"……훌륭합니다. 혀가 녹을 듯이 달면서 전혀 느끼하지 않은 맛. 가볍게 구운 반죽을 여러 겹 쌓고 사이사이에 정성껏 크림을 발랐군요……. 이거라면 얼마든지 먹을 수 있을 것 같습니다. 정말 훌륭합니다."

아리아가 진지하게 감상을 말했다.

"정말이야."

리제롯테가 강하게 긍정하며 동의했다.

"괜찮다면 더 드세요."

미하루가 수줍어하며 리제롯테와 아리아에게 더 먹으라고 권했다.

그 후, 각자 케이크 맛 감상과 이야기를 나누는 사이에 미하루가 가져온 케이크는 순식간에 반씩 깨끗하게 모습을 감췄다.

리오는 레어치즈 케이크를, 미하루는 사과파이를 한쪽씩 먹고 만족했으니 대부분을 리제롯테와 아리아가 나눠 먹은 것이 됐다.

'간식 먹는 배는 따로 있다던데 사실이었구나.'

리오가 리제롯테와 아리아의 먹성에 감탄하며 바라보았다.

"……실례했습니다. 너무 맛있어서 과식했네요."

"부끄럽습니다."

리제롯테가 어느새 케이크 양이 제법 준 것을 눈치챘는지 입가심으로 홍차를 마시고 살짝 뺨을 붉히며 사과했다. 미하루가 권하는 대로 케이크를 먹던 아리아도 부끄러워하며 머리를 숙였다.

"아뇨, 두 분께 드리려고 만들었는걸요. 맛있게 드셨으면 좋겠어요."

미하루가 기뻐서 웃으며 대답했다.

"……리카 상회도 새로운 디저트를 개발하는데 매일 힘을 쏟고 있습니다만, 요즘은 눈부신 진척을 세우지 못하고 정체 중입니다. 폐가 아니라면 여쭙고 싶은데, 미하루 님은 요리를 전문으로 배운 경험이 있으신가요?"

리제롯테가 진지한 표정을 지으며 미하루에게 물었다.

"전문은 아니지만, 어머니가 요리 교실을 하셔서 어릴 적부터 이것저것 배웠어요."

"어머, 어머님께……. 죄송합니다. 혹시 고향을 떠올리게 했나요?"

미하루가 솔직하게 대답하자 리제롯테가 미안해하며 고개를 숙였다.

"아뇨. 부모님이 걱정하실 걸 생각하면 괴롭긴 하지만, 이 세계에서도 아주 소중한 사람들을 만나서 지금 생활에 불만은 없어요. 그러니까 괜찮아요."

미하루가 씩씩하게 말하고 고개를 저었다.

"……미하루 님은 강하시군요."

리제롯테가 눈을 크게 뜨고 미하루를 아련하게 바라보았다.

"그렇지 않아요. 저 혼자였으면 울고만 있었을 테니까요."

미하루가 살짝 쓴웃음 지으며 말했다.

"혼자는 외로우니까요. 저도 이 세계에 소중한 사람이 많이 생겼습니다. 그래서 비관하지 않고 이렇게 지금의 인생을 만끽하는지도 모르겠네요."

리제롯테가 가슴에 손을 대고 자신의 마음을 확인하듯이 말했다. 그리고 슬쩍 아리아를 보았다. 아리아는 살며시 미소 짓고 있었다.

실내에 정적이 내려앉았다. 잠시 뒤.

"이런, 대화가 무거워졌네요. 죄송합니다. 한 가지 상의하고 싶은 게 있는데 괜찮으시다면 미하루 님의 요리 지식을 리카 상회에 제공해주실 수는 없을까요? 되도록 독점적으로. 물론 계약을 맺고 상응하는 대가를 지급하겠습니다."

리제롯테가 입을 열고 갑자기 화제를 바꿨다. 리카 상회가 아닌 곳에 지식을 제공하지 않기를 바라는 뜻을 제일 먼저 밝히는 것에서 강한 상인의 면모가 엿보였다.

"하루토 씨가 괜찮다면 저는 괜찮은데요……."

미하루가 눈이 휘둥그레져서 의견을 구하고자 자신을

돌봐주는 리오를 보았다.

"……자세한 계약 내용을 모르면 뭐라 말씀드릴 수가 없고 미하루 씨의 예정에 달렸지만, 적극적으로 검토해도 괜찮다고 봐요. 일단 연회가 끝난 뒤에 교섭 자리를 만드는 건 어떨까요? 물론 교섭할 때까지 제삼자와 비슷한 계약을 맺는 짓은 하지 않는다는 전제로."

리오는 이 자리에서 정식으로 결정하지 않고 미하루의 입장을 제일 먼저 생각해서 제언했다.

"저는 이견 없습니다."

리제롯테는 만족스럽게 웃으며 고개를 끄덕였다.

'역시. 이해도 빠르고 이쪽을 배려해주다니, 이야기가 잘 통해서 다행이야.'

리오가 교섭할 때까지 제삼자와 계약을 자숙한다는 뜻을 밝혀서 리제롯테로는 할 말이 없었다.

"그럼 저도 그거면 됐어요."

미하루도 고개를 끄덕였다.

그 후, 리제롯테와의 차 모임은 적당히 끝났고 왕도 가르투크에 도착할 때까지 자유 시간이었다.

리오와 미하루는 자기 방으로 가지 않고 마도선을 견학하기로 했다. 아리아의 안내를 받으며 선내 시설을 소개받고 마지막에 덱으로 이동했다.

"선내 시설 소개는 이상입니다. 지금부터는 이쪽 덱에서 마음껏 하늘 풍경을 즐겨주십시오. 필요하신 것이 있으면 가까이 있는 시녀에게 말씀해주십시오. 저는 여기서 실례하겠습니다."

아리아는 리오와 미하루를 덱으로 안내하더니 공손히 인사하고 물러났다. 리오와 미하루는 덱에 단둘이 남았다.

덱을 돌아다니는 사람이 없어서 단둘이 된 것을 꼼짝없이 의식하는 상황이었다.

"일단 한 바퀴 걸어볼까요?"

리오가 미하루에게 제안했다.

"……네."

미하루는 긴장했는지 조금 굳은 목소리로, 그러나 확실하게 긍정했다. 리오가 걷자 미하루는 조금 비스듬히 옆자리를 유지하며 둘은 덱을 돌았다.

시각은 오후. 해가 지기는 조금 이르지만, 정오를 막 지났다기보다는 조금 늦은 시간이었다. 하늘은 쾌청하고 마도선을 비추는 햇빛이 찬란하게 내리쬐었다.

비행 중인 마도선이 아주 빠르게 날았지만, 선체는 특수한 바람 결계마술로 에워싸여 덱 위의 공기저항은 제법 중화됐다.

「아이시아, 지금은 깼어?」

「응, 깼어. 왜?」

산책 중에 리오가 아이시아를 염화로 부르자 곧 대답이 돌아왔다. 미하루도 들었는지 리오가 아이시아에게 말을 거는 것을 알아차리고 몸을 움찔했다. 참고로 염화는 아이시아를 통하는 것이라 리오와 미하루 사이에도 할 수 있었다.

「특별히 볼 일이 있는 건 아닌데 다른 사람과 있을 때는 대화를 못 하니까. 지금 아이시아와 이야기해두려고.」

리오는 아이시아에게 말을 건 이유를 설명했다. 미하루와 단둘이 무슨 이야기를 해야 할지 몰라서 조금 불편한 것도 있었다.

「항상 고마워, 아이. 나 때문에 부담만 지고.」

미하루가 미안한 목소리로 아이시아를 걱정했다.

「영체화해서 내 안에만 있는데 심심하지 않아?」

계속 영체화하고 있어도 괜찮으냐고 리오가 물었다.

「응, 괜찮아. 오히려 하루토 안이 가장 쾌적하고 편해.」

아이시아는 억양 없는 목소리로 두 사람에게 대답했다.

「그건 기쁜데 기분전환 삼아 나오고 싶을 때는 사양하지 말고 말하기야.」

리오가 수줍어하며 아이시아에게 말했다.

「알았어. 그런데 지금은 괜찮아. 둘 다 모처럼 마도선 산책을 즐겨. 풍경이 아름다워.」

아이시아는 오히려 두 사람을 신경 썼다. 지금은 마침 뱃머리 근처까지 걸어와서 앞에 펼쳐진 풍경이 한눈에 들어왔다.

"……여기서 보는 풍경이 가장 좋은가 봐요."

리오가 갑자기 멈춰 서서 풍경을 바라보며 미하루에게 말했다. 끝없이 이어진 하늘 아래에는 장대한 대지가 펼쳐져 있었다.

우뚝 솟은 산, 깊게 팬 계곡, 넓게 펼쳐진 숲, 많은 호수와 들판, 흐르는 강으로 지표라는 캔버스가 복잡하게 칠해졌다. 그야말로 대자연의 예술이었다.

"네, 정말 아름다워요."

미하루가 리오 옆에서 같은 풍경을 보며 중얼거렸다.

"정령술로 하늘을 나는 것과는 조금 다른 멋이 있네요."

리오가 바로 맞장구를 쳤다.

"……네. 하늘을 나는데 바닥에 발이 붙어있어서 조금 이상하네요. 항상 누가 옮겨다 줬는데."

미하루가 리오와 아이시아, 오피아의 계약정령인 에어리얼이 옮겨줄 때가 생각났는지 자연스럽게 웃으며 말했다.

"이 세계 사람도 마도선은 쉽게 못 타니까 귀한 체험을 하네요."

"네. 고마워요, 하루토 씨."

미하루가 고개를 끄덕이고 부드러운 표정으로 리오에게 감사 인사를 했다.

"……왜 저한테?"

"그야 지금 제가 이곳에 있을 수 있는 건 하루토 씨 덕분이니까요."

리오가 이상해하며 당황하자 미하루가 솔직하게 자기 생각을 말했다.

"그건 미하루 씨가 그러길 바라고 선택했기 때문이에요."

리오가 살짝 멋쩍게 말했다.

"제 바람을 이루어준 것은 하루토 씨예요. 저 혼자서는 아무것도 못했을 거예요. 어쩌면 바라는 것조차 못했을지도 모르고요."

미하루가 안타까운 미소를 지으며 말했다.

"저 혼자서 한 게 아니에요. 미하루 씨의 인망이 있었기 때문이에요."

리오가 키득 웃고 미하루를 치켜세웠다.

"으음……. 그럼 말을 좀 바꿀게요. 항상 제게 힘을 빌려줘서 고마워요, 하루토 씨."

미하루가 난처한 표정을 짓더니 다정하게 미소 지었다.

"아뇨. 할 수 있어서 한 거니까 앞으로도 사양 말고 미하루 씨가 바라는 걸 말해주세요."

리오가 수줍어하며 고개를 끄덕이고 미하루에게 말했다.

"제가 바라면 하루토 씨는 어떤 일이든 도와주실 건가요?"

미하루가 조심스럽게 물었다.

"……네. 여러분이 지구로 돌아가기 위해, 제가 할 수 있는 것이라면 뭐든지."

리오가 억지로 뭔가 떳떳하지 못한 미소를 짓고 미하루가 지구로 돌아간다는 전제로 대답했다. 그렇게 억지로 웃은 이유는…….

'내가 아는 한, 미하루 씨는 4년 넘게 세월이 흐르는 동안 지구로 돌아가지 않았어.'

그렇다. 아마카와 하루토가 죽은 시점에 미하루는 지구로 돌아가지 않았다. 스무 살 성인이 된 후, 하루토는 딱한 번 자신의 어머니와 만난 적이 있었다. 그때 미하루네 집과 아직 알고 지내냐고 슬쩍 떠보았다. 그때 알고 지내기는 하지만, 미하루는 실종 상태라고 들었다.

덧붙여 하루토는 그때 동생 아키가 어떻게 지내는지도 물었으나 하루토의 어머니는 아키가 실종된 것을 하루토에게 가르쳐주지 않고 잘 지낸다고만 대답했다. 어머니가 무슨 생각으로 아키의 실종을 하루토에게 가르쳐주지 않았는지는 모르겠지만, 결과적으로 하루토는 이 세계에서 아키와 재회할 때까지 아키가 실종된 것을 몰랐다.

어쨌든 미하루가 이 세상에 전이한 것보다 나중에 죽은 하루토가 미하루가 이 세계에 오는 것보다 먼저 다시 태어나 전생의 기억을 되찾았다. 리오는 그것을 아직 미하루에게 가르쳐주지 않았다. 가르쳐주면 반드시 자신의 전생을 가르쳐줘야 하니까……. 떳떳하지 못한 것은 아직 그 사실을 알리고 싶지 않아서였다.

그러나 계속 입 다물고 있을 수는 없었다. 그들은 정말로 지구로 돌아갈까? 설령 지구로 돌아가는 방법을 찾더라도 어떤 연대의 지구로 돌아갈까? 그런 가능성을 모른다는 것을 포함해 그들은 그들의 상황을 잘 알아야 하니까…….

적어도 사츠키, 타카히사와 재회하고 그다음 일을 이야기할 단계가 될 때까지는 알아둘 필요가 있었다. 리오는 그렇게 생각했다.

"……지구로 돌아가기 싫은 건 아니에요. 하지만 저는 다 같이 지내는 지금 생활도 좋아요."

미하루는 리오가 지구로 돌아가는 것을 전제로 이야기하는 사실에 순간, 복잡한 표정을 보였지만, 그런 뒤에 확실하게 자기 심정을 토로했다.

"그런, 가요? 그럼 다행이네요."

리오가 조금 의외라는 듯이 미하루를 보았다.

"저는 둘 다 소중하고 어느 쪽을 잊을지 고르는 짓은 못해요……. 그래서 저는 아직 다 같이 있고 싶어요. 하루토 씨와도 함께 있고 싶어요. 지구로 돌아가고 말고를 떠나서 그것이 지금의 제 바람이에요."

미하루가 리오에게 자기 마음을 알렸다.

리오는 역시나 의외라는 듯이 미하루를 바라보았다. 평소의 미하루보다 더 파고든다고 해야 하나 조금 대담한 느낌이었다.

"……알겠습니다. 미하루 씨의 뜻을 최대한, 존중할게요."

잠시 뒤, 리오가 조심스럽게 말했다.

"약속이에요?"

미하루가 확인하고 리오의 얼굴을 빤히 들여다보았다.

"네."

리오가 조금 난처한 미소를 지으며 대답했다.

"고마워요……. 아, 저 뭔가 부끄러운 말을 했는지도 모르겠어요."

미하루가 안도해서 가슴을 쓸어내리고 리오에게 인사했다. 그러다 대담한 행동을 했다는 생각이 들었는지 곧 뺨을 붉혔다.

"아뇨, 그렇지 않아요."

리오가 대답하고 자신들을 향해 누가 다가오는 걸 알아차리고 그쪽을 보았다.

"저기, 하루토 님. 지금 바쁘세요?"

다가온 사람은 리제롯테의 시녀 견습생 클로에였다.

"괜찮아요. 리제롯테 님이 부르시나요?"

마침 미하루와 대화가 일단락됐다. 리오는 붙임성 좋게 고개를 젓고 용무를 물었다.

"아뇨, 제 개인적인 용건으로 대단히 죄송하지만, 드릴 말씀이 있어서."

클로에가 공손하게 말했다.

"클로에 씨가……. 뭔가요?"

리오가 고개를 갸웃거리며 클로에에게 물었다.

"아망드에 마물이 밀어닥쳤을 때, 저는 물론 마물이 공격한 엄마와 동생을 구해주셨는데 제대로 감사를 드리지 않은 것과 몇 년 전에 하루토 님이 저희 본가 여관에 묵으셨을 때의 일을 사과드리려고…….”

클로에가 긴장했는지 딱딱한 목소리로 용건을 밝혔다.

“아망드에 마물이 밀어닥쳤을 때는 몰라도 몇 년 전에 클로에 씨네 여관에 묵었을 때 일이요?”

리오가 이상하다는 듯이 의문을 나타냈다.

“그, 술 취한 모험가들이 식당에서 하루토 님에게 시비를 걸어서 싸움이 벌어졌을 때의 일이요.”

클로에가 당시의 일을 얼추 설명했다.

“아, 그때 일은 클로에 씨와 아무 상관없잖아요?”

리오가 가볍게 웃으며 흘려 넘기려고 했다.

“그렇지 않아요. 저는 무서워서 아무것도 못했고 다툼에 휘말린 하루토 님도 무서워서 몹시 실례되는 짓을 했어요. 그때, 하루토 님이 다음날 아침에 떠난 뒤로 계속 사과하고 싶어서……. 정말 죄송했습니다!”

클로에가 말하는 동안, 당시 사건과 감정이 선명하게 떠올랐는지 리오에게 깊이 머리를 숙였다.

“아뇨, 잊고 있던 일이니까 신경 쓰지 마세요.”

리오가 부드럽게 웃으며 클로에를 타일렀다.

“하지만, 죄송합니다…….”

클로에가 창피한 표정을 지으며 머리를 숙였다.

“……알겠습니다. 그러면 클로에 씨의 마음은 잘 받을게요. 그러니 제발 고개를 드세요.”

리오가 참 예의 바른 아이라는 인상을 가지고 난처한 얼굴로 클로에를 재촉했다.

"네, 감사합니다."

클로에가 천천히 머리를 들었다.

"저기, 쌓인 이야기가 있다면 저는 잠깐 자리를 비켜드릴까요?"

조용히 두 사람의 대화를 지켜보던 미하루가 신경 써서 리오와 클로에가 둘이 있을 수 있도록 제안했다. 리오에게 어떤 과거가 있는지 신경 쓰였지만, 더 이야기할 거면 자기가 외부인이라고 판단했기 때문이었다.

"아뇨, 저는 일이 있어서, 대단히 실례가 많았습니다! 두 분은 이제 편히 쉬세요."

손님인 미하루가 마음 쓰게 할 수는 없었다. 클로에는 황급히 고개를 젓고 마지막으로 한 번 더 리오에게 어머니와 동생 일로 감사 인사를 하고 자리를 떴다.

몇 시간 뒤. 리오 일행이 탄 마도선이 드디어 왕도 가르투크에 도착했다. 마도선은 왕도 동쪽에 있는 호수로 천천히 고도를 낮췄다.

조금씩 선체와 아래에 있는 호수의 거리가 좁혀지자…….

"전원, 착수 충격에 대비하라!"

선장이 전성관을 향해 외쳤다. 잠시 뒤, 마도선이 빨려 들어가듯이 호수에 착수하며 주변에 파도를 일으켰다.

그 뒤, 마도선이 물 위를 이동해 항구에 도착하자 승무원과 항구에서 기다리던 이들이 각자 능수능란하게 상륙 작업에 들어갔다. 내던진 밧줄로 항구와 배를 고정하고 트랩을 붙여서 배를 타고 내릴 수 있게 했다.

"리제롯테 님, 하선 준비를 마쳤습니다!"

선장이 선원들이 신속하게 작업을 마치자 덱에서 대기하던 리제롯테에게 고했다.

"고마워요, 선장. 승무원 여러분도 수고했어요. 이제 배를 관리하며 아망드로 돌아갈 때까지 왕도에서 자유롭게 지내도록 해요."

리제롯테가 선원들의 신속한 행동에 만족했는지 스스럼없이 감사를 표했다.

"얘들아, 들었냐?! 쉬고 싶으면 얼른 점검 작업도 끝내자!"

선장이 승무원들을 독려했다.

"예!"

승무원들이 기운차게 대답하고 작업을 시작하기 위해 힘차게 흩어졌다. 리제롯테는 그들을 흐뭇하게 지켜보고 리오와 미하루에게 하선을 재촉했다.

"자, 하루토 님, 미하루 님. 준비를 마쳤으니 이리로 오세요."

"네, 데려다주셔서 감사합니다."

리오가 리제롯테에게 감사를 표하고 하선하려고 걸음을 뗐다. 미하루도 "감사해요"라고 인사하고 리오를 뒤따랐다.

리제롯테도 함께 걸었다. 그들을 경호하듯이 수행 시녀인 아리아, 코제트, 나탈리, 클로에가 동행했다.

그러자 선착장에서 기다리던 일꾼 중 한 사람, 장년 후반으로 보이는 남자가 다가왔다. 우람한 체격을 보니 평범한 무인이 아닌 것 같았다. 허리에 검을 차긴 했는데 군인이 아닌 집사 복장이었다.

"리제롯테 아가씨, 오랜만에 뵙습니다."

장년 후반의 남자가 예의 바르게 인사하고 리제롯테에게 말을 걸었다.

"어머, 리카르도. 마중 고마워. 미리 도착 예정 시각을 전하긴 했지만, 일부러 당신이 와주다니……."

리제롯테가 살짝 눈을 크게 뜨고 리카르도라 부른 남자를 편하게 대했다. 리오는 아마 크레티아 공작가를 모시는 사람일 것이라고 짐작했다.

"리제롯테 님의 은인인 하루토 님과 손님인 미하루 님을 정중하게 모시라는 세드릭 님과 줄리안느 님의 명령입니다."

리카르도가 리제롯테와 나란히 선 리오와 미하루를 보았다. 리오는 리카르도와 시선이 마주치자 조용히 가볍게 인사했다. 미하루도 꾸벅 인사했다.

"그래, 아버님과 어머님께서……."

리제롯테는 양친의 조치에 감사하며 살짝 좋아했다.

"두 분 모두 하루토 님과 미하루 님을 만나기를 고대하고 계십니다. 바로 크레티아 공작가의 왕도 저택으로 안내하겠습니다만, 괜찮으시다면 저도 인사드릴 기회를 가져도 괜찮겠습니까?"

리카르도는 장년의 멋이 느껴지는 목소리로 리오와 미하루에게 자기소개할 기회를 청했다.

"그래. 하루토 님, 미하루 님, 이쪽은 크레티아 공작가의 집사이자 제 아버지를 모시는 리카르도라고 합니다."

리제롯테가 리오와 미하루에게 리카르도를 소개했다.

집사란 집에서 일하는 모든 사용인을 통솔하는 총책임자로, 주인의 측근 중의 측근, 즉 오른팔로서 포괄적인 권한을 부여받았다.

사용인이지만, 크레티아 공작가의 집사라면 귀족 출신임이 틀림없었다. 그런 인물이 주인의 명령으로 직접 손님을 마중하러 오다니, 리제롯테의 아버지인 세드릭이 리오를 절대 가볍게 보지 않는다는 증거였다.

"그러시군요. 저는 하루토, 이쪽은 미하루 아야세 씨입니다. 리제롯테 님의 각별한 배려로 함께 찾아뵙게 되었습니다. 집사이신 리카르도 님께서 직접 정중하게 환대해주시니 진심으로 감사드립니다."

리오는 정중한 말투와 예법으로 자기소개를 하고 리카르도에게 경의를 표했다. 미하루도 리오가 소개해주자 정중하게 고개를 숙였다.

"무엇을 그리 정중하게. 소개드리겠습니다. 리카르도입니다. 하루토 님, 리제롯테 아가씨를 궁지에서 구해주셔서 진심으로 감사드립니다. 미하루 님 말씀도 들었습니다. 자, 그러면 저택으로 안내하겠습니다. 마차를 준비했으니 이리로 오십시오."

리카르도가 우호적인 미소를 지으며 인사하고 더는 쓸데없는 이야기를 하지 않고 리오와 미하루를 안내하고자 걸음을 옮겼다.

리오, 미하루, 리제롯테가 뒤를 이었다. 아리아, 코제트, 나탈리, 클로에도 말없이 따랐다.

"그건 그렇고 파스칼 오라버니와 조르쥬 오라버니도 오셨어?"

리제롯테가 갑자기 리카르도에게 말을 걸었다. 내용을 들으니 파스칼과 조르쥬는 둘 다 리제롯테의 오빠인 듯했다.

"파스칼 님은 공교롭게도 안 오셨지만, 조르쥬 님은 피앙세이신 콜레트 님의 본가에 인사드리러 가셨습니다. 연회 때는 만나실 수 있으실 겁니다."

"그랬구나. 파스칼 오라버니가 안 계시다니 아쉽지만, 어쩔 수 없지. 하루토 님, 미하루 님. 오늘 밤에는 저택에 부모님만 계시는데 두 분을 소개해드릴게요. 아무래도 두 분을 뵙기를 기대하시는 모양입니다."

리제롯테가 리카르도에게 필요한 이야기를 듣고 리오와

미하루에게 말했다.

"네, 기꺼이요."

리오와 미하루는 흔쾌히 승낙하며 리제롯테의 부모님과 만나기를 희망했다. 이야기하던 중, 항구 밖에서 대기하던 마차에 도착했다.

일행은 마차를 타고 크레티아 공작가의 왕도 저택으로 향했다. 그들이 탄 마차와 시녀들이 탄 마차가 덜거덕 덜거덕 바퀴소리를 내며 이동했다.

크레티아 공작가의 왕도 저택은 마도선 항구와 가까운 귀족거리에 있었다. 귀족거리는 마도선 항구에서 왕성까지 직통대로가 있고 그 사이에 있었다.

도처에 군 관련 시설이 지어져 있어서 귀족거리는 경비가 엄중했다. 조용한 분위기가 감돌았지만, 병사들이 여기저기 순찰을 돌았다.

몇 분을 이동하자 리오 일행이 탄 마차가 귀족거리에서도 가장 왕성에 가까운 구역에 도착했다.

"저택 정문에 도착했습니다."

마부 옆에 앉은 리카르도가 마차 안으로 말을 걸었다.

"그러면 슬슬 내릴 준비 하시죠."

리제롯테가 재촉했으나 리오와 미하루의 짐은 시녀들이 관리해서 그들은 빈손이었다. 짐이라면 리오가 찬 검 정도일까.

리오 일행이 탄 마차는 호화롭게 장식한 견고한 철문을

지나 저택 부지로 들어갔다. 리오 일행은 저택 앞에서 마차에서 내렸다.

"굉장해, 아름다운 저택이야……."

미하루가 리오의 에스코트를 받으며 마차에서 내려와 장엄한 크레티아 공작 저택을 보고 몹시 당황했다.

그곳에는 하얗고 거대한 건축물이 서 있었다. 부지 안에는 손질한 평면기하학식 정원이 있고 문에서 저택까지 가는 데도 조금 거리가 있었다.

"후후, 칭찬 감사합니다. 지내기에는 조금 정신없을지도 모르지만, 가문의 힘을 자랑하기 위해서라도 왕도에는 상응하는 저택을 짓는 것이 예부터 내려온 관습이랍니다. 귀족사회의 폐해지요."

리제롯테가 씁쓸하게 웃으며 미하루에게 말했다.

"오늘은 해가 졌으니 정원은 내일 산책하심이 어떠십니까. 부디 이쪽으로. 만찬을 준비했습니다."

리카르도가 리오 일행을 저택으로 유도했다. 곧바로 저택으로 들어가니 내부 장식도 참으로 예술적이었다.

미하루는 마치 궁전에 들어온 듯한 착각이 들어 긴장한 기색을 띠었다. 리오는 조각 같은 저택 내부 디자인을 흥미진진하게 바라보았다.

그러는 사이, 리오 일행은 먼저 객실로 안내받았다. 문을 열자 제일 먼저 넓은 거실이 눈에 들어왔다.

"이것은 이 객실 열쇠입니다. 오늘 밤 두 분께선 이 방을 이용해주십시오. 두 개의 침실에 각각 내부 잠금장치가 달려있습니다."

요는 호텔 스위트룸 같은 것이었다. 리카르도는 리오에게 객실 열쇠를 건네고 방을 설명하더니 침대로 이어지는 문 두 개를 보았다.

"멋진 방을 준비해주셔서 감사합니다."

리오는 정중하게 고개를 숙이고 방 열쇠를 받았다.

"그러면 20분 뒤에 저택 사용인이 모시러 올 테니 짐 정리하시며 잠시 기다려주십시오. 혹시 질문 있으십니까?"

리카르도가 물었다.

"드레스코드는 어떻게 되나요?"

리오가 신경 쓰이던 질문을 했다.

"지금 입고 계신 옷으로도 충분하니 신경 쓰지 마시지요."

리카르도가 밝게 웃었다.

"감사합니다."

리오도 웃으며 인사했다.

"너희는 하루토 님과 미하루 님의 짐을 옮겨."

"알겠습니다."

리제롯테가 나탈리와 코제트에게 지시했다. 두 사람은 정중한 손놀림으로 리오와 미하루의 짐을 거실의 짐 두는 곳으로 옮겼다.

"참, 저택에 초대해주신 보답으로 리제롯테 님과 부모님께 작은 선물을 가져왔습니다. 받아주시겠습니까?"

리오가 청했다.

"어머, 감사합니다. 마음 쓰지 않으셔도 됐는데."

리제롯테는 조금 미안한 듯했다.

"드리고 싶은 것은 특별한 술입니다. 일부 지역에 비슷한 술이 있을지도 모르지만, 적어도 인근 나라에서 일반적으로 유통되는 맛의 술은 아니라고 생각합니다."

"특별한 술이요?"

리오가 특별한 술을 준비했다고 하자 호기심을 보였다. 슈트랄 지방에 유통되지 않는다니 리카 상회 회장으로서 듣고 지나칠 수 없는 이야기였다.

"괜찮으시다면 직접 드시고 맛을 확인해보세요. 지인에게 일품이라고 보장받았습니다."

리오는 많은 말은 하지 않고 리제롯테에게 짓궂게 웃어 보였다. 가져온 술은 리오가 정령의 주민의 마을과 야구모 지방에서 배운 지식으로 직접 만들었는데 세리아에게 맛을 검증받았으니 리제롯테도 만족할 터였다.

"……그러면 이 뒤의 만찬 때 들어도 될까요?"

아무래도 리제롯테는 가능한 한 빨리 마시고 싶은 모양이었다.

"물론입니다. 종류가 몇 가지 있으니 만찬 메뉴와 어울리는 술을 골라주세요."

리오가 수긍하고 짐 두는 곳으로 가서 자기 가방을 열었다. 그리고 천으로 만든 자루와 디자인이 멋진 토기 병을 세 개 꺼냈다.

"……아름다운 토기네요. 자루의 자수도 귀엽습니다."

리제롯테가 리오가 든 토기 병을 보고 흥미롭다는 듯 중얼거렸다. 일 때문에 다양한 고급술을 다루지만, 처음 보는 디자인이었다.

"감사합니다. 사실 병과 술은 지인에게 만드는 방법을 배워서 제가 취미로 만든 거예요. 그리고 이 자루는 미하루 씨가 만든 물건입니다."

리오가 살짝 수줍게 감사하며 토기 병을 자루에 넣었다.

"어머, 그러세요?"

리제롯테가 몹시 당황했다. 적어도 아마추어의 실력은 아니었다.

"네, 받아주세요."

리오가 세 개의 토기 병 자루를 들고 리제롯테에게 다가갔다.

"그러면 감사히 받겠습니다."

리제롯테가 인사하고 리오가 주는 자루를 받았다. 그러자 아리아가 곧바로 "제가 들겠습니다"라며 자루를 받았다.

"리제롯테 아가씨, 이쪽으로 오시죠."

리카르도가 가슴에 손을 대고 리제롯테에게 퇴실을 재촉했다.

"하루토 님, 미하루 님. 저도 준비해야 해서 여기서 일단 실례하겠습니다. 나중에 뵙겠습니다."

리제롯테가 생긋 웃고 리카르도와 시녀들을 데리고 퇴실했다.

◇ ◇ ◇

리오는 일단 미하루와 따로 침실에 들어가 허리에 찬 검을 풀어 무장을 해제했다. 저택에 들어올 때 무장을 금지하지는 않았지만, 만찬 자리에 검을 차고 가는 것은 매너 관점에서 좋지 못했다.

옷은 깔끔하게 입었으니 굳이 바꿔 입을 필요는 없었다. 이대로 만찬 준비가 끝났다.

또 해야 하는 것이 있다면 손을 씻고 양치하는 정도? 리오는 세면대에서 손을 씻고 양치하고 거실 소파에 앉았다.

"기다렸죠? 하루토 씨."

미하루도 자기 침실에서 준비를 마치고 곧 거실로 나왔다.

리카르도의 말로는 잠시 후 마중이 온다고 하니 차를 마시며 느긋하게 보낼 시간은 없을 것 같았다. 실제로 아이시아의 염화도 섞어서 앞으로 할 일을 확인하려고 했는데 곧바로 시녀가 왔다.

"하루토 님, 미하루 님, 만찬장으로 모시겠습니다. 준비는 마치셨습니까?"

"네, 감사합니다."

리오가 웃으며 여성에게 감사를 표했다.

그 후, 급사복을 입은 여성의 안내를 받아 리오와 미하루는 식당에 도착했다.

식당은 정말 호화로웠다. 실내에는 앤티크 가구를 뒀고 큰 창문에는 스테인드글라스를 끼워 실내를 물들였다.

그리고 식당에는 이미 리제롯테와 부모님이 앉아서 기다리고 있었다. 리오와 미하루가 나타나자 세 사람이 나란히 자리에서 일어났다.

한쪽에서는 리카르도를 포함한 저택 사용인들이 벽 쪽에 조용히 서 있었다. 리제롯테의 시녀인 아리아도 보였다.

"잘 와주었네. 하루토 군, 미하루 씨. 크레티아 공작가의 왕도 저택에 어서 오게나. 환영하네. 내가 리제롯테의 아비인 세드릭 크레티아일세."

세드릭이 인상 좋은 친절한 말투로 리오와 미하루를 환영했다. 실제 나이는 40대 중반인데 리제롯테의 아버지라는 게 이해가 될 정도로 생기 있는 미남이었다.

"처음 뵙겠습니다, 하루토라고 합니다. 초대해주셔서 진심으로 감사드립니다."

리오가 가슴에 오른손을 대고 공손하게 인사했다.

"미하루 아야세라고 합니다. 오늘 초대에 감사드립니다."

미하루도 리오를 따라 긴장한 기색으로 인사했다.

"리제롯테에게 두 사람 이야기를 들었네. 먼저 하루토 군, 아망드에서 리제롯테를 구해줘서 고맙네. 자네가 없었으면 돌이킬 수 없는 피해가 생겼을 거야. 크레티아 공작가를 대표해서 진심으로 감사하는 바이네."

세드릭이 리오에게 깊이 고개를 숙였다.

"아뇨, 결과적으로 저를 위한 행동이기도 했습니다."

리오는 조금 민망한지 고개를 가로저었다. 미하루 일행의 뒷일을 위해 리제롯테에게 빚을 만들려던 타산적인 이유가 있던 것과 루시우스와 싸운 이유가 사적인 원한에 근거한 것은 부정할 수 없는 사실이었으니까…….

"하하하, 그래도 자네가 내 귀여운 리제롯테를 구해준 것은 사실이지. 딸에게 해를 끼친 게 아니라면 자네가 무슨 생각으로 행동했는지는 문제 되지 않아."

세드릭이 너그럽게 웃으며 말했다. 역시 공작이라고 해야 하나, 상냥하고 도량이 넓은 인물 같았다.

"황송합니다."

리오는 깊이 고개를 숙였다.

"자, 오늘 밤의 주역은 자네들일세. 앉게나. 감사하는 마음을 담아 소소하나마 만찬을 준비했네."

세드릭이 리오와 미하루에게 착석을 권했다. 리카르도와 아리아가 조용히 리오와 미하루의 곁으로 다가와 두 사람이 앉기 쉽게 의자를 뺐다.

"앉으시지요."

"감사합니다."

리오는 고개를 끄덕이고 의자에 앉았다. 미하루도 아리아가 의자를 빼주자 조심스럽게 앉았다. 크레티아 공작 일가도 다른 사용인이 의자를 빼주자 조용히 앉았다.

"여보, 저도 두 사람에게 인사하고 싶어요. 소개해줘요."

세드릭 옆에 앉은 여성, 세드릭의 아내이자 리제롯테의 어머니인 줄리안느가 입을 열었다. 줄리안느는 생긋 웃으며 조용히 그들의 대화를 들었는데 무엇이 기쁜지 지금도 웃으며 리오와 미하루를 보았다.

"아. 미안해요, 줄리안느. 하루토 군, 미하루 씨, 소개하지. 내 아내이자 리제롯테의 어미인 줄리안느일세."

세드릭이 밝게 웃으며 줄리안느를 리오와 미하루에게 소개했다.

"후후, 좋은 밤이에요. 줄리안느 크레티아랍니다. 두 분 다 오늘 밤은 편하게 보내요."

줄리안느가 까르르 웃으며 리오와 미하루에게 말했다. 부모 자식이라서 그런지 리제롯테와 똑같은 맑은 물색 머리카락과 짙은 파란색 눈에 무척 나른한 외모의 미인이었다. 실제 나이는 모르지만, 가까이에서 보니 자매로 보일 정도로 줄리안느는 생기 있었다.

"처음 뵙겠습니다. 하루토라고 합니다. 부끄럽게도 줄리안느 님을 리제롯테 님의 언니인 줄 착각했습니다."

리오가 활짝 웃으며 말했다.

"어머나, 말씀도 잘하시긴."

줄리안느가 수줍어하며 뺨을 살짝 붉혔다.

"하하하, 그렇지, 그렇지. 줄리안느는 아름다우니까."

세드릭이 기분 좋게 웃으며 동의했다.

"정말, 당신도 참……."

줄리안느가 뺨에 손을 대고 부끄러워하며 세드릭에게서 얼굴을 돌렸다. 그 몸짓이 무척 가련하고 잘 어울렸다.

마치 신혼처럼 풋풋한 부부였다. 리오와 미하루는 흐뭇하게 그들을 바라보았다.

"죄송합니다. 하루토 님, 미하루 님. 항상 이러세요. 보는 사람이 부끄러울 정도로 사이가 좋으셔서 제가 끼어들 틈이 없답니다."

리제롯테가 쓴웃음 지으며 리오와 미하루에게 말했다.

"부부 사이가 원만한 것은 멋진 일이죠."

리오가 웃으며 말했다.

"네, 사이가 좋으셔서 부러워요."

미하루도 따뜻한 미소를 지으며 동의했다.

"오오, 자네들도 그렇게 생각하나? 이야기가 잘 통할 것 같아서 기쁘군. 곧 전채가 나올 테니 식전주라도 마시도록 할까. 이 멋진 자리에 건배하세. 가족 만찬이니까 딱딱한 건 빼세."

세드릭이 기뻐하며 술을 마시자고 제안했다.

"미하루 님, 술 드실 수 있으세요?"

리제롯테가 얼른 미하루에게 확인했다.

일본 법률로 미성년자인 미하루는 술을 마실 수 없지만, 이 세계에는 미성년자의 음주를 금하는 법률이 없었다. 그보다 열다섯 살이 되면 어엿한 성인으로 대하기 때문에 미하루가 술을 마셔도 아무런 문제가 없었다.

그러나 실제로 일본에서 나고 자란 미하루가 술을 마실지는 다른 문제라 확인할 필요가 있다고 생각했으리라.

"거의 못 마시지만, 첫 잔 정도는……."

미하루가 대답했다. 음주가 금지되지 않은 이세계라도 술을 마시기는 아직 조금 꺼려지지만, 분위기를 망치는 짓은 하고 싶지 않았다.

실제로 정령의 주민의 마을에서 살던 무렵에는 비슷한 자리에서 몇 번 술을 마신 적이 있었다. 그다지 세지는 않지만, 몇 잔 이상 마시는 게 아니면 취하지는 않았다.

"그러면 알코올이 없는 음료수도 있으니 나중에 준비하겠습니다. 그렇지 참, 하루토 님께 받은 술도 흥미로운데요……."

리제롯테가 조금 전에 리오에게 받은 술을 화제로 꺼냈다.

"식사하며 마시는 술로도 괜찮지만, 식전주에 어울리는 술도 있어요."

리오가 말했다. 세드릭이 관심 있게 귀를 기울였다.

"그러면 골라주시겠어요?"

"네."

"아리아, 아까 받은 술을 가져와."

리오가 고개를 끄덕이자 리제롯테가 벽 쪽에 서 있던 아리아에게 말했다.

"알겠습니다."

아리아는 꾸벅 고개를 끄덕이고 급사대에 있던 토기 병을 식탁으로 옮겼다. 토기 병은 파랑, 빨강, 하얀색이었다.

"식전주에는 파란 토기가 어울립니다. 산미가 있어서 식욕을 증진시켜줄 거예요."

리오가 파란 토기 병에 든 술을 권했다.

"그러면 저는 그걸로."

권해준 대로 리제롯테가 파란 토기 병에 든 술을 마시기로 했다.

"재미있어 보이는군. 나도 그걸로 하지."

"그러면 저도."

다른 식전주도 있지만, 세드릭과 줄리안느도 같은 술을 마시겠다고 했다. 모처럼 리오와 미하루도 같은 술을 마시기로 했다.

"따라드리겠습니다."

아리아가 익숙한 손놀림으로 파란 토기 병을 들고 금속 잔에 술을 따랐다. 모두에게 술을 돌리자 리제롯테 일가가 흥미롭게 잔속을 보았다.

"겉보기에는 맥주와 비슷한데 이 향은 사과, 입니까?"

리제롯테가 색과 향으로 술을 분석했다. 잔속에는 맥주와 색이 비슷한 탄산 없는 투명한 액체가 넘실거렸는데 향기가 사과향보다 산미를 연상시키는 톡 쏘는 것이었다.

"네, 말씀하신 그대로입니다."

리오가 고개를 끄덕였다.

"정말 기대되는군. 어서 건배하도록 하지……. 다들 잔은 있나?"

세드릭이 빨리 술을 마시고 싶은지 건배를 재촉했다. 리오 일행은 각자 잔을 손에 들고 세드릭이 말하기를 기다렸다.

"그러면 멋진 연회를 축복하며, 건배!"

잠시 뒤, 세드릭이 건배 선창을 했다.

"건배!"

리오 일행은 가볍게 잔을 들고 입에 댔다. 리오는 자기가 만든 술의 감상이 신경 쓰여서 바로 리제롯테 일가를 보았다.

"……맛있어!"

리제롯테가 눈을 번쩍 뜨고 무심결에 활짝 웃었다. 탄산 없는 맥주와 비슷해 보이지만, 맛은 맥주보다는 질 좋은 화이트 와인에 가까웠다.

단맛은 가볍고 도수도 와인보다 낮아서 부드럽고 사과의 산미가 있어서 참으로 식욕을 자극하는 맛이었다.

"분명히 산미가 있지만, 아주 넘기기 쉬운 술이군. 사과의 단맛은 빠졌지만, 그래서 식전주로 더할 나위 없이 잘 어울린다고 할 수 있겠어. 마시는 느낌이 훌륭해."

세드릭도 잔을 놓고 리오가 지참한 술을 칭찬했다.

"정말 이 술이라면 얼마든지 마실 수 있을 것 같네요. 식사에도 어울릴 것 같고. 큰일이에요. 저는 술이 약한데……."

줄리안느도 황홀하게 맛과 향을 즐겼다.

"기대에 부응한 것 같아 다행입니다."

리오가 미소 지으며 기뻐했다.

"이런 술은 쉽게 만나지 못하는데 대체 어디서 이 술을?"

세드릭이 술의 출처에 관심을 보였다.

"아버님, 이 술은 하루토 님이 직접 만드셨다고 합니다."

리제롯테가 얼른 세드릭에게 가르쳐줬다.

"아니, 자네가 이 술을? 고급주로 충분히 팔 수준이네만……."

세드릭이 놀랐는지 눈을 번쩍 뜨고 말했다.

"재료비가 많이 들지 않아서 만들기 그리 어렵지 않습니다. 다른 술도 두 가지 있으니 괜찮으시다면 맛을 비교해주십시오."

리오가 천천히 고개를 가로저었다.

"하하하, 이번 만찬의 즐거움이 또 하나 늘었군."

세드릭이 즐겁게 소리 내어 웃었다.

'이것도 전생의 지식을 활용해 만든 걸까? 그렇다면 하루토 님은 전생에 본가가 주조업이라도 했나……? 아무튼 미하루 님의 케이크와 이 술 제조 방법도 가르쳐줄 수 없는지 교섭해봐야겠어.'

리제롯테는 몰래 상인의 혼을 불태웠다.

"이런, 이렇게 좋은 술을 알려주는 바람에 리제롯테가 리카 상회에서 팔 수 없을지 궁리하고 있지 않나."

역시 아버지라 그런지 세드릭이 리제롯테가 무슨 생각을 하는지 간파하고 즐겁게 이야기를 돌렸다.

"……아버지도 참."

리제롯테가 부끄러운지 뺨을 붉혔다.

"괜찮으시다면 미하루 씨의 케이크처럼 상의할게요."

리오가 키득 웃고 리제롯테의 의중을 물었다.

"괜찮으십니까? 그렇다면 부디 꼭!"

리제롯테가 아주 기뻐하며 고개를 끄덕였다. 그때, 주방에서 전채 요리가 날라져 와 세팅이 시작됐다. 그리고 드디어 만찬이 본격적으로 시작됐다.

만찬이 시작한 뒤로는, 세드릭이 교묘하게 대화를 유도해 웃음이 끊이지 않았다. 줄리안느가 까르르 웃자 그 웃음에 이끌린 미하루와 리제롯테도 즐겁게 웃어서 리오도 편하게 웃었다.

미하루도 술이 맛있는지 처음에는 건배만 하겠다고 했지만, 줄리안느와 리제롯테와 어울리며 여러 잔을 함께 마셨다. 한편, 리오도 세드릭과 함께 술을 여러 잔 마셨다.

"리제롯테는 줄리안느처럼 다정하고 배려할 줄 아는 아이인데 한편으로는 어찌 된 일인지 줄리안느와 다르게 기가 센 아이로 자랐다네."

세드릭이 술이 돌며 기분이 고양됐는지 갑자기 리제롯테 이야기를 하기 시작했다.

"아, 아버님?"

리제롯테가 허를 찔려 당황해 아버지에게 말을 걸었다. 그러나 세드릭은 싱긋 웃고는 맞은편에 앉은 리오와 미하루에게 계속 말했다.

"귀족으로 살려면 인맥은 무시할 수 없어. 그건 아는가?"

"네, 압니다."

리오가 곧바로 대답했다.

"집과 집의 맺음. 즉, 결혼은 그 인맥을 형성하는 가장 좋은 방법일세. 집을 존속하기 위해서도, 인맥을 형성하기 위해서도 결혼은 귀족으로서 피하기 힘든 사회적 현상이라 할 정도네. 그래서 귀족은 정략결혼을 하지. 정략결혼을 하려고 맞선을 보기도 해. 설령 당사자끼리 그럴 마음이 없어도 말일세."

세드릭이 조금 난처한 미소를 지었다.

"리제롯테도 예외가 아니었네. 공작가에는 온갖 가문에서 맞선 요청이 들어오지. 그것도 어린아이일 때부터. 실제로는 그냥 얼굴만 보는 일도 많지만, 귀족사회에서 원만한 관계를 유지하려면 다 거절하는 것은 악수야."

리오와 미하루는 세드릭의 말에 조용히 귀를 기울였다.

"리제롯테는 보는 바와 같이 눈에 넣어도 아프지 않을 만큼 귀여우니까. 그야말로 산더미처럼 많은 가문에서 맞선 이야기가 쏟아졌네. 물론 다 받아들이기는 힘드니까 그중에서 거절하기 힘든 이야기만 받아서 리제롯테에게 맞선을 보게 시켰다네."

세드릭은 당시를 떠올리는지 그리운 듯이 웃으며 말했다.

"어휴……."

리제롯테는 뭐라고 말하고 싶은 듯이 세드릭을 보면서도 동시에 리오와 미하루를 의식하고 부끄러워서 **뺨**을 붉혔다. 어머니인 줄리안느는 그런 딸을 흐뭇하게 바라보았다.

"그게 일곱 살 때였나. 첫 맞선을 보고 몇 번인가 더 본 뒤에 리제롯테가 내 집무실에 와서 말했다네. '열두 살까지 왕립학원을 고등부까지 월반 졸업하면 부탁 몇 가지를 들어달라'고 말일세."

"아, 아버님, 그만 다른 이야기를······."

리제롯테는 아버지가 무슨 이야기를 하려는지 확신했는지 억지로 웃으며 이야기를 돌리려고 했다. 그러나 눈앞에 손님인 리오와 미하루가 있어서 그런지 민망해서 강경하게 말리지 못했다.

"어머, 괜찮지 않니? 하루토 씨와 미하루 씨에게 네 멋진 면을 알릴 좋은 기회야."

줄리안느가 흐뭇해하며 리제롯테를 말리자 리제롯테도 더는 말리지 못하고 작게 탄식하며 단념했다.

"당시의 리제롯테는 아직 일곱 살이었지만, 소름이 돋는 게 느껴졌다네. 갑자기 그런 말을 하니 나는 무슨 일이냐고 이유를 물었다네. 이 아이가 뭐라고 했을 것 같나?"

세드릭이 웃으며 사랑하는 딸을 확인하고 참으로 즐겁게 리오와 미하루에게 물었다.

"이야기 흐름상, 맞선에 관한 건가요?"

리오가 옆에 앉은 미하루와 얼굴을 마주 보고 얼추 예상했다.

"맞았어. 리제롯테는 이렇게 큰소리쳤다네. '아버님, 저는 원하지 않는 상대와 정략결혼하고 싶지 않습니다. 제가 결혼할 상대는 스스로 고르고 싶습니다. 그러니까 저는 결혼 상대를 스스로 정할 힘을 갖고 싶습니다'라고 말일세. 그래서 리카 상회를 설립을 지원하니까 영지 일부 경영을 맡겨달라고까지 부탁하더군. 일곱 살 소녀가 말일세!"

세드릭이 힘차게 고개를 끄덕이고 웃음을 참으며 계속 말했다.

"그때부터 참 총명하셨군요."

리오가 키득 웃고 리제롯테를 보았다.

"자네도 알겠나? 우리 애가 기가 세다고 할까, 기풍이 좋다고 할까, 감동했다네. 당시의 나는 흔쾌히 승낙해버렸지. 그리고 이 아이는 열 살에 혁신적인 논문을 쓰고 고작 몇 년 만에 가르아크 왕국 왕립학원을 정말로 월반해서 졸업해버렸어. 내 아이지만, 정말 총명한 아이라네."

세드릭도 리제롯테를 보며 무척 자랑스러운 표정을 지었다.

'으으, 흑역사야. 그래도 어쩔 수 없잖아. 아직 일곱 살이었던 나에게 서른 살이나 마흔 살 아저씨까지 맞선을 청했는걸. 당시에는 이 세계의 기초지식을 익히느라 바빴는데 공포였어. 그야말로 공포.'

리제롯테는 당시를 떠올리고 몹시 얼굴이 빨개졌다.

"그래서 아망드 대관을 맡아 리카 상회 회장으로 독립도 했는데, 날이 갈수록 따로 사는 게 불안하다네. 바로 얼마 전만 해도 아망드에 마물 떼가 밀어닥치질 않았나. 그 배후에는 루시우스라는 남자가 이끄는 용병단의 움직임과 용으로 보이는 괴물도 있었다고 하네."

세드릭이 애수를 띤 목소리로 조금 쓸쓸하게 말했다. 그리고 자세를 바로 하고 리오를 보았다.

"하루토 군은 실력이 범상치 않은 검사라지? 리제롯테에게 무척 신뢰할 수 있는 인물이라고 들었네. 직접 이렇게 이야기해보니 리제롯테에게 들은 그대로의 인상을 받았다네."

"분에 넘치는 말씀입니다."

리오는 세드릭에게 칭찬받자 공손하게 답했다.

"미하루 씨도 예의 바르고 겸허하며 귀엽고 멋진 아가씨로군. 경계하게 할 생각은 없으나 그런 자네들에게 부탁이 있네."

"그 말씀은?"

리오가 고개를 갸웃거리며 장단을 맞췄다.

"신분상, 입장상, 이 아이는 툭 터놓고 이야기할 수 있는 또래 친구가 몹시 적네. 재기 발랄한 이 아이를 좋아하는 사람이 많지만, 좋게 생각하지 않는 자도 똑같이 적지 않으니까. 그러니 자네들만 괜찮다면 앞으로도 이 아이와 사이좋게 지내주지 않겠나?"

세드릭이 리오와 미하루에게 깊이 머리를 숙였다.

"……네. 리제롯테 님만 좋으시다면."

"저도 기꺼이요."

리오와 미하루가 키득 웃으며 긍정했다.

"고맙네. 정말 다행이군. 그러면 오늘은 리제롯테를 잘 알아볼 좋은 기회라네. 일곱 살에 그런 거창한 말을 했을 정도이니 이 아이의 무용담이 아직 많으니까 많이 이야기 하자고."

세드릭이 싱긋 웃으며 리제롯테를 보고 짓궂게 말했다.

"정말, 그만 놀리세요, 아버님!"

리제롯테가 참다못해 아버지에게 항의했다.

"하하하, 화나게 해버렸군. 하지만 장래에 대한 명확한 비전도 없던 일곱 살 무렵의 나와 비교하면 리제롯테는 너무 잘난 아이라 자랑하고 싶은 게 부모 마음이라네. 줄리안느를 닮았나 보오."

세드릭이 표표하게 웃으며 받아넘기고 사랑하는 부인 줄리안느를 치켜세웠다.

"아뇨, 저도 일곱 살 무렵에는 꽃 키우기에 빠져서 제 장래를 스스로 펼칠 생각도 못했어요. 총명한 점은 당신을 닮은 거겠죠."

줄리안느가 기뻐하며 후훗 웃었다.

"죄송합니다, 하루토 님, 미하루 님. 두 분이 틈만 나면 이러세요."

리제롯테가 작게 탄식하며 리오와 미하루에게 사과했다.

"아뇨, 사이좋고 멋지세요."

미하루가 생긋생긋 웃으며 고개를 저었다.

"고마워요. 미하루 씨는 일곱 살 무렵에 어떤 아이였나요?"

줄리안느가 갑자기 미하루에게 물었다.

"저요? 제가 일곱 살일 때쯤에는⋯⋯."

미하루는 멍하니 자기가 일곱 살이었을 때를 떠올렸다.

일곱 살 때는 마침 하루토와 헤어졌던 때였다. 지금도 가장 선명하게 기억하는 사건이 하루토와의 이별이었다.

"헤어진 소꿉친구 남자아이와 결혼하고 싶었어요. 헤어질 때 결혼 약속을 해서 요리 공부도 하고⋯⋯."

미하루는 살짝 곁눈질하며 리오를 의식하고 안색을 살피듯이 말했다. 리오는 순간, 미하루도 모를 정도로 살짝 얼굴을 굳혔다. 그러나 곧 감정을 엿볼 수 없는 붙임성 좋은 가면을 썼다.

"어머, 멋져라. 지금은 그 남자아이를 어떻게 생각해요?"

줄리안느가 눈을 반짝 빛내며 미하루에게 물었다.

"네? 으, 음, 그 후로 만나지 못했지만, 그 사람은 계속 기억에 남아서, 지금도 소중한 추억으로⋯⋯."

미하루는 갑작스러운 질문에 얼굴을 붉혔지만, 조심스럽게 말을 꺼냈다.

"소중한 추억이고⋯⋯?"

줄리안느가 두근두근하며 미하루에게 말을 계속하라고

재촉했다. 세드릭은 흐뭇하게 미하루를 보았고 리제롯테는 흥미진진하게 미하루의 이야기에 귀를 기울였다.

"……그를 문득 떠올리긴 하지만, 그 마음이 사랑인지는 조금 자신이 없었어요. 그런데 최근 들어 간신히 깨달았습니다. 저는 지금도 그 사람이 무척 소중하고, 좋아한다는 걸."

미하루는 가슴에 손을 대고 작게 심호흡한 뒤, 자기 마음을 밝혔다.

"어머나!"

줄리안느가 기대한 대답을 듣고 기쁜지 입가에 손을 대고 무척 기뻐했다.

"아, 아하하, 조금, 취한 것 같네요."

미하루가 옆에 앉은 리오의 얼굴을 다시 힐끗 엿보고 참기 힘들 정도로 창피했는지 새빨개진 얼굴을 푹 숙였다.

리오는 기분 탓인지 민망해하며 억지로 웃었다.

"후후, 그래요. 얼굴이 새빨개요. 멋진 이야기를 들었네요. 리제롯테도 이런 멋진 연애를 하면 좋을 텐데."

줄리안느가 기분 좋은 음색으로 미하루를 도와주고 사랑하는 리제롯테로 이야기를 돌렸다.

"거, 거기서 왜 제 이야기가 나와요?"

리제롯테가 예상하지 못하게 이야기가 흘러가자 얼굴을 굳혔다.

"아직 리제롯테에게 연애는 이른 것도 같고……."

세드릭이 얼굴을 찌푸리고 난색을 표하며 과보호하는

면을 보였다.

"어머, 열다섯 살이었던 저한테 열심히 구혼한 게 어디 사는 누구시더라?"

줄리안느가 세드릭을 보며 귀엽게 성을 냈다.

"하하하, 누구였지?"

세드릭이 뻔뻔하게 웃으며 천연덕스러운 얼굴로 시치미를 뗐다.

정령환상기

【 제 3 장 】 ✵ 스메라기 사츠키

 다음 날. 리오와 미하루는 저택에서 오찬을 한 후, 리제 롯테와 함께 가르아크 왕성을 방문했다. 목적은 물론 연회 전에 사츠키와 만나는 것이었다.

 원래는 두 사람이 정공법으로 들어갈 수 없는 영역이지만, 리제롯테가 성문에서 소정의 절차를 거치자 리오와 미하루도 이렇다 할 심사 없이 입성 허가를 받았다.

 입성 후, 리제롯테는 국왕에게 보내는 서한을 성 관리에게 건네고 가르아크 국왕 프랑수아에게 긴급 알현을 요청했다. 귀족은 이유만 있으면 언제든 국왕에게 알현을 요청할 수 있는 권리가 있어서 그 권리를 행사했다.

 경우에 따라서는 월 단위로 기다리는 일도 있지만, 이번에는 서한을 보내고 바로 만나자는 대답이 돌아와서 그들은 그대로 국왕을 알현하게 되었다.

 단, 정보 비밀성이 높다고 생각했는지 알현실에서 하는 공적인 의미의 알현이 아니라 왕족이 사용하는 응접실에서 비공식으로 알현하게 되었다.

 그들이 응접실로 안내받자 바로 이어서 프랑수아도 왔다. 프랑수아의 나이는 40대 후반으로 왕으로서 가장 순탄할 나이였다. 눈빛과 외모는 차분했고 대국 왕의 풍격을 몸에 둘렀다.

프랑수아의 양옆에는 20대 초반 청년과 10대 초반 소녀가 있었다. 둘 다 질 좋은 옷을 입었고 프랑수아와 동행한 것을 보니 왕족인 것 같았다. 그 밖에도 급사복을 입은 시녀로 보이는 여성들도 있었다.

"잘 왔다. 리제롯테와 이렇게 얼굴을 마주하는 것은 아망드 습격 보고를 받은 이후인가. 다음에는 내일 연회에서 만날 줄 알았다만……."

프랑수아가 리제롯테 일행의 내방을 환영하고 미하루와 리오를 보았다. 리오와 미하루는 입을 열지 않고 고개를 숙여 조용히 프랑수아의 시선을 받았다.

"실례했습니다. 폐하를 뵈어 기쁩니다. 내일 밤의 연회를 앞두고 바쁘신 와중에 돌연 알현을 청하여 몹시 송구스럽습니다. 또한, 신속하게 알현을 허락해주셔서 진심으로 감사드립니다."

리제롯테가 리오와 미하루를 대표해 공손히 인사했다.

"됐다. 미리 통지했더라도 대응하느라 고생했겠지. 이렇게 본인을 데려와주어서 오히려 괜한 수고가 줄었다. 무엇보다 그대도 다망하지 않나. 자, 앉도록 하라."

프랑수아가 너그럽게 말하고 상석에 앉았다. 동행한 청년과 소녀는 방 한쪽에 있는 의자에 앉았다.

"실례하겠습니다."

리제롯테가 고개를 숙이고 조용히 앉았다. 리오와 미하루도 인사하고 리제롯테 양옆에 앉았다. 긴장해서 동작이 어색한 미하루와 대조적으로 리오는 귀족처럼 눈을 내리뜨고 자세를 바르게 했다.

"……미하루 공이 사츠키 공의 친구라면 그쪽은 누구인가?"

프랑수아가 리오에게 관심이 생겼는지 정체를 물었다.

"이 분은 하루토 님입니다. 이 세계를 헤매던 미하루 님을 보호하고 제게 사츠키 님과 만날 수 있게 해달라고 의뢰하셨습니다. 또, 아망드가 마물에 습격당하자 힘을 빌려주셨고 납치된 플로라 님을 탈환하셨습니다."

리제롯테가 리오를 소개했다.

"호오, 그쪽이 보고에 있던 그 마검사인가. 활약은 들었다. 미하루 공의 일도 그렇고 참으로 잘하였다. 고개를 들라."

프랑수아가 흥미를 보이며 눈을 크게 뜨고 리오를 치하했다. 그리고 '고개를 들라'는 '짐과의 대화를 허락한다'는 뜻이었다.

왜냐하면 비공식이라고는 하나 나라의 정점에 군림한 국왕을 상대하려면 다른 왕후귀족을 상대하는 것보다 엄격한 예법이 요구됐다. 리오가 시선을 들어 프랑수아의 얼굴을 직시하지 않는 것도 그 때문이었다.

만약 리오가 직접 프랑수아와 리제롯테의 대화에 끼었으면 예의를 모른다는 낙인이 찍혔으리라.

"폐하께서 직접 칭찬해주시니 성은이 망극합니다."

리오는 발언을 허가받고 드디어 입을 열었다. 그리고 프랑수아가 자기 얼굴을 볼 수 있도록 살짝 고개를 들고 다시 숙였다.

"보고서에 적혀있긴 했지만, 정말 젊군. 그 나이에 대형 아룡의 브레스를 막을 정도의 마검을 자유자재로 다루다니. 양친이 이민자라던데 행동거지가 제법 귀족 같지 않은가. 재미있는 남자로다. 그대의 이야기도 나중에 들어보도록 하지."

프랑수아가 리오를 보고 강한 관심을 나타냈다. 방구석에 앉은 왕족 청년과 소녀도 흥미롭게 리오를 주목했다.

"황송합니다."

리오는 괜히 자신을 낮추지 않고 공손하게 고개를 숙였다. 그때, 노크 소리가 들리고 문이 열렸다.

"실례합니다."

10대 중반의 소녀가 나타났다. 이 세계의 여성 기사가 입을 듯한 기사복을 더 호화롭게 만든 옷을 입었는데 외모는 일본인이었다.

큰 눈에 늠름한 눈빛. 스타일은 여성적이고 늘씬했으며 등까지 기른 긴 머리카락을 위로 묶었다. 귀여운 곳은 귀엽지만, 용모를 묘사한다면 미인이라는 표현이 더 어울렸다.

소녀는 여기까지 달려왔는지 숨이 조금 거칠었다. 그러나 신경 쓰지 않고 급하게 실내를 둘러보더니 미하루를 발견했다.

『……미하루!』

소녀, 스메라기 사츠키는 숨을 고르고 일본어로 미하루의 이름을 외쳤다.

『사츠키 씨!』

  미하루는 표정이 확 밝아지더니 벌떡 일어나 무척 기뻐하며 사츠키에게 대답했다. 사츠키가 일본어로 말하자 미하루도 따라서 일본어로 말했다.

『아, 역시 미하루도 이 세계로 왔구나, 다행이야! 솔직히 기뻐해도 될지 모르겠어. 그래도 다행이야. 미하루를 만나서 다행이야!』

  사츠키가 미하루에게 달려가 힘차게 끌어안았다. 이 세상에 홀로, 자기만 소환되어 고독과 불안과 싸웠으리라. 마음 깊이 안도하는 것이 보였다.

『저도 사츠키 씨와 만나서 다행이에요!』

  미하루는 얌전히 사츠키를 마주 안았다.

『어떡하지, 이야기하고 싶은 게 너무 많아. 무슨 이야기부터 하지? 너희를 다시 만나면 어떡할지, 계속 그 생각만 했는데…… . 막상 만나니까 머리가 새하얘져서 말이 안 나와.』

  사츠키가 살짝 눈물을 비치며 기쁘게 웃었다.

『저도 사츠키 씨를 만나면 많은 이야기를 하려고 했는데 무슨 이야기를 해야 할지 모르겠어요.』

  미하루가 키득 웃으며 동의했다. 한편, 왕족들을 기묘한 것을 본 듯한 얼굴로 사츠키와 미하루를 보고 있었다.

『……왜 그러십니까?』

주변 시선을 알아차린 사츠키가 미하루를 놓아주고 살짝 거리를 두더니 프랑수아를 보며 물었다.

"아니, 신장의 힘으로 번역 마술 비슷한 무언가가 사츠키 공에게 걸린 줄은 알았으나 이렇게 대화를 들으니 신기해서 말이네. 사츠키 공이 하는 말은 이해가 되지만, 미하루 공은 무슨 말을 하는지 전혀 모르겠군."

프랑수아가 씁쓸하게 웃으며 설명했다.

『아, 그렇군요……. 어라? 미하루는 용사가 아니야?』

사츠키가 미하루의 말이 이 세계의 언어로 번역되지 않는다는 것을 알고 눈을 휘둥그레 뜨며 미하루에게 물었다.

『네. 아니에요. 저는 신장이 없거든요.』

『그러면 평소에는 어떻게 의사소통해?』

『공통어뿐이지만, 슈트랄 지방 말을 배웠어요.』

미하루가 대답했다.

『배, 배웠다니……. 우리가 이 세계에 온 지 아직 몇 달 안 됐잖아? 이렇게 단기간에 독학으로?』

사츠키가 믿지 못하겠다며 확인했다. 교사가 있다면 모를까 완전히 독학을 습득할 수 있는지 신기했으리라.

『음, 사츠키 씨가 가진 신장처럼 의사소통할 수 있는 고대 마도구를 하루토 씨가 갖고 있었어요. 그걸로 말을 배우고 일상회화 정도는 어찌어찌…….』

미하루가 리오를 보며 미리 준비한 대답을 했다.

사실은 리오가 전생의 기억이 있어서 일본어를 아는 덕

분에 배운 것이 진실이지만, 황당무계해서 못 믿을 이야기고 리오도 불특정 다수에게 알리고 싶지 않은 이야기였다. 미하루 때문이 아니었다면 리제롯테에게도 자기가 가르쳐 주지는 않았을 터였다.

덧붙여 리제롯테는 사정을 알아서 미하루의 설명이 거짓말이라는 것도 알지만, 가짜 이유를 설명하는 것은 그녀도 이미 찬성한 일이었다.

신장이라는 번역마술의 예도 있고 서로 의사소통할 수 있게 하는 고대 마도구가 있다고 설명해도 불가능하다고 부정할 수는 없었다.

『그런 마도구가……. 혹시 저 사람이 하루토 씨야?』

사츠키가 당황해서 리오를 보며 미하루에게 물었다.

『네. 이 세계를 헤매던 저를 구해줬어요.』

미하루가 고개를 끄덕이고 대강 경위를 설명했다.

『하루토…….』

사츠키가 리오의 가명을 중얼거리고 리오의 얼굴을 뚫어져라 보았다.

"……무슨 이야기를 하는가?"

프랑수아가 끼어들었다. 사츠키의 말로 이야기 내용을 어느 정도 알 수 있어서 미하루의 대답에 흥미가 생긴 모양이었다.

『음, 지금 이야기한 거 가르쳐줘도 돼?』

사츠키가 지금 대화를 번역해도 괜찮은지 미하루에게

확인했다.

『네, 물론이죠.』

미하루가 흔쾌히 승낙했다.

『미하루가 이 세계의 말을 단기간에 할 수 있게 된 이유를 물었습니다. 의사소통할 수 있는 마도구가 있는지 그걸로 말을 배웠다고 하네요.』

사츠키가 프랑수아에게 가르쳐줬다.

"호오, 그런 물건이……."

프랑수아가 흥미롭게 리오를 보았다.

『그런데 우리가 말을 배우느라 그 마도구를 너무 많이 써서 망가지고 말았어요…….』

미하루가 미리 준비한 설명을 조심스럽게 덧붙였다.

고대 마도구라고 설명하면 현대마술로 재현이 어려운 물건이니까 깊이 추궁해도 얼버무리기 쉽다는 말을 듣기는 했지만, 마음속으로는 자기가 거짓말하는 게 들키면 어떡하나 조마조마했다.

그러나 자기 때문에 리오의 비밀을 밝힐 수는 없다며 열심히 마음을 가라앉히려고 긴장한 기색으로 작게 심호흡을 반복했다.

『안타깝게도 과도한 사용으로 마도구가 망가졌다고 합니다.』

사츠키가 미하루의 말대로 프랑수아에게 번역했다. 실제로는 사츠키도 일본어로 말하는데 그게 왕족들에게 이

세계의 말로 번역되는 것뿐이지만.

"하루토여. 망가진 실물은 남았는가?"

프랑수아가 리오에게 직접 물었다.

"부모님의 유품이라, 일단은……. 하오나 핵인 술식이 든 마옥이 과부하를 일으켰는지 가루가 되어 복구가 불가능합니다."

리오가 망설이지 않고 대답했다.

참고로 마옥이란 마석과 다르게 내장한 마력을 다 써도 반복해서 마력을 주입할 수 있는 물건으로, 정령의 주민이 말하는 정령석이다. 현대 인간족은 정제할 수 없는 물건이라 얼마든지 얼버무릴 수 있었다.

『……궁금해서 그런데, 일본어와 이 세계의 말을 아는 미하루는 내가 하는 말이 어떻게 들려?』

사츠키가 갑자기 신경 쓰이는지 그런 질문을 했다.

『일본어로 들려요. 그런데 이 세계의 말로 들으려고 강하게 의식하면 이 세계의 말로 들려서 갑자기 말이 바뀌어서 무척 이상한 느낌이 들어요…….』

미하루가 씁쓸하게 웃으며 대답했다.

『흐음. 아직 뭐라 말할 수 없지만, 대화 상대의 의식이 문제인가? 기본적으로 뇌가 모국어로 인식하는 말이나 일상적으로 쓰는 언어로 변환되는 식인가…….』

사츠키가 흥미롭게 추측했다.

"그런데 사츠키 공, 계속 서서 이야기할 텐가? 좀 더 자세한 경위를 듣고 싶지만, 오랜만에 재회하지 않았나. 냉정하게 이야기하지 못할 수도 있고 쌓인 이야기도 있을 테지. 미하루 공도 조금 긴장한 듯하니, 일단 둘만의 시간을 가지는 것은 어떠한가?"

프랑수아가 분위기에 맞춰 제안했다. 물론 사츠키와 미하루를 배려해 두 사람에게 좋은 인상을 주려는 의도도 있었다.

그러나 실제로는 사츠키와 미하루가 왕족 앞에서 이야기하기 어려울 수 있는 만큼 프랑수아는 프랑수아대로 사츠키 앞에서 이야기하기 어려운 점이 있다고 생각하고 한 제안이었다.

『……그래도 되겠습니까?』

사츠키가 진의를 살피듯이 프랑수아를 보았다.

"물론, 나중에 미하루 공에게 듣겠지만, 경위와 사실 확인은 하루토에게 보고받으면 된다. 짐은 리제롯테와 하루토에게 물어보고 싶은 것도 있어서 말이야. 두 사람은 그동안 심심할 테니 다른 곳에서 대화하는 것이 오히려 낫다고 판단했다."

프랑수아가 너그럽게 말하고 어깨를 으쓱해 보였다.

『알겠습니다. 마음 써주셔서 감사합니다. 그러면 제 방으로 가겠습니다. 안내는 안 붙여주셔도 됩니다.』

사츠키가 프랑수아에게 감사하고 자기 방으로 가겠다고 했다.

"알겠다."

프랑수아는 특별히 이의를 제기하지 않고 허가했다.

『가자, 미하루.』

사츠키가 미하루의 손을 잡고 말했다.

『네, 네…….』

미하루는 리오를 보고 조금 망설이며 고개를 끄덕였다. 사츠키는 퇴실하기 전에 멈춰서 리오를 물끄러미 보았다.

"하루토 씨, 미하루를 구해줘서 고마워. 미하루 좀 잠깐 빌릴게. 당신과도 나중에 이야기할 수 있을까?"

사츠키가 리오를 보며 고개를 끄덕여 인사한 뒤, 말했다.

"물론입니다."

리오는 가슴에 오른손을 대고 공손하게 고개를 끄덕였다.

◇ ◇ ◇

그 후, 사츠키가 미하루를 데리고 사라지자 리오는 리제롯테와 함께 프랑수아를 대면했다.

"자, 바로 미하루 공에 관해 하루토에게 직접 대략적인 사실관계 설명을 들어보도록 할까. 리제롯테의 서한에는 그리 자세한 사실이 기재되어있지 않아서 말이다. 괜찮나?"

프랑수아가 리오를 보며 의중을 떠봤다.

"알겠습니다."

리오는 익숙하게 고개를 끄덕이고 프랑수아에게 이때까

지 미하루가 겪은 일을 설명했다.

당초, 이 세계에 소환된 직후, 미하루가 가르아크 왕국과 센트스텔라 왕국 국경 부근의 초원지대를 헤맸던 것, 노예상인에게 납치돼 노예가 될 뻔한 것, 여행으로 우연히 지나가던 리오가 미하루를 구한 것.

미하루를 보호하며 고대 마도구를 써서 이 세계의 말을 날마다 익히는 한편, 미하루의 친구가 이 세계에 용사가 됐을지도 모른다는 가능성을 깨닫고 각지의 용사의 정체를 알아본 것.

고대 마도구로 말을 익혔다는 것 외에는 적극적으로 거짓말하지 않았다. 단, 아키와 마사토를 알릴지는 보류 중이라 두 사람의 이름을 꺼내지는 않았다.

"……대강의 경위는 파악했다. 사츠키 공의 친구를 보호하고 두 사람이 재회하기까지 진력을 다한 그대의 공이 매우 크다. 또한, 아망드에서 플로라 왕녀와 리제롯테를 구한 공도 눈부시다. 다시 칭찬하지. 참으로 잘하였다."

프랑수아가 이야기를 듣고 엄숙하게 리오를 칭찬했다.

"성은이 망극합니다."

리오는 깊이 머리를 숙이며 황송해했다.

"몇 가지 확인하고 싶은 점이 있다."

"무엇이신지요."

"그대만 한 인재가 오늘에 이르기까지 재야에 묻혀있었다니 조금 이해가 안 되는군. 양친이 이민자라고 들었는데 그러한가?"

프랑수아가 리오를 똑바로 보며 물었다.

"그러합니다."

"그러면 그 귀족 같은 행동거지는 어디서 익혔나? 평민의 예법은 아닌 듯한데."

프랑수아가 주저하지 않고 사적인 질문을 했다. 이 이야기는 리오가 전생을 기억하는 것을 아는 리제롯테도 배려 차원에서 아직 묻지 않았지만, 왕이라면 사양하지 않고 꺼낼 수 있는 화제였다.

따라서 리제롯테는 흥미롭게 리오의 안색을 곁눈질했다.

"아는 귀족님이 계셔서 그분을 만나며 배웠습니다."

리오가 동요하지 않고 표표하게 대답했다. 리오가 귀족 예법을 배운 곳은 물론 벨트람 왕립학원이지만, 과거를 숨긴 지금은 솔직하게 밝히고 싶지 않았다.

참고로 아는 귀족은 세리아였다.

"그 귀족의 이름은? 어느 나라 사람인가?"

"일이 있어서 지금은 실명을 숨기고 있습니다. 송구하오나 제 재량으로 그분의 이름을 밝힐 수는 없습니다. 부디 용서해주십시오."

리오가 대답하고 더 깊이 머리를 숙였다. 프랑수아의 질문에 대답하지 않는 것은 탐탁지 못하지만, 그렇다고 세리아에 대해 솔직하게 말할 수는 없었다.

"흠. 그 인물이 사연 있는 몸이라면 억지로 추궁하지 않겠다. 짐이 알고 싶은 것은 그대가 어떤 사람이며 무슨 목적으로 행동하느냐니까. 출신과 배후관계는 어디까지나 그것을 뒷받침하는 것에 지나지 않다."

프랑수아가 도도하게 말했다.

"저 개인은 어느 국가에도 소속되지 않았습니다. 아는 귀족님의 지시로 지금의 제가 움직이는 것도 아닙니다. 애초에 그 분과의 관계는 어디까지나 개인적인 인연에 지나지 않으니 그 귀족님은 이번 일과 아무런 관계가 없습니다. 또한, 국제 사정에 어두운 몸이지만, 그 귀족님은 폐하 나아가서는 가르아크 왕국에 절대로 해를 끼칠 사람이 아닙니다."

리오가 프랑수아가 하려는 말을 들며 주장했다.

"그러면 그대는 무엇 때문에 미하루 공을 사츠키 공에게 이끌었나. 그대는 사츠키 공과 미하루 공을 만나게 해서 뭘 하려는 건가?"

프랑수아가 단도직입적으로 리오의 목적을 물었다.

"저는 미하루 씨가 바라는 것을 들어주고 싶었을 뿐입니다."

리오가 거짓 없이 자기가 움직인 이유를 간단하게 말했다.

"……뭐?"

프랑수아가 허점을 찔렸는지 얼빠진 소리를 냈다. 동석한 왕족 청년과 소녀도 전혀 생각지도 못한 듯 얼떨떨해 보였다.

"미하루 씨는 사츠키 님과 만나길 바랐습니다. 그래서 저는 그녀의 힘이 되고 싶었습니다. 그뿐입니다."

리오는 그들의 반응을 살피듯이 설명을 덧붙였다.

"……그래서 리제롯테에게 접근해 이만한 무공을 세웠다고?"

프랑수아가 리오를 물끄러미 보며 물었다.

"리제롯테 님이 궁지에 빠지셨을 때 제가 그곳에 있었던 것은 우연입니다. 물론 가르아크 왕국에 소환된 용사님이 사츠키 님일 가능성이 있다고 생각해서 접근한 타산적인 이유가 있긴 합니다. 하오나 이렇게 일이 잘 풀린 것은 리제롯테 님이 힘을 보태주셨고 용사인 사츠키 님과 친구인 미하루 씨가 매우 운이 좋기 때문이라고 생각합니다."

리오가 공손하게 대답했다. 프랑수아가 씨익 입가를 비틀었다.

"훗, 흐하하하하! 재미있는 말을 하는군. 모든 것은 미하루 공 때문이고 운명에 놀아나는 소녀를 구하고자 오직 그것만을 위해 영웅이나 다름없는 공을 세웠다는 말인가?"

프랑수아가 즐겁게 웃었다.

"영웅이라니 과분한 평가입니다……."

"겸손하지 마라. 우리나라의 요충지라 할 수 있는 도시와 대귀족의 영애에, 대국의 왕녀를 구했고 그 과정에 아룡까지 물러나게 하지 않았나. 이런 활약을 한 인물을 영웅이라 하지 않으면 누가 영웅이란 말인가? 게다가 그만

한 공을 세우고 모든 것은 한 소녀를 위해서였다고? 참으로 수상하기는 하지만, 그야말로 영웅담에 어울리는 미담이 아닌가. 훌륭한 남자로다."

프랑수아가 기분 좋게 웃으며 리오의 겸양을 일축했다. 왕족 청년과 소녀가 신기한 걸 보는 얼굴로 프랑수아를 보았다.

"……과분한 말씀이십니다."

리오는 가볍게 반응하고 깊이 머리를 숙였다.

"조금은 자랑스러워하라. 그대는 그래도 되는 행동을 했으니. 그나저나…… 큭, 흐하하하하! 유쾌하구나. 오랜만에 즐겁게 웃었어. 다른 속셈이 있는 것 아닌가 했는데, 국내와 궁정의 너구리들을 상대로 대화한 적이 많아서 그런지 착각한 모양이다. 그런데 그대, 미하루 공을 좋아하는가?"

프랑수아가 큭큭 웃음을 참으며 리오에게 물었다.

"……아뇨, 그렇지는 않습니다."

리오가 난처한 얼굴로 고개를 저었다.

"참고로 그대는 몇 살인가?"

"열여섯입니다."

"호오, 젊구나. 나이답지 않은 차분함이 있어. 보고서로는 그대가 어떤 인간인지 알 수 없어 이 자리에서 그대가 무엇을 고집하는지 알아내려고 했다만. 아니, 조금이나마 이해했어. 대형 아룡의 브레스를 막아낼 정도의 실력을 지닌 수수께끼의 마검사여."

프랑수아가 기분 좋게 큰소리쳤다.

"영광입니다."

리오가 다소곳하게 송구스러워했다.

"재미있는 남자를 데려왔군, 리제롯테."

프랑수아가 웃으며 리제롯테를 보았다.

"영광입니다. 최근 불운한 사건이 이어지고 있으나 하루토 님과 만난 것은 제게 더할 나위 없는 요행이었습니다. 직접 만나시면 하루토 님의 인품이 폐하께 전해지리라 믿었습니다. 하루토 님을 좋게 평가해주셔서 기쁩니다."

리제롯테가 밝게 웃으며 말했다.

"지금 상황은 그대의 계산대로인가. 부아가 치미는군."

프랑수아는 말과 달리 싫지는 않은지 웃으며 생각했다.

'사츠키 공의 비위를 맞추는데 미하루 공이 있어서 아주 고맙지만, 의외로 이 남자를 알게 된 게 횡재일지도 모르겠군. 이번 연회까지 리제롯테도 우호적인 관계를 쌓는 듯하고. 연회 직전에 면회를 잡은 것은 그때까지 하루토와 관계를 독점하려는 것인가. 이 녀석은 이 녀석대로 여전하군.'

리제롯테는 조용히 고개를 숙였다.

"덕분에 즐거운 만남을 가졌다. 나중에 미하루 공에게도 이야기를 듣고 여러 가지 판단을 하도록 하지. 흥이 올랐으니 잠시 대화나 할까. 그전에 나라의 은인에 어울리는 일을 한 그대를 의심하는 발언을 해서 미안했다. 용서하게."

프랑수아가 씁쓸하게 웃으며 리오에게 사과했다. 말투

는 저래도 국왕이 출신도 모르는 떠돌이에게 사과하는 것은 극히 이례적인 일이었다. 즉, 프랑수아가 단기간에 그만큼 리오를 높이 평가했다는 의미였다.

"천부당만부당하십니다."

리오가 새삼 머리를 낮게 낮췄다.

"그래, 짐의 아들과 딸을 소개하지. 제1왕자인 미셸과 제2왕녀인 샤를로트다. 나이는 스물하나와 열넷이네. 너희도 이리로 와서 하루토에게 이름을 일러주어라."

프랑수아가 살짝 웃으며 리오에게 자기 아이를 소개하려고 방구석에 앉아있던 아들 미셸과 딸 샤를로트를 불렀다.

두 사람이 그들이 앉은자리로 다가오자 리오는 자리에서 일어나 인사했다.

"제1왕자인 미셸 가르아크다. 아망드에서 세운 무공은 나도 들었다. 설마 소문의 영웅과 대면할 줄은 몰랐어. 영광이야."

미셸이 조금 과장되게 어깨를 으쓱하고 리오에게 자기를 소개했다. 금발이 눈에 띄고 용모는 미남이라고 해도 될 정도로 단정한데, 조금 언짢아 보였다.

"아뇨, 저야말로 전하를 뵙게 되어 영광입니다."

리오가 붙임성 좋게 웃으며 미셸에게 대답했다.

"처음 뵙겠습니다, 하루토 님. 제2왕녀인 샤를로트 가르아크입니다. 리제롯테를 구한 영웅이 이렇게 젊고 이지적인 분이시라니 멋져요."

샤를로트가 방긋 웃으며 듣기 좋은 귀여운 목소리로 리오에게 말했다. 참 귀여운 용모에 자줏빛 세미롱 머리카락이 잘 어울렸다. 아직 어린 티가 나지만, 행동과 태도는 어엿한 레이디였다.

"과분한 평가, 황송합니다. 샤를로트 님."

리오가 미셸에게 한 것처럼 샤를로트에게도 붙임성 있게 응대했다.

"아뇨, 아버님은 첫눈에 누군가를 마음에 들어하시는 일이 거의 없는걸요. 그것만으로도 자랑스러워하셔도 돼요."

샤를로트가 태연하게 웃으며 리오를 칭찬했다.

"어허, 괜한 말 말거라, 샤를로트."

프랑수아가 쓴웃음 지으며 샤를로트에게 말했다.

"후후, 아버님도 참, 부끄러워하시긴."

샤를로트가 장난기 있는 표정을 지었다.

"아바마마를 곤혹스럽게 하지 마, 샤를로트."

미셸이 샤를로트를 나무랐다.

"네에, 오라버니."

샤를로트가 순순히 고개를 끄덕였다.

"본 바와 같이 아직 어린아이 같은 면도 있지만, 착한 동생이야. 붙임성 있는 성격이라 자네에게도 이것저것 물어볼 수 있으니 잘 대해줘."

미셸이 오빠답게 샤를로트를 두둔했다.

"분부대로 하겠습니다."

리오는 사이좋은 남매라고 생각하며 미소 짓고 고개를 끄덕였다.

◇ ◇ ◇

한편, 리오가 그들과 이야기할 무렵.

가르아크 왕성의 여러 첨탑 중 하나의 최상층. 미하루는 사츠키가 지내는 방의 거실로 안내받았다.

사츠키가 차와 과자를 준비하겠다며 주방에 간 동안, 미하루는 거실 소파에 홀로 앉아있었다.

미하루는 흥미롭게 거실을 둘러보았다. 얼핏 봐도 고급스러운 장식에 클래식한 최고급 호텔 스위트룸처럼 멋진 분위기가 넘쳐흘렀다.

몇 분 지나지 않아서 사츠키가 거실에 나타났다.

"기다렸지? 자, 들어."

사츠키가 차와 과자를 올린 쟁반을 테이블에 두고 미하루의 맞은편 소파에 앉았다.

"고마워요. 사츠키 씨는 이 방에서 혼자 지내요?"

미하루가 고개를 꾸벅 숙이고 사츠키에게 물었다.

"응, 메이드를 붙여주겠다고 했는데 내가 다 할 수 있으니까 다른 사람은 들어오지 말라고 했어. 거실과 식당에 주방과 욕실도 있어. 침실이 세 개라서 혼자 지내기에는 너무 넓지만, 맨션에서 사는 느낌?"

사츠키까 쓴웃음 지으며 대답했다.

"그러면 이곳에서는 누가 이야기를 듣고 그러지는……?"

"아무도 내 허락 없이는 이 방에 못 들어와. 안심하고 이야기해도 되니까 많이 말해줘. 보니까 폐하 앞에서는 못할 이야기도 있지?"

미하루가 조심스럽게 묻자 사츠키가 웃으며 고개를 갸웃거렸다.

"네. 사실 아키와 마사토도 저와 함께 이 세계에 왔는데 지금은 다른 곳에 몸을 숨기고 있어요……."

"그래, 그 둘도 미하루와 같이 있었구나. 뿔뿔이 흩어지지 않은 게 불행 중 다행인가……. 음, 지금은 두 사람이 무사하다는 걸 기뻐해야겠지. 두 사람이 다른 곳에 있다는 건 폐하께 말하면 안 되지?"

사츠키는 머리 회전이 빨라서 눈치도 좋은지 적확하게 상황을 파악했다.

"네, 상황이 파악되지 않았는데 우리가 모두 모습을 드러내는 건 위험할지도 모른다고 하루토 씨가 조언해줬어요."

"……그러면 성에 미하루를 데려온 것은 그의 아이디어?"

"제가 부탁했어요. 하루토 씨는 혼자 가서 사츠키 씨와 접촉해도 된다고 했지만, 하루토 씨에게만 떠넘기자니 민망해서……."

미하루가 천천히 고개를 가로젓고 무척 미안해하며 대답했다.

"그래…… 아키와 마사토도 만나고 싶지만, 바로 성으로 데려오지 않은 건 신중하고 좋은 판단이었어. 내 이야기는 나중에 하고, 너희에게 일어난 일이나 너희를 구해준 하루토 군에 대해 차례대로 말해줄래?"

사츠키가 미하루의 얼굴을 빤히 보고 부드럽게 웃으며 부탁했다. 미하루는 알겠다며 깊이 고개를 끄덕이고 사츠키에게 지금까지 있었던 일을 얘기하기로 했다.

"처음에는 이 세계의 초원에서 헤맸어요. 주위에 아무것도 없고 스마트폰 전파도 안 터져서, 망연자실했죠……."

"……굉장히 힘든 상황이었구나. 나는 왕성에 소환돼서 다행이었지만, 너희는 현대 주택가를 걷다가 대자연에 조난한 거지."

사츠키가 괴로운 표정을 지었다.

"네, 굉장히 혼란스러웠어요. 일단 사람이 있는 곳으로 가자고 이동했는데……."

그때를 떠올린 미하루의 표정이 살짝 어두워졌다.

"무슨 일이 있었어?"

사츠키가 미하루의 표정을 보고 무언가를 알아차렸는지 숨을 삼키고 물었다.

"그, 처음 만난 사람이 노예상이라 납치될 뻔했어요."

미하루는 가능한 밝게 웃으며 대답했다.

"괘, 괜찮았어?!"

사츠키가 당황해서 미하루에게 확인했다.

"네, 마차를 탄 후에 곧바로 하루토 씨가 나타나서 우리를 구해줬어요. 바깥 상황은 모르지만, 전투가 있었던 것 같아요. 그리고 이야기를 매듭지은 것 같고요……."

미하루가 당시 일을 얼추 설명했다. 실제로 밖에서 무슨 일이 일어났는지는 모르지만, 큰 소리가 나서 소란이 벌어진 것은 알 수 있었다.

"너희가 나보다 더 큰일이었구나……. 그래도 씩씩하게 살아남아서 나를 보러 오고, 이 세계에 오고 우울해하던 내가 창피해."

사츠키가 부끄러워했다.

"저는 아이들이 같이 있었고, 전부 하루토 씨가 도와줘서 노력할 수 있었던 걸요."

미하루가 쓴웃음 지으며 고개를 좌우로 저었다.

"……대단한 사람이구나, 그 하루토 군. 미하루가 무척 신뢰하는 게 느껴져. 그런데 그 사람은 대체 누구야?"

사츠키가 리오가 신경 쓰이는지 미하루에게 물었다.

"누구냐고요?"

사츠키의 질문 범위가 넓어서 그런지, 갑자기 리오에 대해 물어서 그런지 미하루가 당황하며 되물었다.

"뭐라고 하지? 그 사람은 서양 쪽 피가 강한 일본인 혼혈처럼 보이기도 하잖아? 머리카락은 회색이고 하루토라는 이름은 독일계이긴 하지만, 일본인 이름일 수도 있는 이름이고 너희를 위해 이렇게까지 해준 건, 그래서가 아닐까 싶어서…….."

사츠키가 질문한 의도를 설명하고 리오가 일본인이 아
닌지 에둘러 물었다.

"음, 하루토 씨는 슈트랄 지방에서 나고 자란 이 세계 사
람이에요. 지금부터 하는 이야기는 하루토 씨의 허락 없이
퍼뜨리지 않았으면 하는데, 가르아크 왕국 동쪽에 미개척
지라는 곳이 있다는 건 아세요?"

미하루가 말을 골라 말했다. 참고로 사츠키와 만나서 리
오 이야기를 어디까지 해도 되는지 미리 맞춰놓았다.

"……아, 응."

사츠키가 가만히 고개를 끄덕였다.

"하루토 씨의 부모님은 미개척지보다 더 동쪽에 있는 야
구모 지방 출신인데 슈트랄 지방으로 이주했대요. 그곳에
는 지구에서 동양인이라고 하는 검은 머리카락과 외모를
가진 사람들이 산다고 해요."

미하루가 리오에 관한 이야기를 했다.

"그래서 일본인처럼 생겼다는 거구나……."

사츠키가 흥미로워하며 이해했다.

"일단 슈트랄 지방에도 찾아보면 선조가 야구모 지방 출
신으로 보이는 외모의 사람들이 있대요. 수는 무척 적지만."

미하루가 말했다.

"와, 그렇구나……. 아, 이야기가 벗어났네. 그 정도는 남
한테 말해도 괜찮을 것 같은데 무슨 이유라도 있는 거야?"

사츠키가 이상하다는 듯이 물었다.

"말하지 않길 바라는 건 지금부터 할 이야기예요……. 아무에게도 말하지 않겠다고 약속해줄래요?"

미하루가 조금 모호한 말투로 사츠키에게 되물었다.

"……응, 약속할게."

사츠키가 진지한 얼굴로 결연하게 대답했다.

"하루토 씨가 우리를 위해 이렇게까지 해준 것은 하루토 씨가 상냥하기 때문이라는 게 첫 번째 이유지만, 우리가 일본인이라는 것도 적잖이 관련이 있을 수도 있어요."

미하루가 다정하면서 안타까운 미소를 지으며 말했다.

'그래, 하루토 씨는, 하루는 나와 아키를 알고도 말하지 않고 우리를 도와주고 있어.'

새삼 그 사실을 마음속으로 곱씹었다.

"……무슨 말이야?"

사츠키가 의아해하며 고개를 갸웃거렸다.

"하루토 씨는 전생을 기억해요. 일본인이었던 기억을……."

미하루가 또렷하게 말했다.

"……깜짝 놀랐어."

사츠키는 한동안 말을 잃었다가 겨우 입을 열었다.

"믿기 힘든가요?"

미하루가 조심스럽게 물었다.

"일본에 있었을 때는 안 믿었을 거야. 그런데 지금은 이상하게 쉽게 받아들여진다고 해야 하나…… 이런 세계에 왔으니까 말이야. 환생이라고 하나? 즉, 하루토 씨는 지구에서 자란 기억이 있다는 거지?"

사츠키가 작게 탄식하고 어깨를 으쓱하며 미하루에게 확인했다.

"네. 일본 대학생이었다고 해요."

미하루가 고개를 끄덕였다.

"일본 대학생, 그래……. 아, 그러면 마도구로 의사소통했다는 건 설마……."

사츠키가 퍼뜩 앞에서 했던 이야기를 떠올렸다.

"그건 하루토 씨의 비밀을 왕족에게 숨기기 위한 거짓말이에요. 미안해요."

미하루가 미안해하며 고개를 숙였다.

"아니야. 사정을 알았으니까 어쩔 수 없지. 그런데 나한테 그 사람의 비밀을 가르쳐줘도 돼……?"

사츠키가 조심스럽게 미하루에게 물었다.

"네. 남에게 말하지 않는 조건으로 하루토 씨에게 양해받았어요."

"그건 그렇고 비밀로 하고 싶다는 건 알려지면 위험하다는 말인가? 아무한테도 말할 생각 없지만, 나한테 말하는 것 자체가 그 사람에게 불리할 수 있다고 생각하는데……."

"그건 제가 사츠키 씨를 믿기 때문이에요. 그래서 하루토 씨도 사츠키 씨를 믿는 걸 거예요. 우리와 사츠키 씨의 관계를 배려해서 속이지 않아도 된다고 했어요."

미하루가 따뜻한 표정을 지으며 말했다.

"아, 그래. 그런 거였어. 미하루가 굳게 믿는 이유를 알겠어. 무척 성실한 사람이구나……. 응, 그러면 나도 그 사람을 믿을게. 나중에 제대로 감사를 표하고 미하루와 셋이서 같이 많은 이야기를 나누고 싶어."

사츠키는 지금 대화로 리오라는 인간을 조금 이해했는지 감명을 받고 리오를 평가했다.

'아, 정말. 그 사람을 수상하게 여긴 내가 부끄러워!'

그리고 가벼운 자기혐오에 빠졌다.

"하루토 씨도 이 방에 부르면 좋을 텐데요."

미하루가 깊게 생각하지 않고 가볍게 말했다.

"아, 그거 좋네."

사츠키가 짝 손뼉을 쳤다.

"네?"

미하루가 놀란 표정을 지었다.

"폐하께 말하러 가볼까."

"말하러 간다고요?"

미하루는 프랑수아를 만나러 갈 생각 만만인 사츠키를 보며 고개를 갸웃거렸다.

"응. 오늘 밤에 미하루와 하루토 군이 내 방에 묵어도 괜찮은지 말이야."

사츠키가 천연덕스럽게 웃으며 비약적인 이야기를 했다.

◇ ◇ ◇

한편, 잠시 뒤.

리오가 왕족과 대담하는 응접실에서.

"어떤가, 하루토여. 이번 일에 대한 포상도 겸해 우리나라의 기사가 될 생각은 없는가? 그대만 한 검사라면 출세 가도는 약속된 것이나 다름없지."

프랑수아가 리오에게 제안했다.

"……송구합니다. 저 같은 이민자 출신에게 대단히 감사한 말씀입니다만."

리오가 살짝 얼굴을 굳히고 권유를 사양했다. 왕이 직접 권했다. 귀족의 권유와 사정이 달랐다. 정식 타진은 아니라고 하나, 면전에서 거절하는 것은 상당히 허들이 높은 행위였다. 실제로 미셸의 표정이 좋지 못했다.

"호오, 리제롯테가 먼저 권했는가?"

프랑수아는 기분이 상하지 않았는지 흥미를 보이며 캐물었다.

일개 귀족 영애를 모시는 길과 기사로서 나라에, 나아가서는 국왕을 모시는 길. 귀족의 표준적인 가치관을 가진 사람이라면 후자를 고른다.

그러나 모시는 영애가 리제롯테라면 이야기가 달랐다. 지금의 리제롯테 크레티아라는 공작 영애의 이름에는 그만한 가치가 있었다.

"당연히 저도 권유는 했습니다만, 아직 좋은 대답은 받지 못했습니다."

리제롯테가 프랑수아에게 설명했다.

"무슨 이유가 있는가?"

프랑수아는 리오가 왕후귀족을 모시지 않는 이유를 직접 본인에게 물었다.

"……리제롯테 님께는 말씀드렸습니다만, 이민자였던 양친과 연이 있는 사람을 찾아 각지를 여행하는 중입니다. 지금은 미하루 씨를 위해 여행을 중단했습니다만, 이 일이 끝나면 다시 각지를 돌아볼 생각입니다."

리오가 시선을 내리며 대답하고 송구하다는 듯이 굴었다.

"호오. 분명 기사로서 귀족이 되면 권리가 생기는 반면, 나라를 위해 일할 의무도 생겨 훌쩍 여행을 떠날 수는 없지……."

프랑수아가 잠시 생각하고 이해하며 말했다.

"그래서 나중에 정착할 곳을 찾게 되거든 꼭 한 번 생각해주십사 하루토 님께 부탁했습니다."

리제롯테가 얼른 리오와 자기 관계성을 어필했다.

선택은 리오가 하고 아무도 선택하지 않을 수도 있지만, 자기도 먼저 말했다고 어필해서 나중에 리오가 자기를 선택했을 때 트러블이 생기지 않게 하려는 수였다. 아무리 상대가 국왕이라고는 하나, 리오만 한 인물을 가로채면 좋지 않게 생각할 테니, 나중에 후회하지 않도록 깔 수 있는 포석은 깔아 두는 게 좋았다.

"그런가. 여전히 빈틈이 없군."

프랑수아가 리제롯테의 의도를 그대로 파악하고 훗, 하고 웃었다.

'그대는 포기하라고 하면 잔인하겠지. 상대가 리제롯테가 아니었다면 말했을지도 모르지만.'

그때였다. 누군가가 응접실 문을 두드렸다.

"……누군가."

프랑수아가 확인하고 오라며 실내에 서 있던 시녀 중 한 사람을 보았다. 시녀는 슥 고개를 숙이고 조용히 문으로 걸어갔다.

"사츠키 님과 미하루 님이 돌아오셨습니다."

시녀가 문을 열어 두 사람을 맞이해 빠르게 실내로 안내했다.

"오, 사츠키 공과 미하루 공. 생각보다 빠르군. 대화는 충분히 했나?"

프랑수아가 두 사람이 들어오자 눈을 크게 뜨고 말했다.

"네, 여러분을 너무 기다리게 하고 싶지 않았고 할 이야기도 있어서……. 한창 말씀 중이셨습니까?"

사츠키가 평화롭게 대화하던 그들을 둘러보고 호기심을 보이며 물었다.

"아룡의 브레스를 마검으로 쳐낼 정도의 유랑 마검사는 어떤 무뢰한인가 이야기를 해보니 교양이 느껴지는 남자가 아닌가. 재미있는 녀석이야……. 그래서 할 이야기가 무엇인가?"

프랑수아가 기분 좋게 리오를 평가하고 용무를 되물었다.

"아, 음, 뭐라고 할까요, 부탁이 있습니다. 그전에 미하루와 하루토 군의 오늘 밤 예정은 어떻습니까?"

사츠키가 물었다.

"정해진 바가 있는가, 리제롯테여."

프랑수아가 두 사람을 이 자리로 데려온 리제롯테에게 물었다.

"리제롯테……."

사츠키가 이름을 중얼거리고 관심 있는 시선을 보냈다.

"음, 아, 그러고 보니 리제롯테는 아직 사츠키 공에게 인사하지 않았군. 짐의 질문에 대답하기 전에 자기소개를 하지."

프랑수아는 사츠키와 리제롯테가 처음 만나는 사이라는 것을 알고 리제롯테에게 자기소개를 재촉했다.

"황송합니다, 폐하……. 처음 뵙겠습니다, 용사님. 크레티아 공작가 장녀 리제롯테라고 합니다. 앞으로 잘 부탁드립니다."

리제롯테가 사교적으로 웃으며 일어나 숙녀처럼 인사했다.

"네, 압니다. 여자로서 리카 상회 상품을 애용하는걸요. 젊은 여성 귀족이라고 듣기는 했는데 당신이 리제롯테 씨였다니……."

사츠키가 리제롯테의 얼굴을 살피며 말했다.

"기뻐하라. 사츠키 공은 리카 상회 상품이 무척 마음에 든 모양이다."

프랑수아가 기분 좋게 눈을 가늘게 뜨며 리제롯테에게 가르쳐줬다.

"어머, 영광입니다."

리제롯테가 기뻐하며 활짝 웃었다.

"아까 설명하지 못했는데, 사실 리제롯테 씨가 우리를 성으로 데려와주셨어요."

미하루가 옆에 서 있는 사츠키에게 말했다. 언뜻 보면 사츠키에게 설명하는 것처럼 들리지만, 실제로는 리제롯테에게 상황을 설명하는 말이었다.

사츠키가 리카 상회 상품에 관한 비밀을 아는 경우에는 미하루가 리제롯테 대신 비밀을 설명해도 괜찮다고 본인이 승낙했기 때문이었다.

'사츠키 님이 아는지 모르는지는 아직 보류. 상황을 보면 5대 5인가? 알더라도 누군가에게 말할 가능성은 적어.'

리제롯테가 미하루의 발언과 사츠키를 보고 추측했다.

"어머, 그랬군요. 고마워요, 리제롯테 씨."

사츠키가 아름답게 인사하며 리제롯테에 감사를 표했다.

"아닙니다. 가르아크 왕국의 귀족으로서 당연한 책무이고 하루토 님께 은혜를 갚은 것이기도 하니까요……. 아무튼 어서 고개를 드세요."

리제롯테가 사츠키를 따라 깊이 고개를 숙이며 부탁했다.

"괜찮다면 당신과도 조만간 개인적으로 대화하고 싶어."

사츠키가 고개를 들고 리제롯테를 꼬드겼다.

"기꺼이. 연회 기간 중에는 왕도에 있으니 편한 시간에 언제든지 불러주십시오."

리제롯테가 붙임성 좋게 웃으며 수긍했다.

아무리 공작 영애인 리제롯테라고 해도 자기가 사츠키와 단둘인 상황을 만들기는 어렵지만, 사츠키가 권하면 그렇지 않았다.

"응, 조만간 연락할 테니까 잘 부탁해."

"네. 아참. 하루토 님과 미하루 님의 오늘 밤 예정을 물어보셨죠. 내일 밤 연회에 대비해 저희 집에 묵으실 예정이지만, 다른 예정은 없습니다."

리제롯테가 사츠키에게 고개를 끄덕이고 당초 이야기로 돌아가 프랑수아의 질문에 망설임 없이 대답했다.

"흠, 연회에는 그대의 동반으로 참가하기로 했지. 미하루 공과 하루토만 좋다면 오늘 밤 만찬 자리를 가지고 싶다만……. 사츠키 공의 부탁은 무엇인가?"

프랑수아가 당초 사츠키의 질문, 즉 리오와 미하루의 오늘 밤 예정과 관련해 부탁이 있다던 이야기를 꺼냈다.

"실은 오늘 밤, 미하루와 하루토 군을 제 방에 묵게 하고 싶습니다."

사츠키가 이야기를 꺼냈다.

"뭣?!"

제1왕자 미셸이 강한 반응을 보였다.

"……미하루 공은 몰라도 하루토도 말인가?"

프랑수아가 차분하게 사츠키에게 물었다.

"네. 미하루는 물론 은인인 하루토 군도 함께 셋이서 느긋하게 이야기를 나누고 싶습니다."

사츠키가 고개를 끄덕이고 당당하게 이유를 설명했다.

"흠……."

프랑수아는 냉정하게 생각에 잠겼다.

"자네 무슨 말을 하는 건가? 미혼 여성인 자네 방에 남자가 묵는 의미를 아는가?"

한편, 미셸은 말도 안 된다는 듯이 감정적으로 사츠키를 말렸다.

"어머, 미하루도 같이 묵는다니까? 그리고 미하루는 몰라도 당연히 하루토 군은 다른 침실을 쓸 건데, 대체 무슨 의미가 생긴다는 거야?"

사츠키가 무슨 말인지 알고도 굳이 논리 정연하게 미셸에게 되물었다.

'미하루 씨가 계획을 말했나? 사츠키 씨의 방에 묵으면 바위 집에 데려가려고 숨어드는 고생은 안 해도 되는데…….
왕자가 난색을 보이는 것도 당연해.'

리오는 미하루가 사츠키와 둘이서 무슨 이야기를 했는지 파악하고 상황을 분석했다. 사실은 사츠키의 행동력이 대단했을 뿐, 미하루는 사츠키에게 성을 일시적으로 **빠져**

나가자는 이야기는 하지 않았지만. 작은 오해가 생겼다.

"그렇다고 밤에 자네 방에서 이야기할 필요는 없지 않나."

미셸은 어떻게든 사츠키를 말리려고 했다.

"어머, 우리끼리만 하고 싶은 이야기도 있고 셋이서 차분히 이야기하려면 밤이 최고라고 생각하는데?"

사츠키가 태연하게 말했다.

"하지만……."

"두어라, 미셸."

프랑수아가 물러나지 않는 아들을 이성적으로 말렸다.

"아버님, 하오나……."

미셸이 얼굴을 찌푸렸다.

"오라버니, 우선 아버님의 말씀을 들어보죠."

샤를로트가 생긋 웃으며 오빠에게 말했다.

"……왜 그러시는지요? 아버님."

미셸은 그제야 마음이 진정됐는지 한숨을 내쉬며 물었다.

"우리는 정당한 이유 없이 용사님의 사생활을 속박할 권한이 없다. 하루토와 단둘이라면 모를까 미하루 공도 있으니 괜찮겠지."

프랑수아가 표표하게 허가했다.

"……."

미셸은 복잡한 표정으로 리오를 빤히 보았다. 지금까지 당사자인 리오의 의견은 묻지 않았다.

'신분 차이도 있으니까. 나는 입 다물고 있자.'

리오는 너는 어떠냐고 물으면 대답하기 곤란했고 이야기가 알아서 좋게 흘러가니 긁어 부스럼이 되지 않게 의견을 주장하지 않았다. 미셸의 시선을 느껴졌지만, 침묵을 지켰다.

"불복하느냐?"

프랑수아가 미셸에게 물었다.

"……아뇨, 아버님께서 그렇게 말씀하신다면."

미셸이 프랑수아를 거스르지 못하고 마지못해 받아들였다.

"허락해주셔서 감사합니다, 폐하."

사츠키는 이야기가 정리되자 말이 바뀌기 전에 얼른 감사를 표했다.

"아니, 감사할 것 없다. 다만, 그래. 대신이라고 하긴 뭣하지만, 오늘 여기 있는 사람끼리 만찬을 들지 않겠나? 사츠키 공과 미하루 공, 그리고 하루토여."

프랑수아가 살짝 어깨를 으쓱하고 쓴웃음 지으며 고개를 젓더니 사츠키와 미하루, 그리고 이제야 리오의 의중을 물었다.

"물론 기꺼이. 미하루와 하루토 군은…… 괜찮아?"

사츠키가 만족스럽게 고개를 끄덕이고 미하루와 리오에게 확인했다.

"네, 저는 하루토 씨가 괜찮다면……."

미하루가 결정권을 리오에게 맡겼다.

"……미안해, 하루토 군. 당연한 것처럼 너를 끌어들였는데 싫다면 싫다고 해도 돼."

사츠키가 리오의 안색을 살피며 미안해하며 사과했다.

"아뇨, 싫지는 않지만, 황송하다고 할까요…….."

리오가 난처한 얼굴로 대답을 얼버무렸다. 왕족이 있는 앞에서는 이런 대답밖에 할 수 없었다.

"큭큭큭. 싫다고 할 처지가 아니고 기뻐할 수도 없겠지. 더는 묻지 말지, 사츠키 공. 신경 쓰지 마라, 하루토여."

프랑수아가 즐겁게 웃으며 리오 편을 들었다.

"네…….."

리오는 괜한 변명은 하지 않고 숙이듯이 고개를 끄덕였다.

"결정됐군. 미하루 공과 하루토는 사츠키 공의 방에 묵고 그 전의 만찬은 리제롯테도 동석하도록 하지."

프랑수아가 홋 웃고 리제롯테에게 말했다.

"영광입니다."

리제롯테는 미소 지으며 솔직하게 기뻐했다.

"……자, 그러면 짐과 미셸은 정무를 보아야 하니 슬슬 가봐야겠군. 샤를로트는 이곳에 남고, 리제롯테도 함께 다섯이서 대화하는 것은 어떤가. 가자, 미셸. 샤를로트, 뒤를 맡기마."

프랑수아가 자국인들에게 지시하고 조용히 일어났다.

"맡겨주세요. 잘 대접하겠습니다."

샤를로트가 귀엽게 웃으며 호스트 역할을 열심히 하겠다고 별렀다.

◇ ◇ ◇

리오는 미하루, 사츠키, 리제롯테, 샤를로트, 네 여자와 함께 이야기를 하게 됐다.

"자, 여자끼리 모였으니 즐겁게 놀아요."

샤를로트가 방긋방긋 웃으며 일행의 얼굴을 둘러보고 기뻐하며 말했다. 참고로 자리 순서는 응접실 문 가까운 자리에 리오와 리제롯테가 나란히 앉았고 맞은편 자리에 샤를로트, 미하루, 사츠키 순서대로 앉았다.

"제가 방해된다면 자리를 비켜드릴까요?"

리오가 있기 불편했는지 그렇게 말했다. 바위 집에서는 여자들에게 둘러싸여 살지만, 이 자리에는 미하루 말고 친근하게 대할 수 있는 사람이 없으니 무리도 아니었다.

"어머, 안 될 말씀이에요. 아버님이 다섯이서 대화하라고 하셨는걸요."

샤를로트가 프랑수아의 말을 걸고 나왔다.

"그랬지요. 그러면 황송하지만, 함께 있겠습니다."

"황송하다니, 그러실 필요 없어요. 저는 하루토 님에게 개인적인 흥미가 있으니 더 많은 이야기를 나눠보고 싶어요."

샤를로트가 리오를 올려다보았다. 여자가 익숙하지 않은 남자라면 착각해버릴 정도로 사랑스러웠다.

"영광입니다. 그러면 기꺼이 함께 하겠습니다."

그러나 리오는 샤를로트의 말을 겉치레로 받아들였는지 가볍게 받아넘기고 다시 동석한다는 사실에 더 적극적으로 기쁨을 표현했다.

"……음. 그러면 무슨 이야기부터 할까요? 역시 다수가 관심 있는 것부터 이야기하는 게 맞겠죠……?"

샤를로트가 실내에 앉은 사람들의 얼굴을 둘러보다가 옆에 앉은 미하루의 얼굴을 보고 멍하니 고개를 갸웃거렸다.

"아, 그래요. 하루토 님께는 자기소개를 했는데 미하루 님께는 아직 안 했군요. 저는 샤를로트 가르아크, 이 나라의 제2왕녀예요. 잘 부탁드려요."

그리고 사근사근 웃으며 미하루에게 자기소개를 했다.

"네, 네. 미하루 아야세입니다. 저야말로 잘 부탁드립니다, 샤를로트 왕녀 전하."

미하루가 왕녀를 처음 대해서 긴장했는지 고개를 숙이고 야단스럽게 대답했다.

"어머, 그렇게 예의 갖추지 말아요. 미하루 님은 사츠키 님과 같은 세계에서 오셨으니 당신은 성인과 가까운 존재인걸요. 왕녀라 해도 신분 차이는 없습니다."

샤를로트가 난처한 듯이 뺨에 손을 대고 말했다. 실제로 미하루가 샤를로트에게 대등한 대우를 받는 것은 미하루가 사츠키와 같은 세계 출신이어서 그렇다기보다는 용사인 사츠키의 친한 친구이기 때문에 반사적인 영향을 받아서였다. 그 점을 일부러 꼬집는 것도 뭣하지만…….

"그렇지 않습니다. 저는 일반인에 지나지 않는 걸요."

미하루가 말도 안 된다는 듯이 송구스러워했다.

"후후, 미하루 님은 얌전한 분이시군요. 미하루 님은 실제로 어떤 분이신가요? 사츠키 님."

샤를로트가 우아하게 웃고 사츠키에게 물었다.

"미하루는 엄청 착한 아이야. 다정한 성격에 요리도 잘하고 노력파에 머리도 좋고, 남자를 어려워해서 좀 소극적인 부분이 있는데 그런 점이 귀엽다니까! 중학생 때는 학교에서 가장 귀엽다고 소문이 날 정도였고."

사츠키가 미하루의 좋은 점을 역설했다.

"어머, 그러셨군요. 미하루 님을 보니까 정말 그러실 것 같아요. 그렇죠? 리제롯테."

"네. 미하루 님의 성품을 정확하게 보신 것 같습니다."

샤를로트가 기뻐하며 말하자 리제롯테가 미소 지으며 고개를 끄덕였다.

"……그, 그렇지 않습니다. 저는 시시한 사람이에요. 학교 아이돌이었던 사츠키 씨가 저보다 훨씬 대단해요."

미하루가 새빨개진 얼굴을 숙이고 사츠키를 칭찬했다.

"으응? 그건 아니야. 나랑 같은 학년인 남자애들은 다 미하루를 귀엽다고 했고 조리부였던 미하루의 요리를 먹고 싶다고 그랬는걸."

사츠키가 어이없어 하며 웃으며 부정하고 미하루를 치켜세웠다.

"거, 거짓말이죠? 그런 말은 처음 들어요."

미하루가 쩔쩔맸다.

"아니, 사실이라니까. 남중생은 의외로 소심한지 직접 고백한 애는 그렇게 많지 않았지만……. 그래도 고백받은 적은 있잖아?"

사츠키는 미하루가 고백받은 적이 있는지 물었다.

"있지만, 남자와 어울린 적이 없고 친한 남자도 없어서……. 그러는 사츠키 씨야 말로 고백받았잖아요?"

"뭐, 아예 없다고는 못하지만, 횟수는 적어."

미하루가 되묻자 사츠키가 쓸쓸하게 웃으며 대답했다.

실제로 미하루와 사츠키가 같은 중학교에 다녔을 때는 두 사람이 1, 2위를 다툴 정도의 미소녀라고 학교에 소문이 났었다.

다만, 미하루는 남자를 어려워해서 스스로 다가가는 타입이 아니라 인기를 실감하지 못했을 뿐이었다.

한편, 사츠키는 양갓집 아가씨 출신으로 본인의 스펙이 높기도 해서 절벽의 꽃이라며 다가가기 어려운 이미지였다.

"……두 분의 학교생활이 어땠는지 대강 알 것 같네요. 두 분 다 남자에게 아주 인기가 많으셨죠?"

리제롯테가 대화를 듣고 사츠키와 미하루의 중학교 시절이 어땠을지 짐작이 갔는지 키득 웃었다.

"아니, 미하루는 몰라도 나는 아니야."

"사츠키 씨는 몰라도 저는……."

사츠키와 미하루가 동시에 이의를 제기했다.

"어머, 두 분의 호흡이 딱 맞네요. 부러워라."

샤를로트가 즐겁게 웃으며 말했다.

"고마워. 그런데 샤를은 리제롯테 씨와 오랫동안 알아온 사이 아니야? 제2왕녀님과 공작가의 영애잖아."

사츠키가 수줍게 감사를 표하고 샤를로트와 리제롯테 사이를 언급했다.

"네. 어릴 적부터 알아왔어요. 이른바 소꿉친구네요. 나이는 리제롯테가 한 살 위지만, 함께 왕립학원에 다닌 적도 있어요. 그러고 보니 그 무렵에는 종종 함께 차 모임을 열었었죠. 그리워라."

샤를로트가 리제롯테에게 말했다.

"네. 주에 한 번이나 두 번 빈도로 함께 한 기억이 납니다."

리제롯테도 당시를 떠올리고 그리운 미소를 지었다.

"그런데 리제롯테는 저를 두고 월반해서 왕립학원을 졸업했어요. 리카 상회를 설립하고부터는 바빠서 차 모임에도 오지 않고…… 외로우니까 더 자주 얼굴 비추기예요?"

"네. 황송합니다."

샤를로트가 입을 내밀며 말하자 리제롯테가 씁쓸하게 웃으며 고개를 끄덕였다.

"오늘은 오랜만에 느긋하게 이야기해서 기뻐요. 두 분께 흥미로운 이야기도 들었고요."

"저도 그렇습니다."

샤를로트가 후훗 웃자 리제롯테가 부드러운 표정을 지으며 맞장구를 쳤다. 한편, 말하기 힘든 불편함을 느끼는 남자도 있었다.

'……나 정말 여기 있어도 되나?'

리오는 남자인 자신이 이 자리에 있는 것이 은근히 민망했다. 원래부터 말수가 많은 사람도 아니고 여자 넷에 남자 하나라는 상황이니 그럴 만도 했다.

"그런데 저는 하루토 님이 어떤 분인지도 신경 쓰이네요."

그때, 샤를로트가 리오를 염려했는지 갑자기 그런 말을 꺼냈다.

"저, 말씀이십니까?"

리오가 눈을 깜빡이며 고개를 갸웃거렸다.

"네. 아버님과 오라버니가 계실 때는 딱딱한 이야기만 했잖아요? 하루토 님의 됨됨이를 더 알고 싶어요. 그렇네요, 미하루 님이 본 하루토 님은 어떤 분이세요?"

샤를로트가 흥미진진한 눈빛을 리오에게 보내며 미하루에게 물었다.

"네? 하루토 씨가 어떤 사람인지요……?"

미하루는 갑자기 자기에게 화살이 날아오자 몸을 움찔했다.

"네. 이 세계에 오신 후, 몇 달 동안 함께 지내셨잖아요? 이중에는 가장 하루토 님을 잘 아시지 않을까 싶어서요."

샤를로트가 마땅한 이유를 말했다. 그렇게 말하니 미하

루는 대답하지 않을 수가 없었다.

"……저어, 하루토 씨는, 대단한 분이에요."

미하루는 리오가 있는 앞에서 얼굴을 보고 그 인물상을 말하는 것이 부끄러운지 말을 조금 더듬었다.

"네, 그렇겠죠. 강하고 총명하고 인격자이기도 한걸요. 덧붙여서 두 분은 지금까지 둘이서 지내셨나요?"

샤를로트가 미하루의 모호한 평가에도 싱긋 웃으며 동의했다. 그리고 멀뚱히 고개를 기울이고 대화를 이어가려고 했다.

"아뇨, 함께 지내는 사람이 몇 명 더 있습니다."

리오가 말했다.

"어머, 그래요? 어떤 분들인가요? 하루토 님과 미하루 님이 어떻게 지내시는지 조금 궁금하네요."

샤를로트가 순진한 눈빛을 보내며 리오에게 물었다.

"남자는 저와 이제 열두 살인 아이뿐, 다른 사람은 미하루 씨를 포함해 여자가 많습니다. 가족은 아니지만, 모두 제 소중한 지인입니다. 지금은 왕도 근교에 있는 도시에 지내고 있습니다."

리오는 가르쳐줘도 문제없는 범위로 대답했다.

'세실리아 님과 아이시아 님도 있겠죠.'

리제롯테가 리오의 설명을 듣고 추측했다.

"젊은 남녀가 모여 한 집에 산다는 말인가요? 북적거리고 즐거울 것 같네요."

샤를로트가 방긋 웃으며 말했다.

"네, 조금 소란스러울 수도 있지만, 늘 웃음이 끊이지 않습니다."

리오가 부드럽게 미소 지었다.

"동성이 많다니 여자인 미하루가 안심할 수 있는 환경이네."

사츠키가 부드러운 표정으로 말했다.

"네. 하루토 씨 덕분에 소중한 친구가 많이 생겼어요."

미하루가 기뻐하며 고개를 끄덕였다.

"흥미로 여쭙는 건데, 젊은 남녀가 같은 집에 살면 연애도 하고 그러나요?"

샤를로트가 갑자기 그런 질문을 입에 담았다.

"⋯⋯넷?!"

미하루가 질문의 의미를 이해하고 무심코 이상한 소리를 내고 말았다.

"없습니다."

한편, 리오는 쓴웃음 지으며 부정했다.

"그건 하루토 님이 동거인에게 그런 감정을 가지려고 하지 않기 때문 아닌가요? 다른 사람들이 하루토 님을 어떻게 생각하는지는 모르잖아요."

샤를로트가 논리 정연하게 말했다.

"그렇지는, 않을 것 같습니다만⋯⋯."

사람의 마음은 단정할 수 없어서 리오가 난처한 얼굴로

말끝을 흐렸다.

"저는 하루토 님처럼 멋진 분과 함께 지내며 아무런 생각도 하지 않는 여자만 있다는 게 더 말도 안 된다고 생각해요."

샤를로트가 리오의 얼굴을 똑바로 바라보며 말했다.

"영광입니다만, 과대평가이십니다."

리오는 억지로 웃으며 고개를 가로저었다.

"어머, 저는 그렇게 생각하지 않아요. 인격과 능력은 물론 제 미적 센스가 이상하지 않다면 하루토 님은 상당한 미남이신걸요. 부모님이 이민자이셔서 이국적이고 멋진 외모예요. 그렇죠? 리제롯테."

샤를로트가 리제롯테의 의중을 물었다.

"네. 제 시녀들도 하루토 님이 오시면 들뜰 정도입니다."

리제롯테는 갑작스러운 물음에도 미하루처럼 동요하지 않고 싱긋 웃으며 말했다.

"이거 보세요, 그렇다지 않습니까."

샤를로트가 득의양양하게 리오를 보았다.

"하하하……."

리오는 어떻게 대답해야 할지 몰라 다시 쓴웃음 지었다. 이런 여자아이 특유의 연애 이야기에 익숙하지 않아서 그런지 리오는 내성이 없었다.

카라스키 왕국에 살던 무렵에 마을 소녀들과 비슷한 이야기를 종종했지만, 그게 다였다.

"하루토 님과 함께 사는 미하루 님의 의견을 꼭 듣고 싶어요. 하루토 님이 얼마나 인기 있는지 말이에요. 물론 미하루 님 본인 이야기여도 좋고요."

샤를로트가 호기심 강한 눈빛으로 미하루를 보았다.

"아, 아니, 그게……."

미하루는 시선을 돌리다가 정면에 앉은 리오의 얼굴을 보았다. 난처한 표정을 지은 리오와 눈이 마주치자 얼굴이 빨개져버렸다.

"저기요? 샤를, 함께 사는 사람들이 없는 자리에서, 그것도 하루토 군 앞에서 그런 말을 할 수 있겠어? 이런 화제는 더 사적인 자리에서 친한 친구끼리 하는 거야. 안 그래도 미하루는 이런 이야기를 어려워하니까 곤란하게 하지 마."

샤를로트의 질문 수위가 아슬아슬해져도 주의를 줄 수 있는 사람은 사츠키뿐이었다. 사츠키는 한숨을 내쉬고 샤를로트에게 주의를 주었다.

"어머, 죄송해요. 저는 왕녀라 연애의 자유가 없다 보니 젊은 남녀가 어떻게 연애하는지 관심이 많아서……."

샤를로트가 폭주한 이유를 말했다.

"으음, 왕후귀족의 연애 사정은 특수하니까. 나는 그쪽 이야기에도 관심 있는데."

사츠키가 능숙하게 화제를 바꿨다. 미하루는 안도의 한숨을 내쉬었다.

"정략결혼이 원칙이라 자유로운 연애를 인정받는 케이스는 예외예요. 고위 왕후귀족일수록 특히 그러하답니다. 뭐, 그 예외에 해당하는 사람이 이 자리에 있지만요."

샤를로트가 설명하고 리제롯테를 보았다.

"응? 리제롯테 씨는 자유연애를 인정받았어?"

사츠키가 흥미를 보였다.

"그게, 네. 이 자리에 있는 다른 분들은 아시지만, 몇 가지 공적을 인정받아 제 혼인상대는 스스로 고를 권리를 인정받았습니다."

리제롯테가 고개를 끄덕이고 조금 부끄러워하며 대답했다.

"큰 목소리로 할 수 있는 이야기는 아니지만, 같은 왕후귀족 여자로서 리제롯테가 부러워요. 아무리 나라와 집안을 위해서 라고는 하나, 좋아하지 않는 사람과 결혼하고 싶은 여자는 없는걸요. 남자는 정략결혼 상대를 어느 정도 선택할 수 있지만, 여자는 그것조차 못하는 경우가 많아요."

샤를로트가 자기도 그렇게 되고 싶다며 완곡하게 말했다.

"정략결혼 상대가 우연히 좋아하는 사람이었다는 예는 적으니까……. 지금까지 못 물어봤는데 용사인 나는 어떻게 돼?"

사츠키가 생각에 잠긴 얼굴로 말하고 이번 기회를 이용해 자기가 어떤 상황에 해당되는지 물었다.

"……물론 우리나라의 왕족과 결혼해주셨으면 하지만, 사츠키 님께 강요할 수는 없어요. 용사님은 위대한 육현신의 사도니까요."

샤를로트가 감정을 읽기 어려운 미소를 지으며 상냥하게 말했다.

"그래. 억지로 밀어붙이지 않는다니 일단은 안심이야. 나도 좋아하지 않는 사람과 결혼하고 싶지 않거든. 지구로 돌아가는 걸 포기한 것도 아니니까."

사츠키가 어깨를 살짝 으쓱했다.

"사츠키 님을 이 세계에 머물게 할 만큼 멋진 남자를 우리나라에서 찾아야겠네요."

샤를로트가 장난스럽게 키득키득 웃었다.

'역시 이 왕녀님도 방심할 수 없는 상대인 것 같아. 피곤해……'

한편, 리오는 작게 한숨을 흘렸다. 얼핏 보면 순진무구한 여자아이로 보이지만, 수위가 아슬아슬한 이야기도 턱턱 물어보고 표정을 읽기 어려웠다.

프랑수아가 이 자리를 맡긴 것은 그만큼 신뢰받는다는 뜻이었다. 신분 차이 때문에 리오는 자유롭게 발언할 수 없어서 생각보다 말을 거들기 어려울 때도 많았다.

'역시 아키와 마사토를 안 데려오길 잘했어.'

리오는 작은 한숨을 흘리고 정신을 바짝 차렸다.

그 후, 한동안 연애 이야기가 이어졌고 다른 화제가 몇 번 나오자 만찬 시간이 되었다. 리오는 샤를로트와 대화하며 제법 지쳤지만, 만찬 때 다시 프랑수아와 미셸을 봐야 하기 때문에 아직 방심할 수 없었다.

그러나 리오의 예상과 다르게 만찬은 온화한 분위기로 끝났다. 특별히 주의할 화제도 나오지 않았고 오늘 밤은 셋이서 느긋하게 대화해도 된다는 말을 듣고 식사 후의 대화도 웬만큼 하고서 사츠키의 방으로 갔다.

"드디어 셋이서 이야기할 수 있겠어. 자, 일단 앉아."

사츠키의 권유에 리오와 미하루는 거실 소파에 앉았다. 사츠키는 세 사람 몫의 차를 준비하러 주방으로 갔다.

오늘 왕성에 오고부터는 항상 누군가와 함께 있었기 때문에 리오와 미하루가 둘이 있는 것은 처음이었다.

"사츠키 씨에게 어디까지 말했어요?"

리오가 사츠키가 돌아올 때까지 미하루에게 사츠키에게 어디까지 설명했는지 물었다.

"우리가 이 세계에 온 사건을 간단하게……. 그리고 하루토 씨에 대해 물어서 전생 이야기를 했어요. 아키와 마사토가 같이 있다는 이야기도 했는데 가능하면 성을 일시적으로 나가는 것과 타카히사 군 일과 앞으로 일은 한 마디도……."

미하루가 얼추 가르쳐줬다.

"……꽤 빨리 돌아왔다고 생각하긴 했는데 어떻게 이 방에 저까지 묵는 이야기가 나왔죠?"

리오가 살짝 눈을 크게 뜨며 확인했다. 성을 빠져나가는 이야기를 전해서 나가기 쉽게 리오도 함께 방에 묵을 수 있게 한 줄 알았다.

"음, 사츠키 씨에게 하루토 씨 이야기를 했더니 셋이서 많은 이야기를 해보고 싶다며 사츠키 씨가 폐하가 계실 때 돌아가자고……."

아무리 용사 사츠키라고 해도 왕에게 말없이 리오를 자기 방에 재우면 이야기가 틀어질 것이 불 보듯 뻔했다. 왕은 보통 다망하니 빨리 매듭지으려는 생각이었으리라.

"행동력 있는 사람이네요."

"네. 생각이 미치면 바로 행동에 옮기는 사람이에요."

리오와 미하루가 키득 웃었다.

"재미있어 보이네, 무슨 이야기 했어?"

그때, 사츠키가 차가 담긴 쟁반을 들고 거실로 돌아왔다. 리오와 미하루가 담소를 나누는 모습을 보고 관심을 가지며 물었다.

"사츠키 님께 몇 가지 설명하고 여쭙고 싶은 게 있어서 미하루 씨가 어디까지 이야기를 했는지 물었습니다. 그리고 사츠키 님이 어떤 사람인지도 조금……."

리오가 사츠키에게 말했다.

"음, 만찬 때랑 샤를과 이야기할 때도 생각했는데. 낮간지러우니까 님은 안 붙여도 돼. 남 앞이라면 안 좋을 수도 있지만, 말도 평범하게 해. 이렇게 셋이 있을 때는."

사츠키가 리오에게 사츠키 님이라고 불리자 씁쓸하게 웃으며 말했다.

"……알겠습니다. 그러면 사츠키 씨로 하겠습니다."

리오가 웃으며 사츠키 씨라고 불렀다.

"응, 새삼 잘 부탁해, 하루토 군. 미하루에게 아키와 마사토와 함께 너에 대해서도 많이 들었어. 세 사람을 구해주고 미하루와 만나게 해줘서 정말 고마워."

사츠키가 기뻐하며 활짝 웃고 미하루와 아이들 일로 리오에게 깊이 고개를 숙였다.

"아뇨, 대단한 일은 하지 않았는걸요."

"아니야. 모르는 세 사람의 의식주를 무상으로 돌봐주고, 매일 옆에 붙어서 이 세계 말을 가르쳐주고, 이 세계어딘가에 있는 나를 찾아서 이렇게 성까지 미하루를 데려와줬는데 대단하지 않다고? 네가 아무리 일본에서 살았던 기억이 있다고 해도 쉽게 할 수 있는 일이 아니야. 그러니까 제대로 감사를 표하게 해줘. 지금의 나는 지위가 있어도 실권은 없어서 할 수 있는 게 없지만."

리오가 고개를 가로젓자 사츠키가 힘차게 주장했다.

"마음만으로 충분합니다. 감사는 필요하지 않아요."

"그러면 내 마음이 불편한데……. 지금은 일단 내버려두자. 그래서 네게 설명하고 싶은 게 있다고 했지?"

"당장 셋이서 하고 싶은 이야기는 사츠키 씨의 앞으로의 행동목표와 미하루 씨가 가르아크 왕국에서 어떤 대접을 받을지, 아키와 마사토를 어떻게 하는 것이 최선인지, 두 사람의 형제인 타카히사 씨, 이 정도입니다. 그리고 다른 이야기가 하나 더 있지만, 그건 차차…….”

리오는 이 자리에서 사츠키와 하고 싶은 이야기를 열거했다.

“……타카히사 군의 소재는 짐작 가는 게 있어. 이미 알 수도 있는데, 연회에 나 말고도 세 명의 용사가 출석한다는 거 알아?”

사츠키가 먼저 타카히사를 언급했다.

“사츠키 씨 외에 세 사람이요? 벨트람 왕국을 배반한 유그노 공작파의 사카타 히로아키 씨가 출석하기로 했고 센트스텔라 왕국에서도 이름을 숨긴 용사가 출석할지도 모른다고 들었는데요…….”

용사가 또 한 명 온다는 말은 처음 들었다.

“센트스텔라 왕국에서 용사가 오는 건 이미 확정됐어. 그리고 벨트람 왕국 본국에서도 용사가 온다고 해.”

사츠키가 리오에게 현시점의 확정된 정보를 제공했다.

“……벨트람 왕국 본국에서도요?”

리오가 의외라는 듯이 눈을 번쩍 떴다. 그렇다면 배반한 유그노 공작파와 필연적으로 회장에서 얼굴을 마주치게 된다. 대체 어떤 사태가 벌어질지 예상 할 수 없었다.

“응. 그런데 벨트람 왕국 본국의 용사는 시게쿠라 루이라고, 동성동명이 아니라면 이름 있는 기업의 자제니까 타카히사 군과는 아무런 연관이 없어."

"벨트람 왕국 본국의 용사로 소환된 용사와 개인적으로 아는 사이십니까?"

사츠키의 말에 리오가 새로운 의문을 품었다.

"으음, 하루토 군도 일본에서 살았을 때를 기억한다면 시게쿠라 중공업이라는 이름은 알지?"

"……네. 이름 정도는 어렴풋이. 일본을 대표하는 대기업이죠?"

아마카와 하루토로 일본인이었을 무렵의 기억은 이미 9년도 더 됐지만, 그 정도는 리오도 기억했다.

"우리 가족도 그럴싸한 그룹 회사를 경영해서 어쩌다가 조금 알게 됐는데 서로 얼굴과 이름 정도는 알아."

"스메라기……. 아, 사츠키 씨, 혹시 스메라기 그룹의?"

"아, 내 이름도 기억해? 응, 그곳을 경영하는 임원의 딸이야."

"깜짝 놀랐어요."

사츠키가 수줍어하며 고개를 끄덕이자 리오는 솔직한 감정을 토로했다. 좋은 집안의 아가씨인 줄은 알았으나 설마 대기업 영애였을 줄은 상상도 못 했다.

"아하하, 이 세계에서 말하는 귀족도 아니고 그냥 여자애야. 하던 이야기로 돌아와서, 세 용사 중 사카타 히로아키와 시게쿠라 루이가 타카히사 군이 아니라는 건 확정이지. 문제는 센트스텔라 왕국에 소환된 용사야."

"여섯 용사 중 네 명이 모였으니 가능성이 크네요. 사츠키 씨도 참가하는 용사 이름은 모릅니까?"

리오가 물었다.

"응. 센트스텔라 왕국은 폐쇄적인 나라라서. 적대하지는 않지만, 인근 나라인 가르아크 왕국과도 정식 국교를 맺지 않았대. 그래서 그런지 자국의 정보를 은닉하는 경향이 있어서 연회에 출석하는 용사의 이름도 참석할 때까지는 모르나 봐. 어차피 연회에 출석하면 알 테니까 그냥 가르쳐 줬으면 좋겠는데."

사츠키가 불만스럽게 입을 내밀었다.

"하지만 보통은 타국에 국제적인 연회가 있어도 나라를 대표해서 대사를 참석시키는 나라는 아닌가 봐. 뭐, 애당초 센트스텔라 왕국에는 초대장을 보내지 않았고 이번에도 보낼까 말까 아슬아슬할 때까지 다퉜다는데, 너희와 타카히사 군 때문에 보내달라고 내가 부탁했어. 그래서 보냈더니 한동안 답장을 보류하다가 최근에 출석한다고 답장이 왔어."

사츠키가 온순한 표정으로 말했다.

"……당연히 센트스텔라 왕국에 사츠키 씨의 이름을 알렸겠죠?"

리오가 생각하는 표정을 짓고 사츠키에게 확인했다.

"응. 폐쇄적인 센트스텔라 왕국 내부에서 어떤 대화가

오갔는지는 몰라도, 희귀한 예외가 생긴 건 내 이름이 타카히사 군에게 전달됐기 때문이 아닐까? 희망적인 관측일 뿐이지만, 그렇게 기대하고 싶어."

사츠키가 만족스럽게 고개를 끄덕이고 리오가 추측했을 이야기를 했다.

"네. 이제 아키에게 이 정보를 전달할지 말지가 고민이네요."

리오가 고개를 끄덕이고 옆에 앉은 미하루를 보았다.

"아키에게 말하면 좋아할 거예요. 하지만 실망할 수도 있고 자기도 연회에 가고 싶다고 부탁할 수 있으니……."

"센트스텔라 왕국의 용사가 정말로 타카히사 씨인지 확정할 때까지 알리는 건 보류하는 게 좋겠죠?"

"……네. 알리더라도 구체적인 이야기는……."

미하루가 이의를 제기하지 않고 수긍했다.

"알겠습니다."

리오는 특별히 이의를 제기하지 않고 고개를 위아래로 끄덕였다.

"잠깐만. 둘의 대화가 연회 개최 기일 중에 성을 나가 아키를 만날 것처럼 들리는데……."

성 밖에 있는 아키와 마사토를 이 상황에 만나고 싶으면 만날 수 있을 정도로 가까이 있느냐고 사츠키가 무척 의아해하며 끼어들었다.

"마지막에 하려던 이야기인데 가능합니다. 오늘 밤, 성을 나가 아키와 마사토를 만나러 가는 것도요."

"……빠져나가?"

사츠키는 리오의 말을 잘못 들은 줄 알았는지 눈을 깜빡였다.

"네, 사츠키 씨만 괜찮다면 일시적으로 성을 빠져나갈 수 있습니다. 정공법으로 성 밖으로 나갈 수는 없으니 당연히 무단외출이 됩니다만……."

"어떻게? 여기는 첨탑 최상층이고 방 밖에는 경비병이 밤에도 여럿 있고 탑을 나가도 성벽이 있는데 그런 게 가능할 리가……. 들키면 중죄야."

"확실히 걸어서 이동하면 위험도가 좀 높죠. 그래서 하늘을 날아 이동할 겁니다. 실내의 마력 반응을 살펴보니 마력탐지 마도구는 없는 것 같고 심야에 누가 들어와서 사츠키 씨의 소재를 확인하러 오지 않는 한은 들키지 않을 겁니다."

리오가 실내를 둘러보며 사츠키에게 외출 방법을 설명했다.

"자, 잠깐만. 되게 당연하게 하늘을 난다는데 이해가 안 되거든?"

사츠키가 당황해서 오른손으로 얼굴을 누르고 왼손을 앞으로 내밀어 리오를 말렸다.

"하루토 씨라면 괜찮아요."

미하루가 자신 있게 사츠키에게 말했다.

"……하늘을 나는 마도구라도 있어?"

사츠키가 반신반의하며 물었다.

"아뇨, 일반에 인지되지 않아서 입 밖에 내지 않아주셨으면 하는데 마력을 써서 비행하는 마법과 비슷한 기술이 있습니다."

"그런 수단이……."

리오가 비행 수단을 밝히자 사츠키가 몹시 당황하며 중얼거렸다.

"다만, 사츠키 씨도 지적한 대로 들키면 중죄에 해당하는 행위입니다. 빠져나가는 데 심리적으로 거부감을 느낀다면 강요하지 않겠어요. 위험을 딛고 사츠키 씨가 괜찮다고 판단했다면 아키와 마사토가 있는 곳으로 데려가겠습니다."

리오가 들켰을 때의 위험도를 제시하고 최종 판단은 사츠키에게 맡겼다.

"……미하루는 어떻게 생각해?"

사츠키는 미하루를 보고 의견을 물었다.

"만약 들켰을 때를 생각하면 무섭고, 솔직히 하면 안 된다고 생각하지만, 아키와 마사토를 만나줬으면 해요. 둘다 사츠키 씨를 만나고 싶어 하니까, 둘을 성으로 부를 수 없을 수도 있으니 더욱더."

미하루가 가슴에 손을 대고 자기 의견을 말했다.

"그래……."

사츠키가 눈을 감고 잠시 생각했다.

"솔직히 거부감이 없다면 거짓말이야……. 하지만 빨리 두 사람을 만나고 싶어. 그러니까 문제는 들킬 위험성이 어느 정도인지와 이 기회를 놓치면 언제 아키와 마사토를 만날 수 있느냐는 점이겠지."

냉정하게 말했다.

"들킬 위험성으로 고려할 상황은 심야에 누가 이 방에 오냐는 거네요. 후자는 들키지 않고 정공법으로 두 사람을 만날 방법이 달리 있느냐, 없느냐 라고 생각합니다. 들켜도 되면 상관없지만요."

리오는 사츠키가 제시한 문제점을 더 적확하게 부각했다.

"지금까지 내 허락 없이 이 방에 들어온 사람은 아무도 없었고 심야에 누가 온 적도 없으니까 들킬 위험성은 한없이 제로에 가까워. 그야말로 첨탑에 불이 나거나, 침입자가 나타나 소동이 일어나지 않는 한은."

사츠키가 먼저 들킬 위험성을 언급했다.

"들키지 않고 정공법으로 두 사람을 만나기는 어려워. 가령 내가 외출 허가를 받아도 호위가 동행하겠지. 적어도 이 연회가 끝나고 미하루가 앞으로 어떤 상황에 놓일지 확정될 때까지는 두 사람을 성으로 부르지 않는 게 나아."

정공법으로 아키와 마사토를 만날 방법에 관해 추측과 의견을 말했다.

"솔직히 미하루 씨가 앞으로 어떤 대우를 받을까요?"

리오가 미하루의 앞날이 어떻게 될지 사츠키에게 물었다.

"일단 이대로 성에 살지 어떨지 권유하지 않을까? 허락한 경우에는 나와 같은 수준의 대우를 받겠지. 의식주로 고생하지 않는 생활과, 답답할 수도 있지만 행동의 자유도 보장받을 거야."

"……거절할 수 있을까요?"

미하루가 조심스럽게 물었다.

"아마도. 이 세계의 용사는 중세 유럽의 교황 같은 권위가 있으니까 내가 있는데 억지로 강요하지는 않을 거야. 하지만 하다못해 소재는 파악하려고 하겠지. 몰래 감시할 수도 있고 호위 명목으로 사람을 붙일 수도 있고……. 그리고 이건 성에 살아도 같겠지만, 얼굴과 이름이 알려질 테니까 귀찮은 일에 휘말릴 위험도 항상 따라붙을지도? 아, 미안해. 나 때문에……. 내가 말해놓고 미하루에게 엄청 미안해졌어."

사츠키가 자기 예상을 말하고 미안해하며 얼굴에 그늘을 드리웠다.

"아, 아뇨. 저는 알고 성에 온 거예요. 성에 오기 전에 하루토 씨도 같은 예상을 했고요."

미하루가 사츠키를 달래듯이 황급히 고개를 가로저었다.

"사실 리제롯테 씨와 미하루 씨의 앞날을 이야기한 적이 있는데 저나 사츠키 씨와 거의 같은 예상을 했습니다. 그분이 국정에 관여하지는 않지만, 가르아크 왕국 사람인데 이렇게 예상이 겹치는 것을 보면 대체로 사츠키 씨가 말한 대로 되지 않을까요. 그러니 연회가 끝나고 경과를 지켜보면 얼추 답이 나오지 않을까 싶습니다."

리오가 그들의 예상 정확도가 높다고 말했다.

"……그러면 실제로 예상한 대우를 받게 된다면 너희는 연회가 끝나고 어쩌고 싶어? 성에서 살래? 아니면 지금처럼 성 밖에 살래?"

사츠키가 미하루와 아이들의 의사를 확인했다.

"그건…… 셋이 살짝 방향이 달라서……."

미하루가 리오를 곁눈질하며 말했다.

"……그래?"

사츠키가 의외라는 듯이 눈을 크게 떴다.

"네. 아키는 타카히사 군과 재회하기를 굳게 바라요. 만약 타카히사 군을 찾으면 헤어지지 않으려고 할 거예요."

"그래……. 마사토는?"

"마사토도 타카히사 군과 재회하는 게 목적 중 하나예요. 하지만 자유롭게 외출하지 못하면 성에 남고 싶지 않을 것 같아요……. 그 경우에는 하루토 씨와 함께 있으려고 할지도 모르겠어요."

미하루가 아키와 마사토의 의견을 추측했다.

"오, 마사토가. 미하루는 어때?"

사츠키가 마지막으로 미하루의 의사를 물었다.

"저는…… 저도 하루토 씨와 함께 있고 싶어요. 아키와 마사토에게는 아직 명확하게 말하지 않았지만요."

미하루가 옆에 앉은 리오를 의식하며 말했다.

"……조금 예상외라고 해야 하나. 하루토 군은 알고 있었어?"

사츠키가 눈을 동그랗게 뜨고 리오에게 물었다.

"아뇨, 저도 처음 듣습니다……."

리오가 진의를 살피듯이 옆의 미하루를 보았다.

"안 되나요?"

미하루가 리오의 얼굴을 물끄러미 보며 물었다.

"안 되지는 않아요. 저는 이래저래 돌아다녀야 하는데 지금까지의 생활을 계속해준다면 아무 문제없습니다."

리오가 가면을 쓰듯이 얼버무리는 미소를 지었다.

"타카히사 군이 센트스텔라 왕국의 용사라면 아키는 센트스텔라 왕국으로 가겠다고 할 수도 있어. 그러면 미하루와 아키가 함께 있지 못할 가능성도 있는데 아키는 어떡할 셈이야?"

사츠키가 미하루와 아키의 선택이 다를 경우에 생기는 문제를 언급했다.

"……그러면 타카히사 군에게 아키를 맡겨야 하는데, 아키와 확실하게 이야기해서 이해시켜야 한다고 생각해요."

미하루는 고민하고 결연하게 대답했다. 그리고 생각했다.

'어쩌면 지구로 돌아가지 못할 수도 있어. 그때 이 세계에서 어떻게, 누구와 함께, 어디서 살지……. 그것도 포함

해서 아키와 확실하게 이야기해야 해. 하루토 씨가 하루라면 더욱더.'

아키에게 이혼한 아버지와 하루토 이야기는 금기였다. 그래서 미하루는 지금까지 하루토 이야기를 꺼내려고 하지 않았다.

그러나 아키를 생각하면 계속 언니처럼 대한 자신이 도망칠 수는 없는 노릇이었다. 미하루는 굳게 마음을 먹었다.

"그래⋯⋯. 조금 의외인데. 미하루와 아키는 친자매처럼 사이가 좋았는데. 왜 하루토 군에게 남는지 이유를 물어도 될까?"

사츠키가 미하루의 의사가 단호한 것을 깨닫고 아키와 헤어지더라도 리오와 남으려는 이유를 물었다.

"그건⋯⋯."

미하루가 아키에게 친언니 같은 존재이며 미하루에게 아키는 친동생 같은 존재이기 때문이었다. 그러나 지금은 그렇게까지 자세히 설명할 수 없었다.

"저도 이 세계에 와서 소중한 친구가 많이 생겼고 그 사람들에게 많은 빚이 있고 아직 함께 하고 싶기 때문이에요. 빚을 갚고 싶어서예요. 물론 아키도 저와 같은 생각일 거예요. 저도 아키와 헤어지고 싶지 않아요. 그런데 어느 쪽이 더 소중한지 선택할 수 없어서, 그래도 누군가와 함께 있을지 선택해야 해서, 잘 말할 수는 없지만⋯⋯."

미하루가 아키에 대한 생각은 숨기면서도 자신의 마음

을 언어화하려고 초조하게 말했다. 그 설명은 사츠키만이 아니라 리오에게 하는 것이기도 해서 힐끗 안색을 살폈다. 리오는 미하루와 눈이 마주치자 다시 가면을 쓰듯이 억지로 웃었다.

"……응. 쉽게 말로 설명할 수 있는 게 아니지. 물어봐놓고 뭣하지만, 미안해. 하지만 미하루가 무슨 말을 하려는 건지는 이해 했어."

사츠키가 깊게 고개를 끄덕였다.

"그렇다니 다행이에요. 아직 아무한테 한 적 없는 이야기라."

"그래? 그때가 오면 다툴 것 같아. 아키가 지금 이야기를 들으면 크게 반대하겠어."

"……네. 그래서 저도 아직 말하지 않았어요."

사츠키가 갑갑한 표정을 짓자 미하루도 괴로운 듯이 고개를 끄덕였다.

"하지만 설령 헤어지게 돼도 계속 헤어지는 건 아닙니다. 쉽게 만날 수는 없겠지만, 여러분이 서로에게 소중하다는 사실은 변하지 않고 언젠가 지구로 돌아간다는 목적도 일치합니다. 만나고자 하면 만날 수 있게 나라를 끌어들여 협정을 맺으면 되지 않을까요?"

리오가 말했다. 미하루는 리오가 '지구로 돌아간다'는 말을 하자 살짝 얼굴이 어두워졌다.

"어머, 아주 쉽게 말하네?"

한편, 사츠키는 조금 즐거워하며 리오에게 말했다.

"나라 사정으로 떨어져 살게 됐지 않습니까. 그 정도 약속은 해도 벌은 안 받지 않을까요? 프랑수아 국왕 폐하의 대응을 보니 사츠키 씨가 직접 요구하면 막기 어려울 거예요. 저도 협력할 수 있다면 협력하겠습니다."

"흐음. 그런 말을 하면 기대하게 되잖아."

"권력이 얽힌 문제는 돕기 어렵지만, 여러분이 지구로 돌아갈 방법이라면 저도 여러모로 찾아보겠습니다."

리오가 살짝 어깨를 으쓱하고 사츠키에게 협력을 제안했다.

"그건 고마운데 나라의 고명한 마도사도 지구로 돌아갈 방법은 아무것도 모른다고 했다고. 물론 나라에서 거짓말을 했을 가능성도 있지만, 하루토 군은 뭔가 알아?"

사츠키가 리오의 얼굴을 빤히 보며 물었다.

"네. 용사소환이 시공마술의 일종이라는 것은 이해했습니다. 가르아크 왕국도 그건 알 거예요. 다만, 슈트랄 지방의 현대 마술 수준으로는 초보적인 시공마술도 쓰지 못하고 시공마술이 담긴 마도구는 몹시 희귀하기 때문에 나라의 고명한 마도사라도 아무것도 모르는 건 거짓이 아닐 거예요."

"그렇구나……."

리오가 설명하자 사츠키가 무거운 한숨을 내쉬며 받아들였다.

"지금 애로사항은 전이계열 시공마술을 쓰려면 전이할 곳의 좌표를 설정해야 하는데 전이할 곳인 지구의 좌표를 알 방도가 없다는 것. 지구와 이 세계를 전이하는데 드는 마력의 양이 상상도 안 된다는 것입니다."

"……듣자 하니 하루토 군은 시공마술의 기초 정도는 이해하나 봐?"

"친한 사람 말고는 안 가르쳐주지만, 그런 마도구를 여럿 가지고 있습니다."

"……내 착각일 수도 있는데, 너 비교적 상식을 벗어난 존재? 엄청난 마검을 갖고 있다고 들었는데."

리오가 더 자세하게 시공마술을 언급하자 사츠키가 반쯤 기막힌 기색으로 리오를 보았다.

"확실히 슈트랄 지방에는 희귀한 마도구가 많고, 평범한 사람보다 비밀이 많기는 합니다."

리오가 씁쓸하게 웃으며 대답했다.

"저기, 사츠키 씨. 이 이야기는 다른 사람에게는……."

미하루가 조금 초조하게 말했다.

"걱정하지 마. 하루토 군의 허락 없이 여기서 들은 이야기를 남에게 전할 생각은 없으니까. 설령 타카히사 군이 나타나도 말이야. 미하루와 내 소중한 은인에게 은혜를 원수로 갚는 짓은 안 해."

사츠키가 밝게 웃으며 고개를 끄덕였다.

"고마워요."

미하루가 안도하며 가슴을 쓸어내리고 감사를 표했다.

"아니, 미하루가 고맙다고 하면 곤란한데. 오히려 감사할 사람은 나야. 그보다 하나 궁금한 게 있는데 타카히사 군도 용사라고 가정하고 너희가 이 세계에 온 건, 설마 나와 타카히사 군의 소환에 휘말렸기 때문이야……?"

사츠키가 씁쓸하게 웃으며 고개를 가로젓더니 갑자기 처연한 표정을 지으며 조심스럽게 미하루와 리오에게 물었다.

"음……." "아마도."

사츠키를 염려하는지 미하루의 말문이 막히자 리오가 대신 긍정했다.

"……그렇구나. 미안해."

사츠키가 괴로운 표정으로 머리를 숙이고 미하루에게 사과했다.

"아, 사과하지 마세요. 사츠키 씨도 자기 뜻과 무관하게 휘말렸잖아요. 어쩌면 저나, 아키, 마사토가 용사로 소환되며 사츠키 씨가 휘말렸을 가능성도 있어요."

미하루가 황급히 사츠키에게 주장했다.

"직접 소환된 건 사츠키 씨지만, 그건 사고에 휘말린 것과 같아요. 막을 수 없는 사태에 책임을 느낄 필요는 없다고 생각합니다."

"너희들……."

사츠키가 리오와 미하루의 말에 안타까운 표정을 지으

며 입술을 깨물었다.

"아무튼 어떡하시겠어요? 원래는 오늘 밤에 성을 나가 아키와 마사토를 만날 예정인데 정하셨습니까?"

리오가 사츠키에게 다시 당초의 물음을 던졌다.

"……가자. 아니, 데려가 줘. 나를 아키와 마사토가 있는 곳으로. 부탁해."

사츠키가 숨을 삼키고 강하게 리오에게 부탁했다.

"괜찮겠습니까?"

리오가 조금 의외라는 듯이 사츠키의 얼굴을 들여다보았다.

"응, 말없이 성을 나가는 건 규칙 위반이지만, 너와 미하루의 말대로라면 들킬 위험은 상당히 낮고 다소 모험을 하더라도 빨리 아키와 마사토를 만나고 싶어. 뭐, 미하루가 이곳에 없었으면 더 망설였을지도 모르지만."

"그러면 모험을 해서라도 미하루 씨와 함께 오길 잘했네요."

리오가 웃으며 미하루를 보았다.

앞으로 미하루가 왕성에 알려져 눈에 보이지 않는 위험이 생길 수도 있지만, 미하루가 있어준 덕분에 여러모로 수월하게 이야기가 진행됐다. 리오가 혼자 성에 와서 사츠키와 접촉하려고 했으면 더 고생했으리라.

"아뇨, 하루토 씨는 우리를 위해 사실은 안 해도 되는 일을 하고 있잖아요. 모험은 제가 해야 하는데, 제가 있는 것만으로도 도움이 된다면 언제든 저를 쓰세요."

미하루가 가슴 아픈 표정을 지었다.

"……나 때문에 앞으로 미하루에게 폐가 되지 않게 눈을 번뜩일게. 그러니까 미하루는 사양하지 말고 폐하께 네 생각을 말해. 싫은 건 싫다고 거절하고, 하고 싶은 건 하고 싶다고 말해. 분위기에 넘어가서 손해 보면 안 돼."

사츠키가 미안해하며 미하루에게 못을 박았다.

"그, 네. 고마워요."

미하루가 씩씩하게 웃고 조심스럽게 고개를 끄덕였다.

「그렇게 결정이 났으니까 아이시아는 바위 집으로 가서 이 이야기를 전해줘. 그리고 두세 시간 있다가 여기로 돌아와서 미하루 씨와 사츠키 씨를 옮기는 걸 도와줘.」

리오가 염화로 아이시아에게 말했다.

「알았어.」

아이시아는 짧게 대답하고 영체화한 채 리오의 몸에서 떨어졌다.

"출발은 심야에 성이 잠든 뒤에 해도 되지?"

"네."

사츠키가 확인하자 리오가 고개를 끄덕였다.

"그러면 그때까지 셋이서 이야기 좀 하자. 앗, 그러고 보니 확인하고 싶은 게 있는데……."

"뭔가요?"

"리제롯테 씨 말이야. 그 사람이 하루토 군과 미하루를

데려왔다고 했는데 그 사람에게 너희 사정을 어디까지 이
야기했어?"

"이것저것이요. 아키와 마사토에 대해서는 숨겼지만, 제
법 자세히 이야기했습니다. 사츠키 씨는 리제롯테 씨와 리
카 상회에 대해 어디까지 알고 계십니까?"

리오가 말을 골라 대답하고 사츠키에게 되물었다.

"……리카 상회 상품에 지구 말과 똑같은 고유명사를 붙
였다는 건 알아. 이 세계 사람들은 모르는 모양이고 뭔가
비밀이 있는 것 같아서 일부러 지적하지 않았어."

사츠키가 리카 상회에 관해 자기가 알아차린 것을 설명
했다.

"번역마술이 있는데 용케 알아차리셨군요."

리오가 감탄하며 눈을 크게 떴다.

"뭐, 그 번역마술의 정체가 알려지지 않아서. 갑자기 번
역되지 않으면 곤란하고 대화에 지장은 없어도 읽고 쓰기
는 못하니까 학습도 겸해서 여러모로 검증 중이야. 번역마
술이 발동할 때는 실제로 들리는 말과 상대의 입 모양이
다른데, 리카 상회의 상품 몇 가지는 어긋나는 게 없어서
입 모양과 발음이 완벽히 일치하는 걸 깨달았어. 하나나
두 개면 모를까 여러 개면 우연이라고 볼 수 없잖아?"

사츠키가 위화감을 느낀 경위를 말했다.

"거기까지 아셨다면 가르쳐드려도 되겠군요. 리제롯테
씨도 저처럼 전생을 기억하는 사람입니다."

"그러면 서로 전생의 기억이 있다고 밝혔어?"

"네. 사츠키 씨가 리카 상회의 비밀을 알아차렸으면 말해도 괜찮다고 리제롯테 씨에게 허가도 받았어요."

"그렇구나. 그러면 일단 그 사람은 믿어도 괜찮을까?"

"네. 가르아크 왕국의 귀족이라 무조건 믿을 수는 없지만, 나라와 대립하지 않는 범위라면 여러모로 배려해주실 겁니다. 대관을 맡은 아망드에도 선정을 베푸는 인격자로 알려져 있거든요."

리오가 리제롯테의 인품을 사츠키에게 가르쳐줬다.

"알았어, 고마워. 그 사람에게도 개인적으로 감사를 표할 테니까 그때 이것저것 이야기해볼게."

사츠키가 일단은 리제롯테를 경계할 필요가 없다는 것을 알고 안심했는지 가슴을 쓸어내리듯이 미소 지었다.

⟦ 제 4 장 ⟧ ❈ 비밀 재회

    약 두 시간 뒤.

    "마중이 왔으니 슬슬 갈까요?"

    리오는 아이시아가 접근하는 것을 알고 미하루와 사츠키에게 출발하자고 했다.

    "마중?"

    사츠키가 무슨 말이냐는 듯이 고개를 갸웃거렸다.

    "저 혼자서 두 분을 옮길 수도 있지만, 도움을 받으면 편하니까 도움을 청했어요. 지금 저 발코니에 있어요. 열겠습니다."

    리오가 일어나서 걸어가 발코니 문을 열었다. 그곳에는 검은 외투를 입은 아이시아가 서 있었다.

    "······그 아이는 누구야?"

    사츠키가 아이시아를 보고 눈을 깜빡이며 물었다.

    "이 아이가 이동하는 걸 도와줄 거예요. 아이시아라고 하는 제 소중한 동료입니다."

    리오가 사츠키에게 간략하게 아이시아를 소개했다.

    "잘 부탁해."

    아이시아도 간략하게 인사했다.

    "자, 잘 부탁해. 엄청 예쁘고 귀여운 아이네. 태어나서 처음 볼 정도로······."

사츠키가 아이시아에게 홀려서 대답하고 미하루에게 말했다.

"네. 저도 처음 만났을 때는 그랬어요. 아이는 말수가 적지만, 무척 좋은 아이예요."

미하루가 사츠키에게 아이시아를 기쁘게 소개했다.

"나도 꼭 친해지고 싶어."

사츠키가 웃으며 아이시아를 보았다.

"응."

아이시아가 고개를 끄덕였다.

"어떡하시겠어요? 저와 아이시아 중 한 명이 사츠키 씨를 옮길 건데요……."

리오가 아이시아의 얼굴을 보고 사츠키에게 물었다.

"으음, 그러면 하루토 군이 나를 옮겨줄래? 미하루는 아이시아가 옮겨주고."

사츠키가 리오와 아이시아의 얼굴을 번갈아 보고 제안했다.

"네, 저는 괜찮은데 저로 괜찮으십니까?"

리오가 사츠키의 얼굴을 보며 물었다.

"응. 미하루는 남자애랑 있으면 긴장하잖아? 옮기려면 밀착해야 하는데 나는 그런 거 신경 안 쓰니까. 그래도 되지? 미하루."

사츠키가 키득 웃고 리오에게 대답하고 미하루를 보았다.

"……네, 네. 물론이에요. 잘 부탁해, 아이."

미하루는 잠깐 침묵하다가 아이시아에게 말했다.

"응."

아이시아가 꾸벅 고개를 끄덕였다.

"좋아. 가져갈 것도 없고 언제든지 출발해도 돼."

사츠키가 리오와 아이시아가 있는 발코니로 발을 옮겼다.

"그럼 안겠습니다."

리오가 양해를 구하고 사츠키 앞에 섰다.

"응. 부탁해."

사츠키가 고개를 살짝 끄덕였다.

"그럼."

리오가 사츠키를 두 팔로 안아 들었다.

"앗⋯⋯."

사츠키가 가볍게 들리자 몸을 움찔했다.

"이대로 날 건데 불편하지는 않으세요?"

"으, 응. 난 괜찮은데 무겁지 않아?"

리오가 차분한 목소리로 확인하자 사츠키가 상기된 목소리로 되물었다.

"⋯⋯네, 물론이죠. 가벼워요."

리오가 살짝 눈을 동그랗게 뜨고 키득 웃으며 말했다. 성격이 시원시원하니 똑 부러지는 여자라는 인상을 받았는데 소녀 같은 부분에 갭을 느꼈다.

"으, 왜 웃어. 그다지 신경 쓰지 않는다고 했지만, 이 나이에 공주님 안기를 받을 기회는 거의 없으니까 뭐라고 하지…… 생각보다 부끄러운 것뿐이야!"

사츠키가 퉁명스럽게 리오에게 항의했다.

"죄송해요. 신체를 강화하면 업는 것보다 이 자세가 옮기기 쉽고 단단히 안을 수 있어서 안전하거든요."

리오가 변명했다.

"아, 알아. 딱히 너를 의식하고 그런 건 아니야!"

사츠키가 울컥해서 입을 내밀고 리오에게 주장했다.

"네."

리오는 살며시 웃으며 고개를 끄덕였다. 그동안, 미하루도 아이시아에게 안겨 대화를 나누는 리오와 사츠키를 물끄러미 바라보았다.

"이쪽도 준비 완료."

아이시아가 선언했다.

"그러면 가자. 꼭 잡으세요."

리오가 아이시아에게 대답하고 발코니 바닥을 툭 찼다. 그러자 리오의 몸이 사츠키를 안은 채, 어두운 하늘로 날아올랐다.

"아……."

사츠키는 떠오르는 느낌을 받고 반사적으로 리오에게 바짝 매달렸다.

'정말 날잖아? 이게 뭐지? 부력?'

그리고 중력을 무시한 현상을 진지하게 분석하려고 했다.

그러나 그런 건 아무래도 좋았다. 고도가 높아질수록 아래에 있는 성이 작아지고 대조적으로 눈 한가득 별이 깔린 밤하늘이 들어왔다.

"우와! 말도 안 돼! 대단해! 예쁘다!"

사츠키가 무심결에 탄성을 질렀다. 그 목소리가 아래 있는 성에 닿는 일은 없었다.

"굉장해, 굉장해! 하루토 군, 미하루!"

사츠키가 눈을 반짝반짝 빛내며 리오와 미하루에게 말했다. 미하루는 리오 옆에서 아이시아에게 안겨 하늘을 날면서 사츠키를 흐뭇하게 바라보았다.

"즐거우시다니 다행이에요."

리오가 웃으며 사츠키에게 말했다.

"응, 즐거워! 이렇게 가까이서 별과 달을 보기는 처음이야! 이 세계에서 보는 달과 별도 이렇게 아름답구나! 난 몰랐어. 너는?"

사츠키가 순진무구한 미소를 지으며 리오에게 물었다.

"알았어요. 뭐, 저 홀로 날 때는 거의 의식하지 않지만요. 오늘은 아름답네요."

리오가 쓸쓸하게 웃으며 신이 난 사츠키에게 대답했다.

"그래, 알고 있었구나. 후후, 그래. 너는 언제든 하늘을 날 수 있으니까. 그래도 오늘은 의식하는구나, 그래, 그래."

사츠키가 기쁘게 웃으며 받아들였다. 이 멋진 밤하늘을 자기만 즐긴다고 생각하면 조금 외롭기 때문이었다.

"춥지는 않으세요?"

리오가 사츠키에게 물었다.

"으음, 조금? 이렇게 빠르게 나는데 공기저항은 거의 없어서 직접 바람을 맞는 것보다는 훨씬 낫지만⋯⋯."

슈트랄 지방의 현재 계절은 여름이지만, 일본에 비해 밤에는 쌀쌀했다. 게다가 상공은 더 추웠다. 아직 잠옷으로 갈아입지 않고 평상복을 입고 있었지만, 걸칠 옷이 한 벌 있으면 좋을 때였다.

"그러면 합류지점까지 조금 서두를 테니 조금만 더 참으세요."

"응, 급행으로 부탁해! 하아, 춥다, 추워."

사츠키가 기뻐하며 고개를 끄덕이고 리오에게 더 밀착했다. 따뜻함을 찾아 그런 것이리라.

"대단해, 사츠키 씨. 벌써 저렇게 하루토 씨와 친해졌어⋯⋯."

미하루가 조금 부러워하며 중얼거리고 동시에 동경하는 눈빛으로 사츠키를 보았다.

"미하루도 노력하고 있어. 스스로 하루토에게 다가가려고 해."

아이시아가 미하루에게 말했다.

"그런가?"

미하루가 조금 자신 없어하며 고개를 갸웃거렸다.

"응. 미하루는 지금 그대로로 충분해. 하루토에게도 미하루의 마음이 잘 전달되고 있어."

아이시아가 고개를 끄덕이고 조금 속도를 올려 리오의 뒤를 쫓았다.

◇ ◇ ◇

몇 분 뒤, 그들은 왕도 상공을 완전히 빠져나가 길에서 떨어진 암반지대로 갔다. 아래에는 빛은커녕 사람 한 명 보이지 않았다.

"……어디 가?"

사츠키가 조금 불안했는지 조심스럽게 리오에게 물었다.

"마침 도착했습니다. 내릴게요."

리오가 훗 웃고 고도를 낮추기 시작했다.

"도착……? 어, 어라?"

사츠키가 눈을 의심하며 아래를 내려다봤지만, 지상은 새까만 어둠에 휩싸여 아무것도 보이지 않았다. 그러다 어둠 속에 희미한 빛이 어른거리는 것을 깨달았다.

"뭔가 보이십니까?"

리오가 조금 놀라며 사츠키에게 물었다.

"응. 마력 빛이……"

"내릴 곳에 마술결계를 펼쳐놨습니다. 상공은 효과가 약하지만, 그래도 마력을 가시화할 수 있는 사람이 아니면 결계를 눈치 채지 못해요. 사츠키 씨는 마력을 볼 수 있군요?"

"……응. 보여. 이 세상 사람은 보통 못 본다고 들었는데."

사츠키가 리오의 얼굴을 빤히 보며 관심을 보였다.

"일반에 알려져 있지 않지만, 특수한 훈련을 꾸준히 하면 볼 수 있어요. 사츠키 씨는 신장의 영향인 것 같네요."

리오가 흥미를 보이며 추측했다.

"용사인 내가 말하긴 뭣하지만, 너도 상식을 벗어난 사람이지?"

사츠키가 씁쓸하게 웃으며 리오에게 말했다. 리오도 따라서 웃었다. 그때, 리오가 결계 표면에 접촉했다.

"사츠키 언니!" "사츠키 누나!"

곧 사츠키의 이름을 부르는 소리가 들렸다. 물론 아키와 마사토의 목소리였다. 결계 내부에 바위 집 주민이 모두 나와 일행의 도착을 기다리고 있었다.

오피아가 빛의 구를 만들어 띄워서 결계 밖에서는 모르지만, 내부는 밝았다.

"아키! 마사토!"

사츠키가 아키와 마사토를 보고 활짝 웃으며 두 사람의 이름을 불렀다. 아이시아도 미하루를 안고 결계 안으로 들어왔다. 리오는 기다리던 사람들 앞에 착지했다.

"둘 다 건강해 보여서 다행이야!"

사츠키가 기뻐하며 말했다.

"사츠키 누나도!"

"건강한 것 같아서 다행이에요!"

마사토와 아키가 오랜만에 사츠키와 만나서 기쁜지 리

오 쪽으로 달려왔다.

"응, 너희 덕분이야. 너희를 만나고 싶어서 데려가 달라고 했어!"

"나도 만나고 싶었어요!"

사츠키와 아키가 기뻐하며 말을 나눴다.

한편, 조금 떨어진 곳에 세리아, 사라, 오피아, 아르마, 라티파가 서서 처음 보는 사츠키를 흥미롭게 바라보았다.

사츠키도 그들을 알아차리고 호기심 어린 시선을 보냈다.

'우와, 아이시아도 말도 안 되게 귀여운데 여기 있는 애들도 엄청 귀엽잖아? 여자애들과 함께 산다더니, 바로 얘들이⋯⋯. 하루토 군, 혹시 얼굴 밝히나?'

그리고 의심하는 눈초리로 리오를 쳐다보았다.

"저기, 왜 그러시죠?"

리오가 조금 난처해하며 고개를 갸웃거렸다.

"⋯⋯아니, 딱히. 근데 나를 언제까지 안고 있을 셈이야?"

사츠키가 조심스럽게 고개를 가로저었다가 아직 안겨있다는 걸 깨닫고 얼굴을 붉혔다.

"내려드리고 싶은 마음은 굴뚝같은데, 손이⋯⋯."

리오가 재미있다는 듯이 웃으며 사츠키에게 말했다.

"앗, 미, 미안해!"

사츠키는 자기가 리오에게 달라붙은 사실을 깨닫고 황급히 리오의 옷을 놓았다.

"그럼 내릴게요."

리오가 사츠키를 바닥에 살짝 내려줬다. 아키와 마사토가 즐겁게 웃으며 사츠키를 보았다.

"너, 너희 왜 웃어?"

사츠키가 부끄러운지 뺨을 붉히고 두 사람에게 말했다.

"우으, 또 강력한 라이벌이 나타날 예감."

라티파가 귀엽게 볼을 부풀렸다.

"저 정도는 어쩔 수 없지. 리오잖아."

세리아가 삐죽 입을 내밀고 키득 웃었다.

◇ ◇ ◇

그 후, 사츠키는 리오에게 세리아 일행을 소개했다. 세리아, 사라, 오피아, 아르마 순으로 사츠키에게 인사하고 라티파가 마지막 차례였다.

참고로 바위 집에서 얘기할 수 있는 시간은 한정됐기 때문에 세리아는 가명인 세실리아라고 소개했고 사라 일행도 마도구로 종족을 숨기고 소개해서 불필요한 설명 시간을 줄였다.

"나는 라티파. 오빠의 의동생이에요."

라티파와 사츠키에게 간단하게 자기를 소개했다.

"하루토 군, 의동생이 있었구나."

사츠키가 조금 놀랐다.

"네. 자랑스러운 동생입니다. 더 시간 들여서 소개하고 싶지만, 시간이 없으니 안으로 갈까요? 지구 출신끼리 천천히 이야기하세요."

리오가 사츠키에게 집안으로 들어가자고 권했다.

"응. 응? 집?"

사츠키가 밝게 고개를 끄덕이고 이상하다는 듯이 고개를 갸웃거렸다. 결계 안팎에는 수많은 바위만 있을 뿐, 집처럼 보이는 건물은 없었다.

"알아보기 힘들지만, 이 바위가 집입니다. 현관은 저쪽이에요."

리오가 바로 옆에 있는 바위 집을 쳐다보며 사츠키에게 가르쳐줬다.

"정말이네, 아주 큰 바위인 줄 알았는데……."

사츠키가 현관을 발견하고 몹시 당황했다. 자세히 관찰해보니 창문으로 보이는 것과 벤치, 사다리가 있어서 생활감이 엿보였다.

"이쪽으로 오세요."

리오가 사츠키를 안내하며 현관으로 갔다. 그러자 라티파가 현관으로 걸어가 먼저 나무문을 열었다.

"자, 들어오세요!"

라티파가 싱긋 웃으며 사츠키를 환영했다.

"고마워, 라티파."

리오가 감사를 표하며 집으로 들어갔고 사츠키도 웃으며 라티파에게 감사를 표한 뒤, 리오를 뒤따랐다. 다른 일행도 따라 들어갔다.

"신발은 벗어주시겠어요? 저게 신발장입니다."

리오가 집으로 들어가 현관에 신발을 벗으라고 지시했다. 바로 앞에는 넓은 거실이 있었다.

참고로 내부 장식은 일본식 건물과 다르지만, 집주인인 리오가 일본인이었기 때문인지 집안에서는 신발을 벗고 다녔다. 덕분에 집안 아무데서나 데굴데굴 굴러다닐 수 있었다.

"정말 집이네? 그보다 성에 있는 방보다 쾌적해 보여…….
바닥에 앉아서 빈둥거리고 싶다."

사츠키가 현관에 서서 어안이 벙벙해 거실을 응시했다.

"그렇지? 일본에 살 때보다 쾌적해. 전자기기는 없지만."

사츠키의 뒤에 서 있던 마사토가 진지하게 말했다.

"와, 와아, 그렇구나."

사츠키가 조금 딱딱하게 웃었다.

"아키, 사츠키 씨를 내 방으로 안내해줄래? 지금 차 준비할게."

미하루가 아키에게 얘기하고 주방으로 가려고 했다.

"차는 내가 준비할 테니 미하루도 같이 얘기해. 아침에는 돌아가야 하니까."

오피아가 미하루도 자기 방으로 가라고 재촉했다.

"……응, 고마워, 오피아. 그럼 사츠키 씨, 이리 오세요."

미하루가 오피아에게 감사를 표하고 스스로 사츠키를

안내했다. 미하루는 사츠키, 아키, 마사토와 함께 자기 방으로 갔다. 리오 일행은 거실에 남았고 오피아는 차를 준비하러 주방으로 갔다.

"선생님, 잠깐 할 이야기가 있는데 제 방으로 와주실래요?"

리오가 세리아에게 권유했다.

"……응, 물론이야. 나도 할 이야기가 있긴 하거든."

세리아는 잠깐 침묵했다가 흔쾌히 승낙했다.

리오의 방으로 장소를 옮겼다.

"그래서 할 이야기가 뭐야?"

세리아가 리오의 권유에 실내 의자에 앉아 용무를 물었다.

"연회와 관련해서 벨트람 왕국의 동향에 관한 정보가 들어와 선생님께 말씀드리려고요."

"그래?"

세리아가 몹시 놀랐다.

"네. 유그노 공작파에 소속한 용사가 연회에 출석하는 것은 기정사실이었는데, 아무래도 벨트람 왕국 본국에서도 용사가 오는 모양이에요. 벨트람 왕국 본국과 유그노 공작파가 연회에서 맞닥뜨리지 않을까요?"

"……지금의 벨트람 왕국 본국은 가르아크 왕국과 거리를 두고 있는데, 별로 좋지는 않네. 뒤에서 뭔가 큰 외교적 움직임이라도 있었나?"

"아니면 본국 내부에 무슨 일이 있었는지도 모르죠. 그러지 않아도 연회에는 가르아크 왕국, 센트스텔라 왕국, 유그노 공작파에서 용사들이 출석하니 시찰일 가능성도 있고요."

리오가 있을 법한 가능성을 입에 담았다.

"내가 떠난 뒤에 무슨 일이 있었는지도 모르겠네……. 아니, 내가 결혼식에서 도망쳐서 무슨 일이 일어났는지도 몰라. 아르보 공작파의 체면도 엉망이 됐을 테고, 불만을 품었던 귀족들을 억누르기 어려워졌나?"

세리아가 자기 때문에 큰 폐를 끼쳤을지도 모른다고 생각하는지 미안한 듯이 얼굴에 그늘을 드리웠다.

"무슨 일이 있었다고 해도 그건 선생님 때문이 아니에요. 설령 선생님의 결혼식이 중단돼서 국내 정세에 영향이 갔다고 해도요."

리오가 단언했다.

"리오……."

세리아가 뭐라 말하기 어려운 가슴의 통증을 느끼고 입술을 깨물었다.

"선생님이 하고 싶은 게 있다면 뭐든지 말해주세요. 제가 할 수 있는 일이라면 뭐든지 말해주세요. 제가 들어드릴게요. 저는 그러려고 선생님을 그곳에서 데려온 거예요. 그러니까 선생님도 그날의 결단을 잊지 마세요. 제게 기대주세요."

리오가 세리아를 똑바로 바라보며 자기 마음을 전달했다. 어느새 통증은 사라졌고 세리아는 가슴이 두근거리는 것을 느꼈다.

"으, 응. 고마워. 그래, 생각났어. 그때 심정……."

세리아가 살짝 뺨을 붉히고 수줍어했다.

'리오에게 폐 끼치고 싶지 않아. 하지만 끼쳐도 되는 거지? 기대도 되는 거지?'

세리아는 리오의 얼굴을 똑바로 마주 보았다.

"리오, 있잖아. 나 아버님을 만나러 본가에 가볼게. 그러니까……."

세리아가 용기를 내서 마음을 밝혔다.

"물론 같이 갈게요. 연회가 끝나고 미하루 씨네 일이 정리된 다음이 되겠지만요……."

리오가 곧바로 말했다.

"뭘 그렇게 서둘러……. 그래도 기뻐. 고마워. 그래도 괜찮으니까 잘 부탁해, 리오."

세리아가 수줍게 웃으며 리오에게 꾸벅 고개를 숙였다.

한편, 미하루가 바위 집에서 쓰는 방.

사츠키는 미하루, 아키, 마사토와 단란한 시간을 보냈

다. 미하루는 사츠키와 둘이서 침대에 앉았고 아키와 마사토는 방에 있는 의자에 앉았다.

"미하루 누나가 다른 마차에 탔을 때는 솔직히 이제 틀린 줄 알았어. 아키 누나는 울고 있었고."

마사토가 이 세계를 헤매며 겪은 일을 이야기했다.

"뭐? 그, 그런 적 없거든?!"

아키가 부끄러운지 당황해서 외쳤다.

"거짓말하시네. 정신이 나가서 울 것처럼 소란 피웠잖아."

"안 그랬다니까?! 넌 그때 쫄아서 아무것도 못했잖아."

"아, 아니, 그때는 무방비해서 그랬고."

마사토와 아키가 엉뚱한 일로 평소처럼 말싸움을 벌였다. 이러다가 항상 남매 싸움으로 번지고는 했는데…….

"후, 후후…… 아하하!"

사츠키가 즐겁게 키득키득 웃었다. 그러자 아키와 마사토가 놀라서 말다툼을 멈췄다.

"저, 사츠키 씨?"

옆에 앉은 미하루가 고개를 갸웃거리며 사츠키를 보았다.

"아, 웃겨라. 갑자기 웃어서 미안해."

사츠키가 한바탕 웃고 나서 사과했다.

"아니, 괜찮은데. 뭐가 웃겨?"

마사토가 이상해하며 물었다.

"일본에 있을 때 둘이 이렇게 말싸움하는 걸 본 게 생각나서. 오랜만에 보니까 기뻐서 왠지 웃음이 나왔어. 힐링 제대로 했다. 아키, 마사토. 둘 다 무사해줘서 고마워."

사츠키가 갑자기 웃은 이유를 설명하고 아키와 마사토
에게 감사를 표했다.

"아, 그랬구나."

마사토가 수줍어하며 쓸쓸하게 웃었다.

"아하하, 도가 지나치면 오빠나 미하루 언니가 말렸지."

아키는 오빠인 타카히사가 생각났는지 조금 외로운 표
정을 지었다.

"……타카히사 군이 어디 있는지는 나도 몰라."

사츠키가 아키의 표정 변화를 알아차리고 어두운 표정
으로 말했다. 타카히사가 센트스텔라 왕국의 용사가 됐을
가능성이 있었지만, 확증은 없었다.

"네……."

아키가 입술을 깨물며 고개를 끄덕였다. 사츠키의 방문
이 정해지자 미리 알리러 온 아이시아에게 몰래 전해 듣기
는 했지만, 다시 들으니 마음이 무거워졌다.

"타카히사 군에 관한 정확한 정보가 들어오면 가르쳐줄
게……. 그런데 하나 물어보고 싶은데 만약에 타카히사 군
을 찾으면 너희는 어떡할 거야?"

사츠키가 아키와 마사토의 얼굴을 물끄러미 보며 물었
다. 미하루가 사츠키의 질문을 듣고 조금 의외라는 듯이
당황했다.

"물론 오빠를 만나고 싶어요!"

아키가 힘차게 대답했다.

"마사토도?"

"그야, 뭐, 살아있으면 만나고 싶어."

사츠키가 확인하자 마사토가 조금 부끄러워하며 대답했다.

"걔가 용사가 되어 어느 나라에 소속됐더라도?"

사츠키가 이어서 확인했다.

"……네."

"그렇지. 하고 싶은 이야기도 있고."

아키와 마사토가 수긍했다.

"그러면 타카히사 군을 만난 뒤에는 어떡할 거야? 지금은 하루토 군이 돌봐주는데, 타카히사 군이 있는 나라에 의탁할 거야? 물론 가르아크 왕국의 대접이 나쁘지 않다면 이 나라에 의탁해도 되고, 하루토 군에게 부탁해서 이대로 지내는 것도 하나의 선택지지만……."

사츠키가 드디어 핵심 질문을 했다.

"그건, 여기 오기까지 여러모로 이야기를 해보긴 했는데……."

아키가 살짝 민망해하며 말했다.

"아직은 대답 못하겠어?"

"……네."

"알고 있지? 생각이 모두 다 같지 않을 수도 있다는 거."

사츠키의 짐작에 아키가 정곡을 찔렸는지 얼굴이 굳었다.

"어렴풋이 예상도 했고, 그 이야기는 깊게 하지 않으려고 해."

마사토가 겸연쩍게 머리를 긁적였다.

여태까지는 리오가 돌봐줬지만, 자기들 한 명, 한 명의 선택에 따라 앞으로 뿔뿔이 흩어져서 살 가능성도 있었다.

"잘 알고 있다면 됐어. 괜한 참견을 했네. 그때가 오면 답이 나올 테니 할 수 있으면 다섯 명이서 이야기해보자."

사츠키가 웃어 보이고 미하루를 보며 조금 과장스럽게 어깨를 으쓱했다.

"……네."

미하루는 사츠키와 눈빛을 교환하고 미안해하며 고개를 끄덕였다. 한편, 아키는 조금 불안하게 미하루를 보았다.

"으음, 진지한 이야기를 했더니 피곤해. 시간도 얼마 없는데 오랜만에 만났으니까 지금은 즐거운 이야기나 하자. 그래, 이 집에 대해 가르쳐줘. 꽤 넓어 보이는데 둘러볼 수 있을까?"

사츠키가 밝게 웃으며 화제를 바꿨다.

"음, 이 방과 비슷한 방이 많은 정도인데 하루토 형의 방에 있는 큰 침대는 볼 가치가 있을지도? 그렇게 큰 침대는 일본에서도 못 봤어."

마사토가 이 집의 명소를 말했다.

"오, 그렇게 큰 침대에서 혼자 자는구나."

사츠키가 눈을 크게 뜨고 관심을 보였다.

"혼자라고 해야 하나, 라티파가 같이 자거나 아이시아

씨가 자서 소란이 벌어지기도……."

아키가 그때를 떠올리고 즐거워하며 웃었다.

"응? 동생이랑 같이? 아니 그보다 아이시아하고도 같이 잔다고?!"

사츠키가 놀라움을 드러냈다.

"둘 다 하루토 씨가 자는 사이에 침대에 숨어든대요. 세실리아 씨와 사라 씨가 보고 종종 혼내요."

아키가 씁쓸하게 웃으며 설명했다.

"흐음, 그렇구나……. 그러면 나중에 그 침대 좀 봐볼까? 재미있는 곳이 더 있으면 가르쳐줄래?"

사츠키가 재미있는 이야기를 듣고 좋았는지 씨익 웃었다.

"음, 욕실?"

마사토가 고개를 꼬며 말했다.

"욕실 좋은데?! 팔다리 쭉 펴고 뜨거운 물에 퍼져있고 싶어. 성에 있는 욕실도 훌륭하지만, 샤워 용품이 별로고 일본 욕실 같은 욕조는 없거든……."

사츠키의 표정이 밝아지더니 일본식 욕실을 그리워했다.

"그러면 하루토 씨에게 부탁해서 여기 욕실 써볼래요? 바위탕과 나무 욕조가 있어요."

아키가 사츠키의 말을 듣고 사츠키에게 욕실을 써보라고 권했다.

"오, 좋아. 최고의 조합인데?"

사츠키가 의욕을 보이며 진심으로 웃었다.

"샤워 용품도 좋은 게 많으니까 분명히 마음에 들 거예요."

미하루도 사츠키에게 강력 추천했다.

"그거 기대된다! 어…… 잠깐, 잠깐만! 깜빡하고 당연하다는 듯이 이야기했는데 이, 있어? 이 집에 일본식 욕실이?"

사츠키가 기뻐서 활짝 웃다가 대화 내용에 위화감을 느끼더니 표정을 바꾸고 확인했다.

"네, 일본식이라고 해야 하나, 온천 같은 욕실이 있어요."

미하루가 즐겁게 웃으며 사츠키의 질문에 대답했다.

그러자 사츠키의 눈에 불이 붙었다.

"온천, 이라고?"

사츠키가 꿀꺽 숨을 삼켰다.

◇ ◇ ◇

한편, 리오는 대화를 마치고 세리아와 함께 거실로 돌아왔다. 실내에는 아이시아, 라티파, 사라, 오피아, 아르마가 모였다.

"어서 와, 오빠! 이야기는 끝났어? 자, 앉아, 앉아!"

라티파가 자기와 아이시아가 앉은 3인용 소파로 리오를 불렀다. 아이시아와 찰떡궁합처럼 좌우로 비켜서 가운데에 리오가 앉을자리를 만들었다.

"응, 고마워."

리오가 아주 자연스럽게 라티파와 아이시아 사이에 앉

았다. 한편, 세리아는 빈 1인용 소파에 마지못해 앉았다.

"오빠 성분, 보충 시작!"

라티파가 리오의 오른쪽 옆구리에 찰싹 달라붙었다.

"우으."

다른 소녀들 중에 원망스럽게 아니, 무슨 말을 하고 싶은 듯이 시선을 보내는 이가 있었지만, 오빠에게 어리광부리는 것은 동생의 특권이었다.

"에헤헤."

라티파가 만족스럽게 웃으며 리오에게 마음껏 어리광부렸다.

한편, 리오 왼쪽에 앉은 아이시아는 리오에게 밀착하지는 않았지만, 세리아에게 주의받은 아슬아슬한 선까지 달라붙었다. 이럴 때는 뻔뻔하게 리오와 거리를 좁힐 수 있는 두 사람이 참 강력했다.

"저기, 여러분. 왠지 조용하지 않아요?"

리오가 세리아, 사라, 오피아, 아르마의 시선을 느끼고 소녀들의 안색을 살피며 물었다.

"그래? 우리는 지금 막 왔잖아. 다들 무슨 이야기했어?"

세리아가 탄식하고 사라 일행에게 물었다.

"미하루의 친구인 사츠키 씨가 어떤 사람일지 이야기했습니다."

사라가 쓸쓸하게 웃으며 대답했다. 그러자 호랑이도 제 말하면 온다고 미하루의 방문이 열리고 사츠키가 미하루 일행과 함께 나왔다.

"……저기, 하루토 군. 부탁이 있는데."

사츠키가 아이시아와 라티파 사이에 낀 리오를 보고 눈을 크게 떴다가 생긋 웃으며 리오에게 말했다. 곁에 있는 미하루 일행이 재미있어하며 웃었다.

"네, 뭔가요?"

리오가 사츠키에게서 묘한 박력을 느끼고 경계하며 물었다.

"있잖아, 이곳 욕실을 쓰고 싶은데 어떻게 안 될까?"

사츠키가 아주 진지한 얼굴로 양손을 모아 쥐고 리오에게 부탁했다.

"아, 네. 편하게 쓰세요."

리오는 맥이 빠졌는지 어깨에서 힘을 빼고 시원하게 고개를 끄덕였다.

"정말? 고마워!"

사츠키가 기쁘게 웃으며 리오에게 감사를 표했다.

"욕실 정도는 편하게 쓰셔도 되는데."

리오가 재미있어하며 미소 지었다.

"무슨 소리야. 남의 집 욕실을 쓰려면 집주인에게 허락을 받아야지."

사츠키가 당연하다는 듯이 말했다.

"사츠키 씨에게 이곳 욕실 이야기를 했더니 자기가 하루토 씨에게 부탁하겠다고 뛰어나왔어요."

미하루가 키득키득 웃으며 말했다.

"나한테는 그만큼 중요한 정보였다고."

사츠키가 부끄러운지 뺨을 붉혔다.

"그러면 욕실 사용방법은 미하루 씨에게 물어보세요."

리오가 미하루를 보았다.

"응. 그리고 괜찮으면 여러분과 같이 쓸 수 있을까요? 꼭 같이 이야기하고 싶어요."

사츠키가 흥분한 목소리로 리오와 함께 있는 여자들에게 말했다.

"우리도 말입니까?"

사라가 말하고 세리아 일행과 눈을 마주쳤다.

"괜찮다면 가주세요. 저는 마사토와 기다릴게요."

리오가 세리아 일행도 욕실을 쓰도록 등을 떠밀었다.

"아하하, 그럴 줄 알긴 했는데, 역시나……."

마사토가 조금 아쉬워하며 쓴웃음 지었다.

"뭐야, 너 같이 들어갈 생각이었어?"

아키가 마사토를 싸늘하게 보며 한숨을 내쉬었다.

"아, 아니야! 빨리 들어가!"

마사토가 얼굴이 확 빨개져서는 황급히 변명했다.

그 후, 바위 집 욕실.

"넓다……."

사츠키가 문을 열고 욕실에 들어와 멍하니 서 있었다. 탈의실도 넓었고 입구에 친 막을 봤을 때는 "뭐야, 여관이야?!"라고 소리 지를 뻔했지만, 그런 건 아무래도 좋았다.

이곳은 여관이었다. 깎지 않고 그대로 살린 바위 표면과 마도구로 콸콸 나오는 뜨거운 물, 그리고 실내에 가득한 수증기를 보고 있으니 가슴속이 끓어오르는 것을 막을 수 없었다.

"뜨거운 물은 마술로 만든대요. 온천 같죠?"

미하루가 수건을 두르고 즐겁게 웃으며 사츠키에게 말했다.

"응, 최고……."

사츠키가 멍하니 대답했다.

"이리로 오세요. 뜨거운 물 쓰는 법이랑 샤워 용품 종류를 설명할게요."

"부탁해!"

사츠키가 미하루의 안내를 받아 세면장으로 갔다. 많은 사람이 동시에 써서 조금 좁았지만, 친한 사람끼리 양보 정신을 발휘해 잘 이용했다.

미하루는 사츠키와, 세리아는 라티파와, 사라는 아르마와, 아이시아는 오피아와 조를 짜서 서로 등을 씻어줬다.

"아, 향 좋다. 성에 있는 욕실에도 이 비누가 있으면 좋을 텐데. 뜨거운 물도 이렇게 풍부하지 않고. 이런 바위를 어떻게 집으로 만들었는지 신기해하면 촌스럽겠지?"

사츠키가 자기 몸을 감싸는 비누 향에 황홀해하며 성의 부족한 시설을 한탄하듯 한숨을 내쉬었다.

"아하하, 왕성 욕실 시설은 슈트랄 지방이 가장 뛰어나 다지만, 여기 욕실을 알면 그런 말 못 하지."

옆에서 라티파의 머리를 감겨주던 세리아가 기막힌 미소를 지으며 말했다.

"욕실에 있는 샤워 용품은 다 오빠가 만든 거야."

라티파도 대화에 꼈다. 참고로 세리아는 머리카락 색을 바꿨고 라티파 일행도 액세서리형 변장 마도구를 착용해 귀와 꼬리를 감췄다.

"놀라운데……. 요리도 잘한다고 들었는데 하루토 군은 재주가 많나 봐?"

사츠키가 눈을 크게 뜨며 물었다.

"맞아, 차도 잘 우려. 미하루와 오피아도 잘해서 이 집에서는 항상 맛있는 차를 마실 수 있어. 물론 과자도."

세리아가 기뻐하며 말했다.

"과자 만들기는 미하루 언니와 오피아 언니지. 저번에 만든 스콘과 잼은 일품이었어."

라티파가 그때 먹은 맛을 떠올리고 칠칠치 못하게 헤실 웃었다.

"들으면 들을수록 성보다 여기서 살고 싶은데……."

사츠키가 쓴웃음 지으며 작게 탄식했다.

"사츠키 씨는 성에서 보통 어떻게 지내세요?"

사츠키의 등을 씻겨주던 미하루가 호기심을 보이며 물었다.

"따분하지, 뭐. 아침에 일어나서 밥 먹고 이 세계에 대해 공부하고 점심 먹고 소화시킬 겸 움직이고 공부하고 움직이고……. 정신 차리면 밤이 돼서 하루가 끝나는 느낌?"

사츠키가 메마른 미소를 짓고 자신이 이 세계에서 하루를 어떻게 보내는지 설명했다.

"용사라서 왕과 귀족을 상대할 줄 알았어요."

미하루가 조금 의외라는 듯이 말했다.

"내가 바라기도 해서 연회에 공개할 때까지 공공연한 비밀처럼 다루는 중이라 일반 귀족을 만나진 않고 있어. 뭐, 대신 왕족과는 자주 만나지만. 미셸 왕자와 샤를 알지? 다른 왕족도 있지만, 그 둘을 자주 만나."

"샤를로트 왕녀님은 상냥하다고 할까, 나긋나긋한 사람이었죠. 사츠키 씨와 친한가요?"

"응. 이 세계의 몇 없는 동성 친구? 상냥해 보이지만, 마냥 편하게만 볼 수 없는 점도 있어."

"역시 어려운가요? 폐하는 무척 친절해 보였는데……."

미하루가 조심스럽게 물었다.

"응, 나름대로는. 겉으로는 무서울 정도로 친절하지만, 그건 내게 이용가치가 있기 때문이야. 나는 나대로 의식주 때문에 이용해서 똑같긴 하지만, 무엇을 하든 속셈이 있나

의심하게 돼서 피곤한 게 가장 힘들어.”

사츠키가 정신적 피로가 느껴지게 웃었다.

‘그래서 솔직히 아키와 마사토는 물론, 가능하면 미하루도 그런 곳에서 살지 않길 바라는 게 내 본심이야. 그럴 수는 없겠지만……’

사츠키가 그런 생각을 하고 한숨을 내쉬었다.

“여기서 가장 연장자로서 조언 한마디 하자면 진심으로 믿을 수 있고 어떤 이야기도 들어줄 친구 하나는 만드는 게 좋아.”

세리아가 귀족사회에서 나고 자란 경험으로 사츠키에게 조언했다.

“응?”

그런데 사츠키가 이상하다는 듯이 말꼬리를 올렸다.

“……어, 어라? 나 뭐 이상한 말 했어?”

세리아는 뭔가 안 좋은 말을 했는지 아까 한 말을 머릿속으로 되풀이했다.

“아, 아뇨, 그게 아니라……. 저기, 실례지만, 세실리아 씨는 몇 살이세요? 연장자라니…….”

사츠키가 의아해한 이유를 밝히며 세리아의 나이를 확인했다. 자기소개 때, 이름만 밝히고 나이는 가르쳐주지 않았다.

“어, 스, 스물한 살…….”

세리아가 부끄러워하며 자기 나이를 말했다.

"……네에에에에?!"

사츠키가 자기도 모르게 소리를 지르며 기겁했다. 다른 데서 대화하던 아키와 사라 일행이 무슨 일인가 하며 사츠키를 주목했다.

"말도 안 돼, 거짓말, 그렇게 안 보여요! 절대 그 나이로 안 보여요! 저는 완전히 아키와 미하루 중간 나이일 줄 알았는데! 아, 크, 큰 소리 내서 미안해!"

사츠키가 놀란 이유를 설명하며 아키와 사라 일행에게 사과했다.

"아하하, 고마워. 용사님이 말해주니 자신이 생기네."

세리아가 즐겁게 웃으며 사츠키에게 감사를 표했다.

"저는 자신을 잃었어요. 세실리아 씨는 엄청 예쁘고 동안이라……."

사츠키가 후우 숨을 내쉬고 세리아를 훑어보았다.

"어린이 체형이라 너무 보니까 부끄럽다."

세리아가 라티파의 머리카락을 감겨주던 손을 멈추고 부끄러워하며 양손으로 몸을 가렸다.

"아니에요. 잠깐 손 좀……. 이거 보세요. 부러우리만치 섬세하고 눈 같이 새하얀 피부, 부럽다고요!"

사츠키가 세리아의 손을 잡고 찬찬히 응시하며 칭찬했다.

"그건 여기 비누 덕분 아닐까? 미하루와 라티파도 그렇고 여기 사는 사람들 모두 빠지지 않아."

세리아가 리오가 만든 비누의 효능을 강조하며 바위 집

에 사는 다른 어린 사람들을 이길 수 없다고 말했다.

"여기 사는 애들이 다 말도 안 되게 귀엽긴 한데, 세실리아 씨도 그중 한 사람이잖아요?"

사츠키가 기막혀하며 세리아에게 호소했다.

"아, 아니, 그건 아닌 것 같은데. 시험 삼아 미하루의 피부도 확인해봐. 엄청 말랑말랑해."

세리아가 미하루에게 떠넘겼다.

"……네?"

미하루는 사츠키의 등을 씻어주던 손을 멈추고 당황해서 굳었다.

"미하루 피부 체크!"

사츠키가 재빠르게 미하루 뒤로 갔다.

"빠, 빨라! 잠깐, 사, 사츠키 씨?! 어, 어디를 만지는 거예요, 꺅?!"

미하루가 움찔했다.

"와, 이건 정말……."

사츠키가 양손을 현란하게 움직이며 미하루를 만지작거렸다.

"가, 간지러워요. 주, 주물거리지 말아요!"

미하루가 몸을 꾸물거리며 뺨을 붉혔다.

"거품 때문에 미끄러우니까 가만히 있어. 언니한테 보여줘 봐. 언제 이렇게 자랐어?"

사츠키가 장난기에 불이 붙었는지 열심히 장난을 쳤다.

이 세계에 와서 억압받던 스트레스를 발산하는지 미소가 참 생생했다.

10초도 안 되는 시간이었지만, 두 사람의 공방이 이어졌고 사츠키는 한바탕 만족하고는 미하루의 등을 끌어안았다.

"아~ 재밌었다. 고마워, 미하루."

"어휴, 사츠키 씨는 가끔 못됐어요."

미하루가 몸을 비틀며 저항하던 것을 멈추고 웬일로 입을 내밀고 사츠키에게 대답했다.

"아하하, 미안해. 오랜만에 미하루를 만나니까 기뻐서 알몸 스킨십을 꼭 해야겠다 싶었어. 이번에는 아키 차례인가?"

사츠키가 그들을 흐뭇하게 지켜보던 아키를 보았다.

"나, 나는 됐어요!"

아키가 양손으로 몸을 가리고 황급히 고개를 저었다.

"아하하, 그래? 아쉬워라."

사츠키가 키득키득 웃음을 참으며 말했다.

"사츠키는 미하루와 아이들에게 들은 이미지와 똑같네."

세리아가 후훗 웃으며 사츠키에게 말했다.

"그래요? 오, 뭐라고 말했을까?"

사츠키가 씨익 웃으며 미하루의 귀에 속삭였다.

"이, 이상한 말 안 했어요."

미하루가 서둘러 변명했다.

"걱정하지 마, 알아. 그건 그렇고 하루토 군과 마사토는 행복하겠어. 이렇게 귀여운 애들에게 둘러싸여서 살다니."

사츠키가 욕실에 있는 여자들을 휙 둘러보았다.

"아하하, 집에 여자만 있어서 안 해도 되는 정신적 피로를 느낄지도 모르지."

세리아가 씁쓸하게 웃으며 말했다.

"하루토 씨는 몰라도 마사토는 그런 걱정할 필요 없어요. 걔는 예쁜 누나에게 약하거든요."

아키가 못 살겠다는 듯이 말했다.

"남자애라서 어쩔 수 없나? 그래도 여자도 멋진 남자에게 약하잖아? 하루토 군이라든가."

사츠키가 키득 웃으며 구체적으로 리오를 예로 들자 적잖이 놀란 소녀들이 있었다. 사츠키가 알아차린 것만 해도 여럿이었다.

'으음. 하루토 군은 이 집에 살면서 한 번도 누구를 사귄 적이 없다고 했는데, 설마……. 아니, 혹시 벽창호?'

사츠키는 그런 생각을 했다.

◇ ◇ ◇

그 후, 그들은 목욕을 마치고 이야기를 더 나누었으나, 결국 왕성에 있는 사츠키의 방으로 돌아가야 하는 시간이 오고 말았다.

지금은 바위 집 앞에 모여 리오, 미하루, 사츠키와 아이시아를 배웅하고 있었다.

"한밤중에 들이닥쳐 소란을 일으키고 가서 정말 죄송합니다. 하지만 여러분을 만나서 정말 좋았어요. 감사합니다."

사츠키가 마지막으로 바위 집 사람들을 향해 말하고 깊이 고개를 숙였다.

"또 와, 사츠키 언니!"

라티파가 사츠키에게 말했다. 라티파가 사츠키를 부르는 호칭은 언니로 정해진 모양이었다.

"그래. 다음에 또 다 같이 목욕하자."

"다음에는 더 느긋하게 이야기하고 싶습니다."

세리아와 사라도 웃으며 사츠키를 배웅했다.

"괜찮다면 다음에는 식사도 준비하고 기다릴게요!"

"오늘처럼 밤에 몰래 나올 텐데 미용에 나쁘지 않을까요……? 위에 부담 없는 걸로 하죠."

오피아와 아르마가 말했다.

"꼭이요! 다음에 기회가 있으면 기꺼이 올게요! 그때도 오고 가는 거 잘 부탁해, 하루토 군, 아이시아."

사츠키가 기쁘게 대답하고 짓궂게 웃으며 윙크했다.

◇ ◇ ◇

리오와 아이시아는 미하루와 사츠키를 데리고 성의 첨탑으로 돌아가 발코니를 통해 사츠키의 방에 들어갔다. 참고로 아이시아는 바위 집에 돌아간 척하고 영체화해서 리오 곁으로 돌아왔다.

벌써 새벽이라 지금부터 자도 아침에 일어나기 힘들 것 같아 사츠키가 기지를 발휘했다. 방 밖 통로에서 불침번을 서는 병사에게 '밤을 새우는 바람에 연회에 대비해 늦게까지 잘 것'이라고 전해뒀다. 수면시간을 확보하자 졸음이 몰려와 바로 잠자리에 들기로 했다.

"잘 자, 하루토 군." "잘 자요, 하루토 씨."

사츠키와 미하루가 같은 침실로 갔다.

"네, 안녕히 주무세요."

리오는 홀로 다른 침실로 가서 침대에 앉았다. 그대로 신발을 벗고 침대에 벌러덩 누웠다.

'역시 좀 피곤하네.'

리오가 몽롱한 머리로 생각했다.

"하루토."

갑자기 아이시아가 리오 앞에 실체화했다.

"오늘 고마웠어, 아이시아. 지쳤을 테니까 이제 그만 자."

리오가 놀라지 않고 원래부터 아이시아가 그곳에 있었던 것처럼 대답했다.

"잠깐 할 말이 있어."

아이시아가 갑자기 실체화한 이유가 있다고 밝혔다.

"뭔데?"

일부러 실체화한 것을 보고 뭔가 할 말이 있는 줄 예상했는지 리오가 고개를 갸웃거리며 물었다.

"미하루 일."

아이시아가 미하루의 이름을 들고 나왔다.

"……응."

리오는 천천히 맞장구쳤다.

"미하루에게 하루토에 대해 가르쳐줄 거야?"

아이시아가 단도직입적으로 물었다.

"역시 아이시아는 다 아는구나. 그러게. 사츠키 씨와 만났으니 슬슬 때가 된 것 같아. 내 일도 포함해서 그들이 최악의 경우, 지구로 돌아갈 수 없다는 걸 밝힐 생각이야. 계속 입 다물고 있을 수는 없으니까."

리오가 떳떳하지 못한 듯이 자조했다.

"미하루는 하루토와 함께 있고 싶어 해."

"미하루 씨는 모두와 함께 있고 싶은 거야."

"그중에 하루토가 포함된 건 분명해."

아이시아가 도도히 말했다.

"그랬으면, 좋겠네. 하지만……."

리오가 쓸쓸하게 기뻐하며 복잡한 표정을 지었다.

"하루토는 미하루와 함께하면 안 된다고 생각해?"

아이시아가 리오가 무슨 말을 하려는지 먼저 읽고 말했다.

"……나는 복수를 꿈꾸고 있어. 너무 가까이하면 휘말릴지도 몰라. 안전한 곳에서 사는 게 가장 좋잖아?"

리오가 변명이라도 하듯이 떳떳하지 못하게 말했다.

"미하루를 말리고 싶지 않아? 곁에 있어주길 바라지 않아?"

"더는 돌이킬 수 없어. 나는 미하루 씨와 거리를 두어야 해."

긍정도 부정도 하지 않았다.

"미하루는 하루토와 함께 있고 싶다고 했어."

"그건 미하루 씨가 내가 누군지 아직 몰라서야. 지금의 나는 미하루 씨가 아는 아마카와 하루토가 아니야."

"하루토는 하루토야. 전생의 하루토도, 두 명의 인격이 섞인 지금의 하루토도 본질은 같아."

아이시아가 리오를 격려하듯이 말했다.

"고마워, 아이시아."

리오는 구원받은 듯한 표정을 짓고 아이시아에게 감사를 표했다.

"미하루에게 사실을 말할 때, 미하루의 이야기를 진지하게 들어줘. 다른 사람도 마찬가지야. 무서워도 도망치면 안 돼. 상대의 생각이 무엇인지 제대로 들어줘."

아이시아가 리오에게 다가가 살며시 뺨에 손을 댔다.

"……알았어."

리오는 곤란한 듯 쓸쓸하게 웃고 천천히 고개를 위아래로 끄덕였다.

"그러면 남은 것은 하루토가 미하루와 모두에게 사실을 말하는 것뿐."

아이시아가 말했다.

"연회 도중이나 끝난 후에 기회가 있으면 말할게. 할 일이 산더미 같지만, 이것저것 정리되면 본격적으로 그 남자의 소재를 찾아야 하니까."

리오가 조금 주저하며 말하고 각오를 다지듯이 깊게 숨을 들이마셨다.

【 제 5 장 】 ❀ 연회 첫째 날

다음 날 오후. 리오 일행은 돌아와 충분히 수면을 취한 덕분인지 만전의 상태로 연회 첫날을 맞이했다.

기상 후, 잠시 뒤 아침과 점심을 겸한 가벼운 식사가 방 식당으로 와서 셋이 함께 먹었다.

"식사에 앞서서 오늘 일정을 전달받았으니 간단하게 가르쳐줄게. 이후에 의장실에서 연회에 출석할 준비를 할 건데, 나와 미하루는 드레스를 입는데 시간이 걸리니까 잠깐 따로 움직일 거야. 하루토 군은 먼저 다 갈아입으면 리제롯테 씨와 합류해. 자세한 건 안내하는 사람이 붙을 테니까 그 사람에게 물어봐."

사츠키가 앞으로의 일정을 리오에게 전달했다. 아까 식사를 가져올 때, 국왕의 사자가 와서 사츠키에게 전달한 것이었다.

"알겠습니다. 연회 중에도, 연회 전에도 미하루 씨를 잘 부탁드려요."

리오가 미소 지으며 고개를 끄덕이고 미하루를 보았다.

"물론이야. 그래도 연회 중에 미하루를 에스코트하는 건 하루토 군의 역할이니까 미하루에게 어울리게 멋지게 입고 와."

사츠키가 가슴을 **펴고** 리오에게 윙크하며 독려했다.

◇ ◇ ◇

　몇 시간 뒤. 리오는 한 발 먼저 정장으로 갈아입고 가르
아크 왕성에 인접한 사교관 대기실로 안내받았다.

　"안녕한가, 하루토 군. 잘 왔네."

　리오가 대기실로 들어가니 크레티아 공작 일가가 기다
리고 있었다. 당주인 세드릭 크레티아가 씩 웃으며 리오를
환영했다.

　"늦게 와서 죄송합니다. 저번엔 큰 신세를 졌습니다. 급하
게 일정을 변경해서 폐를 끼친 줄 압니다. 실례했습니다."

　리오가 가슴에 오른손을 대고 깊이 고개를 숙였다.

　"하하하, 예의 바르군. 신경 쓸 거 없네. 폐하와 용사님
의 지시였으니까. 설마 용사님의 방에 머물 줄은 몰랐지
만. 자, 이리 오게. 그제 없었던 가족을 소개하지. 아들인
조르쥬와 피앙세인 콜레트 씨일세."

　세드릭이 리오를 그들이 앉은 소파로 불렀다. 그곳에는
리제롯테와 세드릭의 아내 줄리안느 말고도 스무 살 정도
의 청년과 10대 중반의 소녀가 정장과 드레스를 입고 앉아
있었다.

　"처음 만나는군. 리제롯테의 오빠이자 크레티아 공작가
의 장남인 조르쥬다. 소문의 영웅을 만나서 기뻐. 동생을
구해줘서 고마워."

조르쥬가 일어나 리오에게 밝게 자기소개를 했다.

"조르쥬 님의 피앙세, 콜레트 바리에입니다. 하루토 님과 동갑이니 잘 부탁드려요."

콜레트도 일어나 드레스 자락을 잡고 정숙하게 인사했다.

"처음 뵙겠습니다. 하루토라고 합니다. 공교롭게도 말씀드릴 성은 없지만, 오늘 아무쪼록 잘 부탁드립니다."

리오가 가슴에 오른손을 댄 채 두 사람에게 공손하게 말했다.

"귀족이 아니라는 이유로 자네를 가벼이 여길 사람은 아무도 없다네. 자, 앉게나."

세드릭이 너그럽게 말하고 리오에게 앉으라고 재촉했다.

"감사합니다."

리오가 그들이 모인 소파로 다가갔다.

"하루토 님, 정장이 잘 어울리십니다. 여기 앉으세요."

리제롯테가 리오의 정장 차림을 칭찬하면서 리오를 자기 옆으로 불렀다.

"영광입니다. 리카 상회 점포에서 산 옷입니다. 진부한 말이라 죄송하지만, 리제롯테 님도 무척 아름다우세요."

리오가 미소 지으며 리제롯테를 칭찬했다. 실제로 한껏 차려입은 리제롯테는 무척 아름다웠고 요정처럼 가련한 분위기를 자아냈다.

등까지 기른 물빛 머리카락을 업스타일로 정리해 장미 장식이 달린 머리장식으로 마무리했다. 그녀가 입은 드레스는 연한 물색이었다. 그녀의 머리카락 색처럼 고왔다. 등에는 장미가 연상되는 큰 리본을 달았다. 회장에 들어가면 남자들의 시선이 떨어지지 않을 것이 틀림없었다.

"어머, 감사합니다."

리제롯테가 기쁜지 살짝 수줍어하며 감사를 표했다.

"아니, 웬일로 리제롯테가 부끄러워하는군."

오빠인 조르쥬가 놀리며 웃었다.

"조르쥬 오라버니?"

리제롯테가 생긋 웃으며 조르쥬의 얼굴을 보았다.

"하하하, 흘려들어줘. 하루토 군."

조르쥬가 큰소리로 웃으며 얼버무렸다.

"어휴. 그건 그렇고 사츠키 님의 방에서 머무셨다지요?"

리제롯테가 살짝 입술을 내밀더니 자신을 추스르고 리오에게 어젯밤 일을 물었다.

"네, 영광스럽게도 많은 이야기를 나누었습니다. 사츠키 님과 미하루 씨도 오랜만에 이야기를 나눠 무척 기뻐했습니다. 진력을 다해주신 리제롯테 님 덕분이라고 하셨습니다."

리오가 말했다. 참고로 무단외출 계획은 리제롯테도 몰랐다.

"그거 다행입니다. 하지만 저는 어디까지나 중개만 했을 뿐. 오히려 저야말로 하루토 님 덕분에 연회 전에 용사님과 대화할 기회를 가져서 무척 기뻤습니다."

리제롯테가 기쁘게 웃으며 말했다.

"아뇨. 사츠키 님도 리제롯테 님과 대화해서 기쁘다 하셨습니다. 역시 리카 상회에 관심이 있으셨는지 저와 미하루 씨가 많이 말씀드렸습니다."

"그러셨군요. 감사합니다."

리오와 리제롯테는 대화를 나누었다. 옆에서 들으면 평범한 대화였지만, 사실은 리오가 리제롯테에게 사츠키가 리카 상회의 비밀을 눈치챘다고 알리는 대화였다.

그때, 누군가가 대기실 문을 두드렸다.

"허허, 양반은 못 된다고 사츠키 님과 미하루 씨의 등장이로군."

세드릭의 말에 모두 문으로 시선을 돌렸다.

"실례합니다. 벨트람 왕국에서 히로아키 사카타 님, 플로라 벨트람 님과 로아나 폰테인 님이 연회 전에 꼭 인사를 드리고 싶다며 오셨습니다. 안으로 모실까요?"

대기실 앞에 있던 경비병이 들어와 방문객이 있다고 알렸다.

"그래, 그런 분들이 오셨다면 우리도 인사드려야겠지. 상관없다. 모셔라."

"네!"

세드릭이 명하자 병사가 신속하게 방 밖으로 나가 밖에서 대기하던 히로아키 일행을 안으로 들였다. 그동안, 세드릭 일행은 자리에서 일어나 히로아키 일행이 들어오기를 기다렸다.

"여, 리제롯테."

히로아키가 들어와 리제롯테를 보고 기분 좋게 인사했다.

"세 시간 만이네요. 어서 오십시오, 용사님."

리제롯테가 고개를 들고 싱긋 웃으며 대답했다.

"……아, 그건 그렇고 그 뭐냐. 꽤 잘 어울리는데? 그 드레스."

히로아키가 드레스를 입은 리제롯테를 보고 좀 수줍은지 조금 허둥지둥하며 칭찬했다.

"감사합니다. 좋아하는 드레스입니다."

"오, 그렇구나. 음, 귀여운 것 같아."

"후후, 여전하시군요. 플로라 님과 로아나 님도 무탈하신 것 같아 다행입니다."

리제롯테가 붙임성 있게 웃으며 히로아키에게 말하고 플로라와 로아나에게도 밝게 말을 걸었다. 지금은 당연히 히로아키도 금자수를 넣은 새하얀 군복 같은 정장을 입었다.

"귀한 단란한 시간에 몰려와 죄송합니다. 그리고 저기, 하루토 님도 오랜만이에요."

플로라가 갑작스러운 방문을 사과하며 특정한 누군가를 살피듯이 실내를 둘러보았다. 그리고 리오를 발견하더니 조심스럽게 말을 걸었다.

참고로 플로라는 머리카락 색에 맞춰 연보라색 드레스를 입었고 긴 머리카락을 반 묶음으로 묶었다. 리제롯테에게 뒤지지 않을 정도로 귀여웠다.

"오랜만에 뵙습니다, 플로라 님, 용사님, 로아나 님."

리오는 특별히 안색을 바꾸지 않고 그들에게 다시 만나서 반갑다고 인사했다.

"아, 그러고 보니 너는 리제롯테와 함께 이번 연회에 참석한다지?"

히로아키가 리제롯테 옆에 리오가 있는 것을 이제야 알아차리고 어깨를 살짝 으쓱하며 말했다.

"리제롯테 님, 하루토 님. 아망드에 머물 때 여러모로 신세 졌습니다. 다시 만나 뵙게 되어 정말 기뻐요."

로아나가 노란색 드레스 자락을 잡고 리제롯테와 리오에게 상냥하게 말했다.

"저야말로 그때는 신세를 졌습니다. 유그노 공작님은 잘 지내십니까?"

리제롯테가 어두운 안색으로 유그노 공작은 괜찮은지 물었다.

"네, 복부 상처는 깨끗하게 나으셨고 이번 연회에도 나오셔요. 나중에 만나실 수 있을 거예요."

로아나가 유그노 공작은 건재하다고 말했다.

"기대되는군요. 참, 늦었지만 제 가족을 소개하겠습니다. 부친이신 세드릭과 모친이신 줄리안느. 오빠인 조르쥬와 피앙세 콜레트 씨입니다."

리제롯테가 유그노 공작의 무사를 기뻐하고 가족을 소개했다.

"리제롯테의 아비인 크레티아 공작가의 당주 세드릭이라고 합니다. 플로라 님은 제가 가르아크 왕국의 대사였을 때 몇 번인가 뵐 영광을 누렸지요. 오랜만에 뵙습니다. 용사님과 로아나 씨는 처음 뵙는군요."

세드릭이 크레티아 공작가를 대표해 가슴에 오른손을 대고 공손히 인사했다.

"오랜만입니다, 크레티아 공작."

"처음 뵙겠습니다. 로아나 폰테인이라고 해요."

플로라와 로아나가 익숙하게 왕후귀족 여성답게 인사했다.

"아, 음, 히로아키 사카타입니다. 잘 부탁해."

히로아키가 리제롯테의 아버지 앞이라 조금 긴장했는지 평소보다 살짝 딱딱하게 자기소개를 했다. 뭐, 아주 살짝이지만……

"저 같은 사람에게 그렇게 긴장하지 마십시오, 용사님."

세드릭이 스스럼없이 말했다.

"아니, 미안. 경어에 약한데 연회에 여러 나라 왕후귀족도 오니까 조금 신경 쓰라고 로아나한테 주의를 받아서."

히로아키가 "하핫" 하고 씁쓸하게 웃으며 로아나를 보았다.

로아나는 작게 탄식했다.

'아하, 리제롯테에게 전해 들은 대로 저 아이가 용사님을 실질적으로 보좌하는 것은 틀림없는 모양이군.'

세드릭은 순식간에 히로아키, 플로라, 로아나의 실질적인 관계를 꿰뚫어 보았다.

"그러나 용사님은 국왕 폐하와 어깨를 나란히 하는 분입니다. 너무 불순하면 좋지 않겠지만, 지금 이야기해본 바로는 아무 문제없을 겁니다."

세드릭이 사교적인 미소를 그리며 말했다.

"역시 리제롯테의 아버지로군. 말이 통해."

히로아키가 기분 좋게 웃었다. 그때, 다시 문을 두드리는 소리가 났다.

"이번에야말로 사츠키 님과 미하루 씨인가? 들어오게."

세드릭의 말과 함께 실내에 있는 사람들의 시선이 문으로 쏠렸다. 그와 동시에 문이 열렸다.

"실례합니다. 용사 사츠키 스메라기 님과 친구 미하루 아야세 님, 샤를로트 제2왕녀 전하를 모시겠습니다. 드시지요."

경비병이 먼저 들어와서 설명하고 밖에 있던 사츠키와 미하루, 샤를로트를 안으로 들였다. 그 자리에 있던 사람들이 히로아키와 플로라를 제외하고 모두 고개를 숙이고 세 사람이 들어오기를 기다렸다.

"어머, 많이들 오셨네요. 플로라 님 아니세요? 오랜만입니다."

샤를로트가 플로라를 보고 바로 인사했다.

"오랜만입니다, 샤를로트 님."

플로라가 꾸벅 인사했다. 한편, 히로아키는 드레스를 입은 사츠키, 미하루, 샤를로트에게 눈을 빼앗겼다.

사츠키는 진보라색 드레스를, 미하루는 연한 검은색 드레스를, 샤를로트는 오렌지색을 띤 드레스를 입고 성인 여성다움을 자아냈다.

"여러분, 어서 고개를 드세요. 연회가 개최되기까지 아직 시간이 있지만, 특별히 소개하겠어요. 용사 사츠키 님, 그리고 친구이신 미하루 님입니다."

샤를로트가 실내에 있는 사람들에게 말하고 바로 사츠키와 미하루를 소개했다.

"뵙게 되어 영광입니다, 스메라기 님. 크레티아 공작가 당주 세드릭이라고 합니다. 외람되지만, 제가 여러분을 소개하겠습니다. 벨트람 왕국의 용사 사카타 님과 플로라 제2왕녀 전하, 그리고 폰테인 공작 영애가 인사하러 오셨고, 하루토 군을 제외한 이들은 제 가족입니다. 제 처인 줄리안느, 아들인 조르쥬, 그리고 피앙세 콜레트 씨. 리제롯테는 앞서 보셨지요."

세드릭이 실내에 있는 사람을 대표해 요령 있게 소개했다.

"처음 뵙겠습니다. 벨트람 왕국에서 오신 세 분과 가르아크 왕국을 대표하는 귀족 여러분을 만나 뵙게 되어 영광입니다."

사츠키가 경어를 쓰며 자기소개를 했다.

"여러분을 계속 세워둘 수는 없지요. 자, 앉으시지요."

세드릭이 실내에 있는 사람들에게 앉으라고 재촉했다.

동시에 크레티아 공작가 사람들은 신분과 소속을 따져

머릿속으로 순식간에 순서를 결정했다. 아까까지 앉아있던 위치에서 자리를 옮기며 "자, 이쪽으로."라며 사츠키와 히로아키 일행에게 자리를 권했다.

일동은 자리에 앉아 마주 보았다.

"저처럼 각지에 용사가 소환됐다고는 들었지만, 이렇게 직접 얼굴을 마주하니 기쁩니다, 사카타 히로아키 씨. 확인할 것도 없지만, 지구의 일본 출신이시죠?"

사츠키가 히로아키와 마주 앉자마자 붙임성 좋게 말을 걸었다.

"아 뭐, 그렇지. 이세계에서 일본인끼리 얼굴을 맞대니 뭔가 안 어울리는 것 같지만, 벨트람 왕국 본국에 소환된 용사도 일본인 이름이었으니까 무슨 법칙이 있는 거겠지. 용사 외의 일본인도 이 세계에 온 건 조금 예상 밖이지만."

히로아키가 미하루를 보았다.

"미하루는 저와 또 한 사람, 아마 용사로 소환됐을 친구의 소환에 휘말렸습니다."

사츠키가 용사가 아닌 미하루가 이 세계에 있는 이유를 말했다.

"아하, 소환에 휘말렸군. 뭐, 클리셰지. 용사가 아니면 신장도 안 가지고 있겠어?"

히로아키가 미하루의 경우에 관심이 생겼는지 호기심을 보이며 물었다.

"네. 처음에는 이 세계 말도 몰랐어요."

미하루가 고개를 끄덕였다.

"그게 정말이야? 치트 특전 없이 이세계 전이라니, 너무하네. 엄청 고생했겠어."

히로아키가 재미있어하며 말했다. 처음 만난 소녀에 대한 섬세함이 느껴지지 않는 히로아키의 발언에 사츠키는 조금 불쾌해하며 입을 내밀었다.

"아뇨, 하루토 씨가 보호해주셔서……."

미하루가 난처한 얼굴로 고개를 가로저었다.

"뭐? 하루토?"

히로아키가 의아해하며 눈을 가늘게 뜨고 리오를 보았다.

"미하루는 용사가 된 나나 다른 친구와 전혀 다른 곳에 소환됐어요. 이 세계의 초원에 내던져져 망연자실하던 중에 하루토 군이 구해줬다더군요."

사츠키가 처음에 보인 상냥함을 숨기고 조금 뾰족한 말투로 설명했다.

"흐음, 그래서 리제롯테에게 연회 참석을 부탁했나……. 그런데 네 부모님은 이민자라고 들었는데 혹시 지구 출신이야? 얼굴은 그렇다 치고, 이름은 일본 같다고 하면 그렇게 들리기도 해. 응? 아니, 잠깐만. 너 혹시…… 혹시 용사 아니야? 그 마검은 신장이야?"

히로아키가 이야기를 더듬다가 이해하고 리오의 얼굴을 새삼스레 물끄러미 바라보았다. 그리고 미하루를 보호했다는 이야기를 듣고 이상한 착각을 했는지 리오가 용사가 아니냐고 물었다.

"농담을 다하시는군요. 처음 뵈었을 때 말한 대로 제 부모님은 이민자 출신이며 저는 이 세계에 나고 자랐습니다. 옛날부터 알아온 지인도 있고요. 마검도 신장이 아닙니다."

리오가 말도 안 된다는 듯이 고개를 가로저었다.

"아, 뭐. 문득 생각난 거니까. 명추리인 줄 알았는데. 그러고 보니 리제롯테네 시녀 중에 오래된 지인이 있었지. 그런데 잘도 찾았네. 처음 만난 사람이 이 녀석이 아니었으면 인생이 꼬였겠네?"

히로아키가 농담 섞어 말했다.

"너무 무례한 이야기는 그만하시죠. 미하루는 정말 노예 상인에게 납치될 뻔했으니까."

사츠키가 울컥해서 히로아키에게 충고했다.

"그게 정말이야? 뭐, 말이 안 통하는 건 마이너스겠지, 확실히……."

히로아키는 눈을 동그랗게 뜨고 미하루를 물끄러미 바라보았다. 입으로 하지는 않았지만, 눈이 '생긴 걸 보니 비싸게 팔리겠어'라고 말했다.

"확실히?"

사츠키가 웃으며 물었다.

"아, 아니, 아무것도 아니야. 그런데 너희는 몇 살이야?"

아무리 히로아키라고 해도 분위기 파악 못한 말이라고 생각했는지 화제를 바꿨다.

"저는 열여섯 살이 됐어요."

"……저는 올해로 열일곱입니다."

미하루와 사츠키가 나이를 가르쳐줬다.

"오, 역시 고등학생이었어."

히로아키가 입가에 비릿한 미소를 새겼다.

"그러는 그쪽은 몇 살?"

사츠키가 히로아키의 나이를 물었다.

"……열아홉 살이야."

히로아키가 잠깐 침묵하고 자기 나이를 말했다.

"그러면 대학생?"

"아, 열아홉 살에게 대학생이냐고 묻는 거 분위기 파악 못하는 거니까 안 하는 게 좋아. 재수하는 녀석도 있고."

"아, 재수생이었군요. 실례했습니다."

분위기 파악 못하는 게 누군데? 사츠키는 속으로 중얼거리면서도 붙임성 좋게 웃으며 고개를 숙였다.

"칫, 수험 안 본 현역 미만은 여유로워서 좋겠네. 말해두겠는데, 1 지망 학교 외에는 안중에도 없었을 뿐이야. 예비는 떴었다고. 나까지 번호가 안 와서 그렇지. 고등학교도 명문으로 나왔어."

히로아키가 혀를 차고 수험이 망한 변명을 했다.

"콤플렉스로 여기실 필요 없다고 생각합니다만. 진학 학교에 재수생이 드문 것도 아니고요."

사츠키가 이상하다는 듯이 말했다.

"콤플렉스 아니거든."

히로아키의 기분이 더 나빠졌다. 어느새 험악한 분위기가 감돌았다.

"그건 그렇고 우리 드레스 입은 거 어때 보여? 하루토 군."

사츠키는 히로아키에 대해 더 말하지 않고 리오를 보며 갑자기 화제를 바꿨다.

"둘 다 아주 잘 어울려요."

갑자기 자기한테 화살이 날아오자 씁쓸하게 웃으며 두 사람을 칭찬했다.

"그래? 고마워."

사츠키가 기분 좋게 웃으며 감사를 표했다. 미하루도 수 줍어했다. 히로아키는 둘의 얼굴을 보고 "흥."하고 콧방귀를 뀌었다.

"그럼 저는 어떤가요? 하루토 님. 이곳에 아름다운 분만 계셔서 조금 자신감이 떨어졌어요."

샤를로트가 리오에게 감상을 요구했다.

"물론 더할 나위 없이 잘 어울리십니다."

리오가 난처한 얼굴로 송구해하며 간단하게 샤를로트를 칭찬했다.

"어머, 감사해요. 그러면 연회 사흘 중 하루는 제 파트너가 되어 함께 입장해주세요."

샤를로트가 활짝 웃으며 갑자기 그런 말을 꺼냈다.

"아뇨, 그것은 물론, 영광이긴 합니다만……."

리오가 말을 흐렸다. 거절은 불경하지만, 경솔하게 승낙해도 되는지 모르기 때문이었다.

"어머, 그러면 나도 하루토 군과 하루 파트너가 되어볼까?"

사츠키가 농담 삼아 자기 이름을 꺼냈다.

"그러면 오늘은 미하루 님과 리제롯테에게 하루토 님의 양옆을 양보하고 둘째 날과 셋째 날은 사츠키 님과 제가 하루씩, 하루토 님을 독점할까요?"

샤를로트가 흥이 나서 이야기를 정리하려고 했다.

"두 분, 그건 성급하지 않은지……."

리오가 난처해하며 끼어들었다.

"하하하, 인기가 많군, 하루토 군."

세드릭이 즐겁게 웃었다.

"켁."

히로아키는 짜증 난다는 듯이 투덜거렸다.

"……."

한편, 플로라는 어두운 얼굴로 리오 일행을 부럽게 응시했다.

'……왕녀님이 하루토 씨를 보네?'

플로라 맞은편에 앉은 미하루가 그것을 알아차리고 의문을 가졌다. 그때, 플로라가 갑자기 앞을 보았다.

플로라는 앞에 있는 미하루와 시선이 마주치자 리오를 보고 있던 것을 들킨 줄 알았는지 조금 민망해하며 인사했다.

미하루는 플로라의 안색을 살피듯이 마주 인사했다.

"······미하루 님이 하루토 님께 보호받았다고 하셨는데 아망드에는 안 오셨나요?"

플로라가 리오의 얼굴을 보며 조심스럽게 미하루에게 물었다.

"네. 저는 하루토 씨의 친구와 함께 다른 곳에서 지내고 있었습니다."

미하루가 솔직하게 대답했다.

"아, 그러고 보니 너 아망드에 예쁜 애들을 데리고 다녔지. 오늘은 걔네 안 왔어?"

히로아키가 리오와 함께 있던 아이시아와 세리아를 잊지 않았는지 두 사람이 어디 있는지 언급했다.

"네. 둘은 미하루 씨 대신 제 친구와 합류했습니다."

리오가 말했다.

"그래? 남이 손댄 여자에게 관심 갖지 않는 주의지만, 그 둘이 드레스 입은 모습은 보고 싶기도 하고."

히로아키가 조금 부끄러워하며 말했다.

"어머, 여기 있는 우리들로는 부족하십니까? 용사님."

리제롯테가 짓궂게 웃으며 히로아키에게 물었다.

"음, 아니, 그건 아니야. 예를 들어 리제롯테가 내 앞에 앉고 대화 상대가 되어준다면 다른 여자에게 관심이 안 갈지도?"

히로아키가 떨어져 앉은 리제롯테를 보며 싫지만은 않은 듯이 말했다. 요약하자면 나한테 더 신경 쓰고, 내 중심으로 이야기하라는 뜻이었다.

'일본인 놈들……. 특히 사츠키라는 이 건방진 여자는 리제롯테처럼 신경 써주지 않을 것 같고 플로라는 얼굴은 그렇다 쳐도 말하는 게 좀. 뭐, 옆에 있으면 상관없지만, 이 자리 배치는 별로야.'

현재, 상석에 앉은 히로아키 맞은편에는 같은 용사인 사츠키가 앉았고 사츠키 옆에는 미하루가, 히로아키 옆에는 말수가 적은 플로라가 앉았다. 평소처럼 히로아키가 화제의 중심이 되지 않아서 따분한 모양이었다.

'정말 무례한 남자네. 은근히 내가 앞에 있으면 따분하다고 말하잖아? 나도 네가 맞은편에 앉아서 따분하거든. 하루토 군이 앉았으면 좋겠어.'

사츠키가 히로아키의 본심을 간파하고 얼굴은 웃으며 속으로 분개했다.

"그렇게 예쁘고 귀여운 아이를 둘이나 데리고 리제롯테 씨에게까지 추파를 던지다니 욕심쟁이네요."

사츠키가 어이없음과 빈정거림을 담아 히로아키에게 말했다.

"뭐? 여기는 일부다처인 세계잖아? 엉뚱한 소리하지 마."

"특별한 한 사람을 고를 생각은 없는지?"

"나를 좋아하는 여자에게 순서를 붙이고 싶지 않아. 오는 사람을 막지는 않을 건데?"

히로아키가 비웃으며 사츠키에게 말했다.

"······그러시구나."

사츠키는 어이가 없어서 더는 말을 엮지 않고 대화를 끝냈다. 리제롯테가 히로아키를 좋아하는 것 같지는 않지만, 굳이 언급하지 않았다.

그때, 노크 소리가 들렸다.

"실례합니다. 여러분, 이제 입장하실 시간입니다."

경비병이 들어와 드디어 연회 개최가 임박했다고 전했다.

◇ ◇ ◇

그 무렵, 연회장인 사교관 1층, 가르아크 왕국에서 가장 큰 홀인 연회장은 왕후귀족으로 붐볐다.

회장인 홀은 바닥, 벽, 천장 곳곳을 화려하게 장식해 왕의 권위를 자랑했다. 빛나게 마술을 건 샹들리에는 그만큼 호화롭게 만들었다.

회장 수용인원은 입식으로 최대 5천 명인데 느긋한 연회를 개최하려면 반 이하가 나왔다.

이번에 회장에 모인 왕후귀족은 1천5백 명 정도. 홀을 쾌적하게 쓰기에는 아직 여유로웠다.

연회 첫날의 초대 손님은 가르아크 왕국과 벨트람 왕국의 유그노 공작파에 속한 왕후귀족으로 제한했지만, 이틀째부터는 몇 백 명 단위로 사람이 늘리라.

"드디어 우리나라 용사님이 등장하시는군요."

"소문에 의하면 이제 열일곱 살인 소녀라던데요."

"아주 아름다운 분이라고 들었습니다."

"호오, 기대되는군요. 젊은이들이 혼인하려고 눈에 불을 켜지 않을까요?"

한껏 치장한 참가자들이 회장 여기저기서 이야기꽃을 피웠다.

파티 때는 보통 세상 이야기와 자기 자랑, 탐색이 주로 펼쳐지는데, 오늘 밤은 모두 사츠키에 관한 소문만 입에 올렸다.

그러나 사츠키는 가르아크 왕성에 소환된 뒤로 왕족이 아닌 사람과는 가능한 접촉하지 않고 있었다. 예외적으로 만날 수 있었던 사람에게 단단히 입막음을 시켰으니 귀족들이 모여서 소문을 주고받을 만도 했다.

그만큼 현재 회장에 있는 귀족들은 모두 사츠키가 등장하기를 손꼽아 기다렸다. 오늘의 주역인 사츠키는 모든 출석자가 모인 뒤, 국왕과 함께 회장에 들어올 예정인데 이미 초대 손님 대부분이 회장에 들어와서 곧 등장할 것 같았다.

참고로 이런 자리는 지위와 영향력이 클수록 나중에 회장에 들어오는 것이 상식인데, 사츠키와 국왕을 제외하고 아직 입장하지 않은 것은 가르아크 왕국과 유그노 공작파의 필두 왕후귀족들뿐이었다.

이미 입장한 참가자도 각 세력 중에서 선택받은 입장인

이들이지만, 앞으로 입장할 사람들은 더 선택받은 존재였다. 그중에는 리오, 미하루, 리제롯테와 크레티아 공작가, 그리고 히로아키와 플로라, 로아나도 포함됐다.

"그레고리 공작가에서 오셨군. 그러면 이번에는 크레티아 공작가, 그다음에 유그노 공작파에 속한 용사님과 플로라 왕녀 전하가 입장하시는 모양이군요."

유그노 공작파의 귀족과 환담을 나누던 가르아크 왕국의 어느 귀족이 마침 회장에 들어온 풍채 좋은 중년 남자인 그레고리 공작을 보며 말했다.

"오오, 크레티아 공작가라면 그 집 따님인 리제롯테 양의 활약이 눈부시죠. 얼마 전에는 아망드가 마물의 습격을 받았다던데요……."

같이 이야기하던 유그노 공작파의 귀족이 말했다.

"아망드라면 단기간에 부흥했다고 합니다. 재색겸비란 말은 그야말로 그녀를 뜻하는 말이 아니겠습니까. 아직 약혼자가 없어서 크레티아 공작가와 가까워지는데 딱 좋은 상대라고 할까요……."

"그런 젊은이에게는 조금 어려운 사람이지요. 구혼 소문이 끊임없이 귀에 들어오는데 대체 어떤 분이 그녀의 마음을 사로잡을까요?"

리제롯테에 관한 핑크빛 소문도 이야깃거리로 올랐다. 국내외를 가리지 않는 영향력을 가진 그녀의 약혼자가 누가 되느냐는 꼭 나오는 소문 중 하나였다.

바로 그때.

"크레티아 공작가에서 오셨습니다!"

회장 사회 진행을 맡은 귀족의 목소리가 복도에 울려 퍼졌다. 현재, 그레고리 공작가를 크게 압도하고 가르아크 왕국에서 가장 번영하는 가문의 이름이 나오자 홀에 있던 귀족들이 한순간 조용해졌다.

"흥."

이미 입장한 그레고리 공작이 짜증스럽게 콧방귀를 뀌었다.

그레고리 공작가 뒤에 크레티아 공작가가 입장한 것은 국왕인 프랑수아가 크레티아 공작가를 더 중요하게 여긴다는 뜻이었다. 당주로서 결코 기분 좋은 대접은 아니었다.

그때, 홀 상층부 문이 열리고 크레티아 공작 일가가 모습을 드러냈다. 당주 세드릭과 아내 줄리안느가 앞장서 걸었다.

그레고리 공작가가 등장했을 때는 환담이 이어졌지만, 지금은 자연스럽게 크레티아 공작가의 등장에 주목했다.

"먼저 당주 세드릭 님과 부인 줄리안느 님이 등장하셨군. 여전히 미남미녀라 부럽기 짝이 없군요."

"부부 사이도 좋다 하지 않습니까. 줄리안느 님 같은 귀부인이라면 얼마나 나이가 들든 푹 빠지는 게 당연하지요."

귀족들이 담소를 나누는데 리제롯테의 오빠인 조르쥬와 피앙세인 콜레트가 나타났다.

"다음 대 크레티아 공작 부부의 등장인가. 역시 차남이신 파스칼 님은 오지 않으셨군."

"파스칼 님은 프로키시아 제국과 국경 다툼으로 배치한 우리 군의 지휘를 맡으셨으니 말입니다. 작금의 긴장상태에 임무를 우선했겠죠."

"흠, 하는 수 없군요. 그건 그렇고…… 리제롯테 양이 보이질 않는군요. 혹시 리제롯테 양도 결석입니까?"

파스칼은 몰라도 크레티아 공작가의 일원으로 입장한 인물이 조르쥬와 콜레트로 끝나자 귀족들이 의외라는 듯이 술렁였다.

"이런, 역시 내 동생이야. 모습만 안 보여도 소란이 일어나다니. 이제 리제롯테가 등장하면 더 소란스러워지겠군."

조르쥬가 회장에 떠도는 당혹스러운 분위기를 알아차리고 즐겁게 웃었다.

"회장 반응이 기대되네요."

콜레트가 키득 웃으며 동의했다.

크레티아 공작가의 등장으로 이번 연회에 출석하는 가르아크 왕국의 귀족이 모두…… 모였어야 했다. 다음에는 유그노 공작파에 속한 용사 히로아키 일행이 들어올 것이라고 모두가 예상했다.

"이어서 용사 사츠키 스메라기 님의 친구이신 미하루 아야세 님 및 그분의 은인이신 하루토 님, 그리고 리제롯테 크레티아 님이 오셨습니다!"

회장에 있는 귀족들의 예상이 크게 빗나갔다.

"뭐?!"

사츠키의 친구가, 친구의 은인이, 게다가 리제롯테까지 함께 등장한다는 말을 듣고 귀족들이 크게 동요했다.

그때, 홀 위층 문이 다시 열리고 세 남녀가 나타났다. 당연히 리오, 미하루, 리제롯테였다. 리오는 드레스를 입은 미하루와 리제롯테를 양옆에 두고 귀족들의 시선을 받았다.

"젊군요……."

"한 사람은 리제롯테 양이 틀림없고, 회색 머리카락 소년과 흑발 소녀 중 누가 사츠키 님의 친구이고 누가 친구의 은인일까요."

"두 여성을 파트너로 데려온 것 자체는 드문 일도 아니지만, 설마 그중 한 사람이 리제롯테 양일 줄이야. 대체 무슨 관계지?"

"그것도 신경 쓰이지만…… 거참, 리제롯테 양은 물론 다른 소년과 소녀도 참 미남미녀로군요."

귀족들이 술렁이며 리오 일행을 주목했다.

안 그래도 리제롯테는 현재 가르아크 왕국에서 절벽에 핀 꽃이라는 평가에도 지금까지 그렇다 할 이야기 하나 소문난 적 없는 철벽 미소녀인데 사츠키의 친구까지 나타났다고 하니 귀족들이 놀랄 법도 했다.

"……저 소년과 소녀 중 한 명이라도 아는 분 계십니까?"

귀족들은 리오와 미하루를 아는 사람이 있는지 찾았다.

"아뇨, 모릅니다." "저도요."

두 사람을 아는 사람은 없었다. 바로 최근까지 정령의 주민의 마을에서 살았던 미하루는 물론, 리오도 아망드 외에는 눈에 띄는 활동은 하지 않았으니 아는 사람이 없는 게 당연했다.

보통 위층 문으로 등장한 귀족은 그대로 아래층 홀로 내려가지만, 리오 일행은 위층에 머물렀다.

"계단을 내려오지 않는 것을 보니 나중에 사정을 설명하나 봅니다."

"사츠키 님의 등장이 더 멀어졌네요."

귀족들이 무슨 이야기가 나올지 기대를 키웠다. 사정을 알 법한 크레티아 공작가의 주위를 귀족들이 에워싸고 이야기를 들으려고 모였다.

그때, 이번에는 다음 초대 손님이 입장한다는 소리가 들렸다.

"용사 히로아키 사카타 님, 벨트람 왕국 제2왕녀 플로라 님, 폰테인 공작가의 장녀 로아나 님 및 유그노 공작가 당주 구스타브 님이 오셨습니다!"

사회를 맡은 귀족이 크게 선언하자 위층 문에서 히로아키 일행이 나타났다. 당당하게 선두에 선 히로아키, 그리고 파트너로 양옆에 있는 플로라와 로아나와는 대조적으로 유그노 공작은 뒤에서 걸으며 조연으로 있었다.

이번 연회는 유그노 공작파에게도 자기 진영에 속한 용

사 사카타 히로아키를 어필하기에 안성맞춤인 무대였다. 히로아키는 사츠키에 비해 지금까지 존재가 은닉된 것도 아니라 적극적으로 프로파간다에 이용됐지만, 타국 사람이 모인 자리에 모습을 드러내기는 처음이었다.

"플로라 왕녀 전하는 여전히 아름다우시군."

"역시 벨트람 왕국이 자랑하는 아름다운 공주님이십니다."

"로아나 양도 의연하네요."

귀족들이 히로아키의 파트너인 플로라와 로아나에게도 주목했다. 두 사람은 한 걸음 앞서 걷는 히로아키를 뒤따라 먼저 입장한 리오 일행 옆으로 향했다.

플로라는 가까이 다가가게 되자 리오의 옆얼굴을 슬쩍 엿보았다.

"용사 사츠키 스메라기 님과 국왕 폐하와 왕족 분들이 오셨습니다!"

드디어 사츠키와 국왕 프랑수아가 입장했다. 회장이 갑자기 조용히 가라앉았다. 모두 얼굴을 숙이고 얌전한 표정으로 등장을 기다렸다.

곧 위층 문이 천천히 열리고 고요한 홀에 메아리쳤다.

"모두 고개를 드십시오!"

사회를 맡은 귀족이 프랑수아의 말을 대신 전했다. 귀족들이 참았던 호기심을 풀고 위층으로 시선을 던졌다.

그곳에는 프랑수아와 나란히 선 사츠키와 그 주위를 둘러싼 왕족들이 있었다. 그중에는 제1왕자인 미셸과 제2왕녀 샤를로트도 있었다.

"오오……!"

가르아크 왕실의 권위를 상징하는 광경에 귀족들이 환희했다. 사츠키는 허리를 꼿꼿이 세우고 국왕인 프랑수아에게 뒤지지 않는 존재감을 내뿜었다.

"모두 잘 와주었다. 경사로군."

프랑수아가 위층 높은 곳에서 오른손을 들며 말했다. 낮고 차분한데 점잖아서 듣기 좋았다.

"이렇게 국내외에서 많은 이들을 모은 것은 다름이 아니다. 모두가 아는 대로 소개하고 싶은 사람이 있기 때문이다."

프랑수아가 옆에 서 있는 사츠키를 보았다.

"소개하지. 우리 가르아크 왕국에 강림한 용사, 사츠키 스메라기 공이다."

프랑수아의 말에 사츠키가 미소 지으며 드레스 자락을 잡았다.

"오오오!"

곧 회장에 귀족들의 함성이 메아리쳤다.

"아름다워!"

"아주 늠름한 분이십니다!"

"그야말로 여신 같은 여성이야! 역시 용사, 용사 사츠키 님이다!"

회장 곳곳에서 사츠키를 칭송하는 소리가 들렸다. 예상 이상의 가련한 외모 때문인지 특히 남성 귀족들이 열광했다. 그중에는 연극 같은 대사를 하는 사람까지 있었다.

"흐음."

히로아키는 귀족이 찬송하는 사츠키를 보고 조금 짜증 난 표정을 지었다.

"히로아키 님, 왜 그러세요?"

옆에 서 있던 로아나가 히로아키의 작은 표정 변화를 알아차리고 얼른 물었다.

"아니, 연출이 화려해서. 회장에 있는 녀석들이 나보다 사츠키에게 주목하네."

히로아키가 홀을 내려다보며 말했다.

"무슨 말씀이세요. 공식 무대에 처음으로 모습을 보이셔서 신기하기도 해서 지금은 저분이 일시적으로 각광받으실 뿐. 이 자리에 있는 이들은 히로아키 님께도 똑같이 주목했고 그리고 기대한답니다."

로아나가 웃으며 히로아키를 독려했다.

"아, 뭐. 로아나가 그렇게 말한다면 그렇겠지. 나는 별로 주목받고 싶지 않지만……."

히로아키가 쓴웃음 지었다. 그러나 말과 달리 표정은 용사인 것도 나쁘지는 않다고 말하는 듯했다.

"우리를 구해주겠다고 약속하시고 열렬히 말씀해주셨잖아요. 이번 연회에서 정식으로 히로아키 님의 입장을 공언하면 이제 물릴 수 없어요."

로아나가 짓궂게 웃으며 한편으론 불안해했다.

"그런 얼굴 하지 마. 약속했잖아. 플로라와 너는 내가 지키겠다고……. 남자는 한 입으로 두 말하지 않아."

히로아키가 보호 욕구를 자극받았는지 조금 부끄러워하며 말하고 어깨를 으쓱했다.

"그러면 저는 미력하나마 히로아키 님을 곁에서 모시겠어요."

로아나가 귀족으로서 결연하게 자기 뜻을 표명했다.

'아, 처음에는 태평한 모험가라도 돼서 하렘이나 세우려고 했는데 이제는 용사가 아닌 길은 생각도 못하겠군. 왕후귀족 여자는 귀엽고 무엇보다 헌신적이야. 모험가가 된다고 이렇게 좋은 여자들을 만난다는 보장은 없으니까. 용사 루트도 나쁘지 않아.'

히로아키가 로아나를 향해 훗 웃고는 자신의 심경 변화를 돌아보고 감개무량하게 숨을 내쉬었다.

"정숙히! 국왕 폐하 앞입니다!"

그때, 술렁이는 회장을 보다 못한 사회자의 목소리가 크게 울렸다. 그제야 소란이 가라앉고 히로아키도 로아나와 대화를 중단했다.

"괜찮다. 모두 환희하는 게 무리도 아니지."

프랑수아가 기분 좋게 말했다.

"실로 1천 년 넘는 시간을 거쳐 다시 슈트랄 지방에 강림한 용사다. 그도 아니면 육현신의 복음일 수도 있으니. 그리고 오늘 밤에는 좋은 소식도 있다. 많이들 알겠지만, 이곳에는 다른 용사도 와있다. 용사 히로아키 사카타 공, 플로라 벨트람 왕녀, 그리고 유그노 공작이여. 이쪽으로."

프랑수아가 자기 옆으로 오라고 히로아키와 플로라, 유그노 공작을 불렀다. 로아나는 대기했다.

히로아키는 조금 긴장해서 고개를 끄덕이고 발을 뗐다. 미리 협의하고 가르쳐준 대로 진행됐지만, 이렇게 많은 사람에게 주목받을 기회가 지구에서 살았을 무렵의 그에게는 없었다. 적잖이 긴장할만했다.

"벨트람 왕국의 제2왕녀인 플로라 왕녀와 대리인인 유그노 공작이 중대한 발표를 할 것이다. 모두 경청하도록."

프랑수아가 한 걸음 물러났다. 대신, 유그노 공작이 자리를 잡고 홀에 있는 귀족들을 내려다보았다.

"소개드리겠습니다. 구스타브 유그노입니다. 프랑수아 국왕 폐하께서 말씀하셨듯이 오늘 우리는 가르아크 왕국 분들께 중대히 알려드릴 것이 있어 이 자리를 빌려 말씀드리겠습니다."

유그노 공작이 공손하게 인사하고 자기소개를 했다.

"여러분도 아시는 바와 같이 우리 벨트람 왕국은 프로키시아 제국에 군사상 거점 중 하나가 점령당한 것을 계기로 국내 귀족이 둘로 나뉜 상태입니다. 그중 하나가 아르보 공작이 이끄는 파벌로, 현재는 왕도에 거점을 두고 발칙하게도 필립 국왕 폐하를 꼭두각시로 만들어 실권을 장악했습니다."

유그노 공작이 대범하게 자신의 자랑인 말재주를 부리기 시작했다.

귀족들은 묵묵히 유그노 공작의 이야기에 귀를 기울였다.

"한편, 젊은이뿐이지만, 제가 이끄는 파벌은 유감스럽게도 아르보 공작의 숙정 활동에 쫓겨 로다니아로 도망을 꾀했습니다. 아르보 공작이 우리를 숙청하는 명목으로 내건 표면상 이유는 군사상 거점 중 하나가 프로키시아 제국에게 점령당한 것에 대한 탄핵이라고 했습니다. 그러나 우리는 아르보 공작이 프로키시아 제국과 전부터 내통한 정황 증거를 잡았습니다."

유그노 공작이 아르보 공작의 뒷 공작을 암시하자 회장이 조금씩 술렁였다. 유그노 공작파 사이에는 암묵적으로 공유됐지만, 견해를 표명하는 것은 처음이었다.

"안타깝게도 결정적인 증거는 없지만, 아르보 공작에게는 프로키시아 제국의 영토 점령, 아니, 영토 할당에 관한 어떤 밀약을 맺었다는 한없이 확증에 가까운 의혹이 있습니다. 현재 예전에는 프로키시아 제국에 대해 강경노선을 주장한 그 파벌이 실권을 잡자마자 손바닥 뒤집듯이 프로키시아 제국과 친밀한 관계를 쌓고, 한편으로 갑자기 가르아크 왕국과 거리를 두었습니다."

유그노 공작의 말재주는 추론에 근거한 부분도 섞였지만, 설득력을 가진 듯이 교묘하게 사실을 섞었다.

"……."

회장에 유그노 공작의 말에 부정적인 태도를 보이는 사람은 없었다. 아주 그럴듯하다는 분위기가 감돌았다.

　"그러나 벨트람 왕국의 현 정권이 가르아크 왕국과 거리를 둔 것은 친애하는 필립 국왕 폐하의 뜻이 아닙니다. 앞서 말씀드린 대로 폐하는 간신 아르보의 꼭두각시가 되셨기 때문입니다. 육현신에게 인정받은 왕권을 무시하는 그의 행동은 도저히 간과할 수 없습니다. 폐하께서 어떤 상황에 놓이셨는지는 플로라 왕녀 전하도 알 수 없어 현재 상황을 몹시 슬퍼하고 계십니다."

　유그노 공작은 유감스러운 표정을 짓고 뒤에 서 있는 플로라를 보며 힘줘 말했다. 귀족들은 국적에 상관없이 마른침을 삼키며 귀를 기울였다.

　"따라서 저는 플로라 왕녀 전하의 신병을 보호했습니다. 그리고 아르보의 악정을 떳떳하지 않게 여기는 동지를 모아 로다니아에 거점을 세웠습니다. 우리의 목적은 왕가의 피를 이은 정당한 통치자에게 왕국 정권을 넘기고 옛날의 좋았던 벨트람 왕국을 부활시키는 것. 즉, 우리는 벨트람 왕국의 왕정복고라는 큰 목적을 위해 일어섰습니다. 플로라 왕녀 전하는 그 상징이십니다. 하여 저는 바로 지금 플로라 왕녀 전하를 대표로, 벨트람 왕국 특별 정부 레스토라시온 결성을 선언합니다."

　유그노 공작이 새로운 조직 결성을 크게 선언하고 뒤에 있는 플로라와 가르아크 국왕 프랑수아를 보았다.

"우리 가르아크 왕국은 벨트람 왕국 특별 정부 레스토라시온 설립을 정식으로 승인할 것을 이 자리에서 선언한다."

프랑수아가 플로라와 함께 유그노 공작 옆에 나란히 서서 증인으로서 레스토라시온 설립을 정식으로 승인했다.

"오오……!"

귀족들이 크게 술렁였다. 유그노 공작파는 이제까지 비공식적인 위치에 놓여있었다. 정식으로 조직을 설립하고 대국의 공인을 받은 의미는 크다.

"그리고 성석으로 소환된 용사이신 히로아키 사카타 님도 우리 레스토라시온 설립 승인과 활동에 협력할 것을 약속해주셨습니다."

유그노 공작이 히로아키를 손으로 가리켰다. 히로아키가 싫지만은 않은 듯이 웃음 지으며 오른손을 들자 회장에 함성이 터졌다.

"조직 대표는 아까 말씀드린 대로 플로라 왕녀 전하가 맡으시고, 히로아키 님은 용사로서 레스토라시온에 정식으로 소속되실 겁니다. 외람되지만, 저는 두 분을 도와드리는 데 힘쓰겠습니다."

유그노 공작이 이 순간만은 그야말로 전성기를 되찾은 남자의 얼굴로 빠르게 말했다. 히로아키도 마찬가지였다. 회장에 함성이 터지자 아주 기뻐하며 헤벌쭉 웃었다.

'……이 모든 상황이 유그노 공작의 계획대로인가……. 내일은 벨트람 왕국 본국의 용사도 온다. 선생님에게 보고

할 일이 늘겠어.'

한편, 리오는 그런 생각을 하며 자신에 찬 유그노 공작과 히로아키의 얼굴을 보았다.

가령 사카타 히로아키라는 용사가 강림하지 않았으면 왕도에서 추방된 유그노 공작파가 이렇게까지 수월하게 레스토라시온 성립에 이르지 못했을 것이었다. 아무리 제2왕녀인 플로라를 옹립하고 성석이 있다고 해도 그것만으로는 다시 공식 무대에서 각광받았을지 의심스러웠다.

그러나 우연인지 필연인지 유그노 공작파 앞에 사카타 히로아키가 나타났다.

대중은 단순한 생물이다. 육현신의 신위를 체현하는 의미로는 역할이 같았지만, 성석이라는 성물보다는 사도라는 신위의 체현자 쪽이 더 알기 쉬웠다.

그 결과, 유그노 공작은 제2왕녀와 용사라는 두 개의 카드를 손에 넣고 대국인 가르아크 왕국의 뒷배를 얻는 데 성공해 레스토라시온 성립에 이르렀다.

왕권이 현저히 약해진 지금의 벨트람 왕국에 옛날의 영광을 되찾는다는 명목은 넋두리로 들려도 듣기 좋은 대의명분은 필요했다.

가진 카드가 많다고는 하나, 유그노 공작의 수완은 실로 훌륭했다. 이 상황은 그것이 증명된 순간이었다.

'이곳에 오고 운이 트였나보군. 하루토 군이 가르아크 왕국과 보다 친밀한 관계를 쌓은 것은 분하지만, 뭐, 어쩔 수

없지.'

유그노 공작은 리오에게 슬쩍 눈길을 주면서 함성을 듣고 득의양양하게 웃었다.

"또한 레스토라시온 성립에 따라 용사 사츠키 스메라기 공이 있는 우리 가르아크 왕국은 용사 히로아키 사카타 공이 있는 레스토라시온과 정식으로 동맹을 체결할 것을 이 자리에 선언한다."

프랑수아가 오른손을 높이 들어 함성을 막고 이때라는 듯이 레스토라시온과의 동맹체결을 발표했다.

"육현신의 사도인 두 용사와 함께하는 우리의 미래는 밝으리라. 두 용사에게 묻겠다. 그대들은 우리와 함께 하겠나?"

프랑수아가 연극 톤으로 사츠키와 히로아키에게 확인했다.

"네. 여러분이 옳은 길로 간다면 저 사츠키 스메라기는 미력하나마 귀국에 힘을 보탤 것을 약속합니다."

사츠키가 대본대로 떨지 않고 대답했다. 고등학교에서 학생회 임원으로서 사람 앞에 서는 일이 많았던 덕분인지, 사람들의 시선에 익숙해졌는지 긴장한 기색은 보이지 않았다. 그런 사츠키를 환영하듯이 회장에 박수가 울려 퍼졌다.

이번에는 그들의 시선이 히로아키에게 모였다.

'아, 부탁하는 입장이니까 좀 더 알맞은 말투를 쓰지. 국왕이라는 놈들은 잘난 척해서 좋아할 수가 없어.'

히로아키가 속으로 생각했다. 국왕이라서 그런지 프랑수아의 말투가 그의 신경을 건드렸다. 히로아키는 깔보이는 게 싫었다.

"음, 알겠습니다. 여러분이 옳은 길로 간다면 저도 여러분에게 협력하겠다고 맹세하겠습니다."

히로아키가 느긋하게 고개를 끄덕이고 말했다.

'뭐, 지금은 저자세로 나가는 게 마음이 넓은 거겠지.'

그리고 스스로에게 말했다.

히로아키의 선서를 환영하는 박수가 요란하게 울려 퍼졌다.

"이상이다. 이번 연회를 마음껏 즐기도록 하라. 아, 마지막으로 소개하고 싶은 인물이 있다. 조금 전에 소개했듯이 사츠키 공의 친구인 미하루 공과 그 은인인 하루토다. 두 사람, 이리로."

프랑수아가 개막을 선포하기 전에 리오와 미하루를 불렀다.

"네." "네, 네."

리오는 공손히 묵례했다. 한편, 미하루는 긴장해서 딱딱하게 대답했다. 리오와 미하루가 프랑수아 곁으로 이동했다.

"이 가련한 소녀가 미하루 아야세 공이다. 사츠키 공과 함께 이 세계에 소환됐으나 왕성이 아닌 인기척 없는 초원을 헤매며 망연자실했다고 한다. 그런 미하루 공을 보호하고 왕성으로 데려온 이가 바로 여기 있는 하루토다."

프랑수아가 리오와 미하루를 귀족들에게 소개했다.

"저번에 아망드가 마물에게 습격당한 이야기를 들었겠

지? 그중에 아룡이라는 해수도 있었는데 여기 있는 하루토가 마검으로 쫓아냈다. 그때 플로라 왕녀를 구하고, 그 일로 리제롯테와 연이 생겼다. 이민자로 각지를 돌아다니는 떠돌이 검사지만, 리제롯테도 막역하게 대하는 대영웅이다. 절대 평민이라고 모욕하거나 무례한 언동은 하지 않도록.”

리오를 크게 치켜세우고 귀족들에게 실례되는 짓을 하지 말라고 강하게 못을 박았다. 그 무용담을 국왕이 직접 말하니 이야기를 들은 귀족들이 더 크게 술렁였다.

이야기 속에 등장한 리제롯테는 자랑스럽게 웃으며 사람들의 시선을 받았다. 그 순간, 회장에 서 있는 귀족 대부분이 이번에는 리오를 자기보다 높은 사람으로 대하기로 마음을 정하고 하루토라는 인물을 머릿속에 주입했다.

“이상이다. 이번에야말로 연회를 마음껏 즐기도록 하라.”

프랑수아가 마무리하고 드디어 연회가 정식으로 시작됐다.

그 후, 리오와 미하루와 리제롯테는 프랑수아를 포함한 왕족, 사츠키와 함께 모여 홀에서 계단을 올라온 귀족들을 응대하느라 바빴다.

개개인과 대화하는 시간은 짧았다. 간단한 인사와 두세 마디를 나눌 뿐이었지만, 인원이 너무 많았다.

리오는 미하루와 리제롯테, 그리고 샤를로트와 모여서, 같은 곳에 있어도 프랑수아와 사츠키와는 다른 그룹을 이루었는데 오늘의 주역인 사츠키는 물론이고 친구인 미하루와 대영웅이라고 프랑수아가 직접 소개한 리오에게 인사하러 오는 사람도 많았다.

방문자 중에는 그레고리 공작과 조르쥬의 피앙세인 콜레트의 아버지 바리에 후작 등, **거물** 귀족도 있었다. 익숙하지 않은 왕후귀족과의 대화 때문에 지쳤지만, 연회에 익숙한 리제롯테와 샤를로트가 교묘하게 도와준 덕분에 부담이 대폭 줄었다.

그러나 방문자를 응대하려면 한 번에 1분에서 3분의 시간이 필요해서 1천 명이 넘는 귀족이 개별적으로 오지는 않았지만, 적어도 백번 정도는 비슷한 대화를 반복했다. 티끌 모아 태산이라고, 사이사이 작은 휴식을 취하며 리오 일행은 네 시간 가까이 귀족들과 대화해야 했다. 그 결과, 귀족들과 한바탕 인사를 마쳤을 무렵에는 연회가 끝날 시간이었다.

"여러분, 음료 드시겠습니까?"

"……네, 주세요."

급사가 드링크를 가져오자 미하루는 물론 리오도 피곤함을 보이며 금속 잔을 받았다. 차가운 칵테일을 한 번에 들이켜자 목이 촉촉해졌지만, 피로도 몰려왔다.

"수고하셨습니다, 하루토 님, 미하루 님."

샤를로트가 드링크를 마시고 웃으며 리오와 미하루를 위로했다.

"네, 조금 지친 것 같네요."

리오가 말했다.

"이번 자리는 곧 막을 내리지만, 연회가 왜 사흘에 걸쳐 개최되는지 조금이나마 아셨으리라 생각해요. 첫날은 보통 처음 만나는 사람과 인사하면 끝이 나서 참가자를 가족으로 제한하고 외부 손님이 참가하는 이틀째, 사흘째를 대비해요. 특히 왕족인 우리와 두 분 같은 주요 손님은 아랫사람의 인사만 받아도 연회가 끝나버리니, 두 분에게 부담을 드리고 말았네요. 죄송합니다."

샤를로트가 연회가 3일에 걸쳐 개최되는 이유를 설명하더니 뺨에 손을 대고 리오와 미하루에게 사과했다. 첫날인데도 참가를 허락받은 레스토라시온 사람들은 그만큼 특별하다는 것이겠지.

"아뇨, 갑작스러운 참석으로 폐를 끼친 것을요. 제가 필요한 일이 있으시면 언제든 말씀하세요."

"네, 저도 열심히 할게요!"

리오와 미하루가 싫은 내색하지 않고 말했다.

"그러나 입장 상 두 분은 첫째 날이 가장 힘드실 수 있어요. 가르아크 왕국과 레스토라시온 소속 귀족들과의 인사는 오늘 중에 끝났고 둘째 날부터는 다른 용사님이 참가하시니 주목도 분산될 겁니다. 그러니 내일은 자유롭게 돌아다닐 시간도 조금 있을 것 같습니다."

리제롯테가 세 사람의 대화에 끼었다.

"네, 다른 나라 요인과의 인사는 우리 왕족의 일이니까요. 내일은 편히 계세요. 괜찮으시다면 춤을 춰보시는 건 어떨까요? 시간이 된다면 부디 저도 하루토 님과 한 곡 추고 싶어요."

샤를로트가 리오에게 슬쩍 춤 권유를 제안했다.

기본적으로 춤은 남자가 신청하는 것이 암묵적 규칙인데 서로의 관계에 따라서는 여자가 권하는 것도 매너 위반은 아니었다. 참고로 그런 예외적인 경우에 미혼 여자가 신청한 춤을 미혼 남자가 거절하면 매너 위반이었다.

하물며 리오는 아무리 미하루의 은인이라고는 해도 실질적인 신분을 꼬집으면 평민에 지나지 않으니 거절할 수 없었다. 그보다 이 자리에서 권유를 거절해서 생기는 나쁜 점은 있어도 거절하지 않아 곤란할 일은 없었다.

"네, 저로 괜찮으시다면 기꺼이."

리오는 흔쾌히 승낙했다.

"어머, 기뻐라. 그러면 약속한 거예요? 내일은 하루토 님이 권해주세요."

샤를로트가 리오의 팔을 안고 거리를 좁혔다.

"……네."

리오는 무심코 몸이 굳었지만, 사근사근 웃었다. 문득 주위 반응이 신경 쓰여 둘러보니 미하루가 흠칫 동요했다.

리제롯테는 리오도 모르게 작은 한숨을 내쉬었다.

"그러면 저는 일단 아버님을 뵙고 오겠습니다. 마침 사츠키 님이 오시는 것 같으니 네 분이서 계속 환담 나누세요."

샤를로트가 미하루를 보고 득의양양하게 웃고 정숙하게 인사를 하고 국왕 프랑수아가 있는 쪽을 보았다. 사츠키도 마침 인사의 파도가 끝나 따분했는지 리오 일행이 있는 곳으로 다가왔다.

"고생하셨습니다, 사츠키 님. 저는 아버님께 갈 테니 남은 시간은 적지만, 여러분과 있을게요."

샤를로트가 드레스 자락을 잡고 정숙히 리오 일행에게 인사하고 교체하듯이 온 사츠키에게 말했다.

"응, 고마워. 샤를도 수고."

사츠키가 웃으며 고개를 끄덕이자 샤를로트가 "그럼" 하고 프랑수아에게 갔다.

"셋 다 고생했어. 리제롯테 씨, 계속 두 사람 곁에 있어 줘서 고마워. 안심했어."

사츠키가 리오, 미하루, 리제롯테에게 말했다.

"아뇨, 샤를로트 왕녀 전하도 계셨고, 두 분 다 저 없이도 당당하게 대답하셨습니다."

리제롯테가 밝게 웃으며 고개를 가로저었다.

"아니에요. 리제롯테 님이 있어주셔서 정말 다행이었어요."

미하루가 호소했다. 리오도 "네" 하고 동의했다.

"둘이 그렇다고 하네요. 안 그래도 리제롯테 씨에게 미하루를 연회에 데려와준 것에 대해 감사를 표하고 싶었어요."

사츠키가 말했다.

"미하루 씨를 연회에 데려온 것은 하루토 님께 빚이 있기 때문입니다. 오히려 사츠키 님의 친구인 미하루 씨를 데려와서 결과적으로 제 공이 되었으니 감사할 사람은 저입니다. 하루토 님과도 새로운 관계를 쌓았으니까요."

리제롯테가 짓궂게 웃으며 리오를 보았다. 그 관계가 무엇인지는 이 자리에 있는 네 사람이라면 구체적으로 말하지 않아도 알 수 있었다.

"리카 상회 일을 포함해서 리제롯테 씨가 전생을 기억한다고 들었어. 물론 구체적으로 어떤 전생인지는 못 들었지만……."

사츠키가 리오와 리제롯테의 안색을 살피며 말했다. 자기는 전생의 기억이 없어서 상상으로밖에 추측할 수 없지만, 이미 죽은 사람의 기억은 민감한 화제인 것 같아서 직접 묻기 어려웠다.

그러나 리오와 리제롯테의 거리감을 헤아리기에 딱 알맞은 화제였고 이야기 흐름에 따라서는 리제롯테의 인품이 선명하게 보일 수 있었다. 에둘러서라도 이 화제를 꺼내려면 이렇게 넷이 모인 지금 이 순간이 적기였다.

"실제로 제가 바빠서 차분히 만날 시간이 없기도 해서 저희끼리 전생 이야기를 자세히 한 적은 없습니다."

리제롯테가 씁쓸하게 웃으며 리오를 보았다.

"말하기 어려운 것도 있죠."

리오가 조금 겸연쩍게 말했다. 실제로 리제롯테가 전생 이야기를 적극적으로 하지 않은 것은 리오가 전생에 미하루와 인연이 있다는 사실을 귀띔하고, 미하루가 하루토와 리카가 4년도 전의 과거에서 왔다는 이야기를 밝히고 자기 입으로 미하루 일행에게 사실을 가르쳐주고 싶다고 부탁했기 때문이었다.

리오가 미하루 일행에게 사실을 말할 때까지 묻지 않는다. 그렇게 선을 긋고 리오를 배려했다. 리오는 그것을 어렴풋이 알고 있었다.

"네. 하지만 이야기해보고 싶기도 합니다. 하루토 님만 괜찮으시다면 나중에 이 일로 이야기할 수 있을까요?"

리제롯테가 리오와 전생에 관한 이야기를 해보고 싶다는 의사를 밝히며 억지로는 묻지 않는다는 생각을 자연스럽게 표명했다.

"……셋째 날 연회가 끝나면 머지않아 시간을 빌려 리제롯테 님과 차분히 이야기를 나누고 싶습니다."

리오가 각오를 다지듯이 리제롯테에게 도도히 말했다.

"괜찮으십니까?"

리제롯테가 살짝 눈을 크게 뜨고 리오의 얼굴을 들여다보았다.

"네, 원래 이번 연회를 생각하고 있었거든요. 이제 미루지 않을게요."

리오가 덧없는 미소를 지었다. 참고로, 무슨 생각을 했느냐면 물론 미하루 일행에게 사실을 전달하는 것이었다. 미하루와 사츠키는 뭐가 뭔지 몰라 이상하다는 듯이 고개를 갸웃거렸다.

"……그러셨군요. 그러면 그때를 기대하고 있겠습니다. 하루토 님과 하고 싶은 이야기가 아주 많아요."

리제롯테가 상냥하게 웃으며 기뻐했다.

"뭔가 둘만의 세계가 만들어진 것 같은데? 그렇지? 미하루."

사츠키가 눈을 게슴츠레 뜨고 리오를 보며 자기처럼 이야기에 끼지 못한 미하루에게 달라붙었다. 미하루는 조금 움찔한 표정을 짓고 "아, 아뇨, 그게……"라고 말을 잇지 못했다.

"사츠키 씨에게도 꼭 이야기할 테니 안심하세요."

리오가 쓴웃음 지으며 사츠키에게 말했다.

"우으, 억지로 파고들려는 건 아닌데……."

사츠키가 미안한지 복잡한 표정을 지었다.

"사츠키 씨와 관련된 이야기도 있어서요."

"……흐음. 그렇다면 알겠어."

리오의 말에 사츠키가 눈을 살짝 크게 뜨고 고개를 끄덕였다. 한편, 미하루는 조용히 심심해하며 리오를 보다가 갑자기 리오와 눈이 마주쳤다.

"물론 미하루 씨에게도 말할게요. 이제까지 입 다물고

있었는데 이 타이밍에 말하는 건 저 때문인데…… 들어주
셨으면 좋겠습니다."

리오가 어두운 얼굴로 미하루에게 서먹하게 말했다.

"네, 네……."

미하루가 꿀꺽 숨을 삼키고 고개를 위아래로 끄덕였다.

"……왠지 분위기가 무거워졌네. 좋아. 그러면 이 이야
기는 이쯤 하고 그래, 그래. 나 리제롯테 씨를 만나면 물어
보고 싶은 게 있었어."

사츠키가 손뼉을 치고 화제를 바꾸더니 리제롯테에게
말했다.

"네, 무엇인지요?"

리제롯테가 고개를 갸웃거렸다.

"리카 상회에서 쌀과 미소된장은 안 팔아?"

사츠키가 기대를 담아 리제롯테의 얼굴을 보았다.

"아, 그리우신가 보군요."

리제롯테가 사츠키의 질문에 심정을 깨닫고 공감하며
조금 쓸쓸하게 웃었다.

"역시, 안 팔아……?"

사츠키가 리제롯테의 반응에 기대하면 안 되겠다고 예
상하고 밑져야 본전이란 식으로 물었다.

"쌀이 있기는 하지만 밥을 짓기에 적합한 품종은 아닙니
다. 저는 리조토로 먹는데 역시 흰쌀밥도 먹고 싶네요. 안
타깝게도 미소된장은 제조 노하우를 몰라서 이곳에는 없

습니다.”

리제롯테가 별 생각 없이 대답했다.

“그렇구나. 성에 물어봤는데 모른다고 해서 기대하지 않았거든……. 흰쌀밥에 미소된장국, 먹고 싶다…….”

“……네, 먹고 싶네요.”

사츠키와 리제롯테가 진지하게 중얼거렸다. 한편, 그것을 일상적으로 먹는 리오와 미하루는 어떻게 대화에 끼어야 할지 몰라 조금 멋쩍은 표정이었다.

“그러면 다음에 준비할까요?”

리오가 조용히 있기 뭣하다는 생각에 두 사람에 말했다.

“……응?”

사츠키와 리제롯테가 눈을 번쩍 뜨고 입을 모아 말하며 리오의 얼굴을 보았다.

“쌀과 미소된장은 있으니까 나누어 드릴게요. 뭣하면 채소 절임도 같이요.”

리오가 조금 딱딱한 미소를 지으며 아까 한 말을 더 구체적으로 했다.

“이, 있어?!” “게다가 채소 절임까지?!”

사츠키와 리제롯테가 또 파장을 맞추고 리오에게 달려들었다.

“네, 실은, 그게…….”

리오가 불편하게 고개를 끄덕였다.

“그런 건 더 일찍 말해야지!”

"맞습니다. 제가 그걸 얼마나 찾아 헤맸는데."

사츠키와 리제롯테가 의기투합해서 입을 내밀었다. 평소에는 선을 긋고 정중한 말투를 쓰던 리제롯테도 쌀밥과 미소된장과 채소 절임 조합에는 솔직함을 드러냈다.

"아, 알겠습니다. 그러면 가까운 시일에 이렇게 넷이서만 식사할 기회를 잡아주시면 준비할게요."

리오가 두 사람의 기세에 눌려 쌀밥과 미소된장을 준비하겠다고 약속했다. 그러나 자세한 것은 전부 뒤로 넘겼다.

"이렇게 넷이서만 식사라니…… 아니, 알았어. 밥과 미소된장과 채소 절임 때문인걸. 내 방에서 식사자리를 가질 수 있게 해볼게."

사츠키는 끙끙거리며 물러나지 않았다.

"꼭 부탁드립니다. 사츠키 님."

리제롯테도 진지한 표정으로 사츠키에게 부탁했다. 그렇게 연회 첫날은 막을 내렸고 그날은 지치기도 해서 바위 집으로 가지 않고 깊이 잠들었다.

리오는 연회 첫날밤에 이어 미하루와 함께 사츠키의 방에 머물렀다. 다음 날 아침에는 어젯밤의 피로로 조금 늦게 일어나 한가롭게 아침을 들었다.

오후가 되자 아침을 늦게 먹은 것도 있어서 늦은 점심을 먹었다.

"음, 아직 어제의 피로가 남은 것 같아. 그렇게 많은 사람과 이야기한 건 처음이라 생각보다 지쳤나 봐. 둘은 어때?"

사츠키가 양손을 위로 향해 가볍게 기지개를 켜고 리오와 미하루에게 물었다.

"저는 어찌어찌."

리오가 밝게 대답했다. 실제로 리오의 얼굴에는 피곤한 기색이 없었다.

"저도요."

한편, 미하루는 안색이 조금 지쳐 보였다.

"무리는 금물이야. 센트스텔라 왕국의 용사가 언제 와도 이상하지 않은데, 타카히사 군인지 아닌지 모르니까 알 때까지 한가롭게 뒹굴자. 아, 뒹굴이라 하니까 또 하루토 군네 집에 가고 싶어!"

사츠키는 미하루가 아직 피곤한 것을 눈치채고 장난스럽게 말했다.

"빈번하게 빠져나오면 위험하지만, 기회가 있으면 오세요."

리오가 키득 웃으며 사츠키를 환영했다. 미하루도 기쁘게 웃었다. 피로는 엿보이지만, 지금 이 순간은 편하게 있었다.

그러나 한 때의 휴식은 오래가지 않았다. 노크 소리와 함께 사츠키 일행이 머무는 방에 방문자가 왔다는 소리가 들렸다.

"네, 누구야? 들어와요."

사츠키가 식당 테이블에 앉은 채, 문을 향해 외쳤다. 곧 문이 열리고 전령인 여성 기사가 나타났다.

"실례합니다. 센트스텔라 왕국의 용사 타카히사 센도 님이 도착하셨습니다. 빨리 만나고 싶다며 응접실에서 기다리고 계십니다. 같이 가주시겠습니까?"

여성 기사가 센트스텔라 왕국의 용사 센도 타카히사가 나타났다고 고했다.

◇ ◇ ◇

약 10분 뒤. 사츠키와 미하루는 리오를 데리고 서둘러 타카히사가 기다리는 응접실로 향했다. 방문 앞에 선 경비병이 문을 열었다.

"실례합니다."

사츠키가 제일 먼저 들어가고 미하루와 리오가 뒤를 이

었다. 실내에는 가르아크 왕국 사람으로 프랑수아와 샤를로트가 앉아있었다. 상석인 안쪽 자리에는 검은 머리카락의 일본인 소년과 빛나는 긴 금발을 가진 미소녀가 앉아있었다. 소년과 소녀의 뒤에는 세 여성 기사가 서 있었다. 그 중에는 아직 10대 초반의 자그마한 소녀도 있었고 어찌 된 일인지 리오 일행을 보고 눈이 살짝 커졌다.

"사츠키 씨! 그리고……!"

흑발 일본인 소년이 사츠키가 제일 먼저 나타나자 벌떡 일어섰다. 그리고 사츠키의 뒤에 선 미하루를 보고 감격한 표정을 지었다.

"잘 지낸 것 같네, 타카히사."

사츠키가 키득 웃고 흑발 일본인 소년, 타카히사에게 말했다.

"네, 네! 아, 다행이야. 만나서 정말 다행이야! 늘 만나고 싶었어요!"

타카히사가 고개를 끄덕이고 안절부절못하며 사츠키 일행에게 다가왔다.

"아하하, 외로웠어?"

사츠키가 농담하듯이 타카히사에게 물었다.

"당연하죠. 못 돌아갈 수도 있다는 생각에 모두와 못 만날거라고 절망할 뻔했어요."

타카히사가 힘줘 말했다.

"그 기분 잘 알지. 미하루를 만나기 전까지 나도 그랬으

니까."

사츠키가 타카히사가 뒤에 서 있는 미하루를 볼 수 있게 돌아보았다.

"오랜만이야, 타카히사."

미하루가 다정히 웃으며 오랜만에 만난 타카히사에게 말했다.

"응, 미하루도 이 세계에 왔구나. 뭐라고 해야 하지, 나……. 그, 더, 가까이에서 얼굴을 보여줄래? 미하루와 만나고 싶었어. 계속 만나고 싶었어. 이제 두 번 다시 못 만날 줄 알아서, 나 계속 후회했어……."

타카히사가 기쁨과 후회가 섞인 복잡한 미소를 지으며 미하루에게 다가갔다.

"으, 응……."

미하루는 타카히사가 코앞까지 접근하자 살짝 몸을 굳혔다.

"정말, 만나서 다행이야!"

타카히사가 가슴속에 소용돌이치는 감정이 폭발했는지 갑자기 미하루를 끌어안았다. 그곳에 있던 모든 사람의 눈이 휘둥그레졌다.

"어……?"

미하루도 너무 갑작스러운 타카히사의 행동에 당황했다. 온몸을 굳히고 잠깐 가만히 안겼다.

그러나 옆에 있는 리오와 눈이 마주치자 퍼뜩 안색을 바꾸고…….

"아, 앗, 하, 하지 마!"

미하루가 반사적으로 타카히사를 밀쳤다. 명확한 거부 의사를 보이고 타카히사와 거리를 뒀다. 평소에는 온화한 미하루에게서 상상도 할 수 없는 반응이었다.

"아…….."

타카히사는 눈을 깜빡이고 한 걸음, 두 걸음 천천히 물러났다. 그리고 멍하니 미하루를 안았던 자신의 두 팔을 내려다보았다. 아직 미하루의 체온이 남아있었다.

절대 미움받을 생각으로 끌어안은 것은 아니었다. 미하루와 다시 만난 것이 기뻐서, 감정이 솟구쳐서, 정신이 드니 몸이 움직였다. 그러나 결과적으로 미하루가 싫어할 짓을 했다는 것을 깨닫고 타카히사는 몹시 충격을 받았다.

"아, 저기, 미안해."

이성을 되찾은 미하루가 밀쳐서 미안하다고 사과하자 타카히사가 무서워서 도망치듯이 눈을 돌렸다. 그곳에 리오가 서 있어서 시선이 마주쳤다.

"……."

리오는 그늘이 있으나 이성을 잃은 미하루를 걱정하는 다정한 표정을 짓고 있었다. 그 표정이 꿈속의 하루토와 무척 닮아서 미하루의 얼굴이 파랗게 질렸다.

그 순간, 미하루의 머릿속에 어떤 광경이 떠올랐다. 아이시아가 보여준 꿈속에서 고등학교에 갓 입학한 하루토

가 타카히사에게 친근하게 말을 거는 미하루를 쓸쓸하게
보던 광경이었다. 그래서 그다음 순간…….

"아, 아니. 아니야!"

미하루는 심장이 얼어붙는 느낌에 황급히 리오를 향해
외쳤다. 미하루가 갑자기 큰소리를 내자 그곳에 있는 모든
사람의 눈이 휘둥그레졌다.

리오도 당황해서 미하루를 마주 보았다.

"왜, 왜 그래? 미하루, 괜찮아?"

사츠키가 냉정을 잃은 미하루의 양어깨를 잡고 진정시
켰다. 미하루는 그제야 정신을 차리고 눈을 깜빡였다.

"……아, 네, 네! 저기, 놀라게 해서 죄송합니다!"

미하루는 빠르게 냉정을 되찾고 민망해하며 사과했다.
리오의 얼굴을 보니 두근거림이 가라앉지 않았다. 몸이 납
처럼 무거웠다.

"정말?"

사츠키의 미하루의 얼굴을 물끄러미 바라보았다.

"네."

미하루는 조금 새파란 얼굴로 조심스럽게 고개를 위아
래로 흔들었다. 두 사람의 시선이 잠시 겹쳤다.

"이번에는 타카히사가 잘못한 거야."

사츠키가 타카히사를 노려보며 단언했다.

"네, 네!"

타카히사가 일 저질렀다며 죄책감이 드러난 얼굴을 굳

했다.

"네가 미하루를 얼마나 소중히 여기는지, 미하루와 다시 만나서 기쁜 건 알지만, 갑자기 여자애를 끌어안는 게 어디 있어? 안 그래도 미하루는 남자를 어려워하는데. 더 섬세하게 대해."

사츠키가 타카히사에게 설교했다.

"죄, 죄송합니다. **분위기 때문인지**, 너무 기뻐서, 그만, 충동적으로……."

타카히사는 얼굴이 새파래져서는 횡설수설 변명했다.

"뭐, 마음은 알지만……."

사츠키가 어이없는 마음을 토하듯이 크게 한숨을 내쉬었다.

"저기, 미하루, 미안해! 정말로!"

타카히사는 불필요한 설명은 그만두고 미하루에게 깊이 머리를 숙였다.

"아, 아니야. 나야말로 미안해. 있는 힘껏 밀쳐서……. 아프지는 않았어?"

미하루는 친절하게 타카히사를 밀친 부위를 보았다.

"아니, 전혀! 그렇게 힘이 들어가지도 않았고. 그보다 내가 잘못이잖아. 정말 미안해!"

타카히사가 힘차게 고개를 젓고 사과했다.

"아니야. 나는 괜찮아……."

미하루가 불편한지 살짝 고개를 좌우로 젓고 리오의 안

색을 살폈다. 리오는 미하루의 시선을 눈치챘으면서도 표정을 꾸며냈다. 그리고 그 모습을 흥미롭게 관찰하는 붉은 머리 소녀가 한 명.

"오랜만의 만났는데 서서 이야기하는 것도 뭣하니 앉으세요. 사츠키 님과 미하루 님은 타카히사 님 맞은편에, 하루토 님은 제 옆에 앉으세요. 그래도 되나요? 아버님."

가르아크 왕국 제2왕녀 샤를로트가 미묘한 분위기를 떨치듯이 밝게 앉으라고 제안했다. 각자 앉을자리를 정해주고 마지막으로 국왕 프랑수아에게 확인받았다.

"음."

프랑수아가 엄숙하게 고개를 끄덕였다. 리오 일행은 얼굴을 마주 보고 지시받은 대로 앉았다. 타카히사도 멋쩍어하며 금발 소녀 옆으로 돌아갔다.

"미하루 님, 저도 사과드리겠습니다."

금발 소녀가 미하루에게 사과했다.

"저기, 당신은……?"

미하루는 금발 소녀가 누구인지 물었다. 늠름하고 다정한 외모에 가정교육을 잘 받은 게 느껴지는 자세, 무엇보다 복장에서 상당히 지위 높은 인물이라는 것이 엿보였으나, 자기소개가 아직 안 해서 누구인지 몰랐다.

"실례했습니다. 자기소개를 아직 안 했군요. 저는 리리아나 센트스텔라. 센트스텔라 왕국의 제1왕녀입니다."

리리아나가 자기를 소개하고 생글생글 순진하고 가련한

미소를 지었다.

"실례했습니다. 미하루 아야세입니다."

미하루는 상대가 제1왕녀라는 것을 알고 황급히 자기소개를 했다.

"인사가 늦었습니다. 사츠키 스메라기입니다."

사츠키도 살짝 인사하고 리리아나에게 인사했다.

"네. 미하루 님과 사츠키 님에 대해 타카히사 님의 동생분들인 아키 님, 마사토 님과 함께 타카히사 님께 들어서 잘 압니다. 애초에 우리가 가르아크 왕국의 연회에 출석하기로 한 것은 사츠키 님이 오신다는 이야기를 들었기 때문인데, 실제로 왕성에 물어보고 미하루 님도 계시다는 것을 듣고 타카히사 님이 아주 기뻐하셨습니다. 그래서 다소 폭주한 점이 있지만, 당신과 재회하여 정말 기뻤던 것이라 이해해주셨으면 좋겠습니다."

리리아나가 실추를 범한 타카히사를 편들었다.

"아키와 마사토가 어디 있는지는 모르죠?"

타카히사가 가냘프게 웃고 사츠키와 미하루에게 물었다. 오빠, 형인 타카히사에게 아키와 마사토가 어디 있는지 알려야 했지만, 프랑수아와 리리아나 같은 나라 쪽 사람이 있는 곳에서는 전할 수가 없었다.

"……응. 현재로는."

사츠키가 뻔뻔하게 고개를 끄덕였다.

"그래요……."

타카히사가 원통한 듯 얼굴에 그늘을 드리웠다.

"둘 이야기는 나중에 하고 우선 타카히사가 이제까지 뭘 했는지 말해줄래? 나와 미하루가 이제까지 뭘 했는지도 이야기해줄 테니까."

사츠키가 여기서 이야기해도 괜찮은 화제를 골라 타카히사에게 물었다.

"네. 그건 저도 묻고 싶었어요."

타카히사가 마음을 진정시키고 진지한 표정으로 고개를 끄덕였다. 일단은 이제까지 무슨 일이 있었는지 서로 얘기하기로 했다.

먼저 타카히사의 이야기부터. 센트스텔라 왕성에 소환돼 영문도 몰라 혼란에 빠졌다. 지구로 돌아갈 방법이 없다는 말을 듣고 두 번 다시 소중한 사람들을 만날 수 없다며 절망해 몸이 상할 정도로 몸져누운 것⋯⋯.

"지구로 돌아갈 수 없다는 걸 알고 충격을 받아서⋯⋯. 물론 성에서 무척 잘 대해줬지만, 첫 한 달은 식욕도 없어서 많이 말랐습니다. 그러다 한계가 와서 빈혈로 쓰러졌죠⋯⋯."

타카히사는 자조했다.

"타카히사 님은 가족 사랑이 깊은 분이신지 소중한 사람을 잃은 상실감을 버티지 못하고 몸져누우셨습니다."

리리아나가 타카히사의 몸이 상한 이유를 설명했다.

"리리가 저를 열심히 간호해줬어요. 자꾸 침울해하는 저를 격려해주고 제 이야기를 들어주며 지지해줬습니다. 어쩌면 다른 나라의 용사가 됐을지도 모른다며 국왕에게 부탁해 다른 나라 정보를 모아줬죠. 쇄국 상태인데 이 연회에 올 수 있던 것도 리리 덕분이에요."

타카히사는 리리아나가 최대 공로자라고 역설했다. 말하는 것을 들어보니 타카히사가 리리아나를 무척 신뢰하는 것이 엿보였다.

"그랬구나……. 타카히사도 힘들었겠어. 나도 몸져눕지는 않았지만, 한동안 도무지 용사라는 마음은 가지지 못했어. 방에 틀어박혀 매일 우울해했지."

사츠키가 어두운 얼굴로 입술을 깨물었다.

"그렇게 되죠."

타카히사가 공감하며 씁쓸하게 웃었다.

"응. 아주 최근에야 적극적으로 바뀌었어. 그때 미하루를 만났어."

사츠키는 다정하게 웃으며 옆에 앉은 미하루를 보았다.

"……미하루, 사츠키 씨와 떨어져 있었어?"

타카히사가 눈을 살짝 크게 뜨며 미하루에게 물었다.

"응. 나는 하루토 씨에게 보호받으며 함께 살았어."

미하루가 리오에게 눈길을 주며 대답했다.

"……하루토, 씨? 이 사람이?"

타카히사는 미하루가 눈길을 준 곳에 있는 리오를 물끄러미 보며 본인인지 확인했다.

"응, 하루토 씨가 이 세계를 헤매던 나를 구해줬어. 그게,

나는 아무도 없는 초원으로 전이해서 조난당했거든…….”

미하루가 타카히사가 걱정하지 않게 말을 골라 자기에게 일어난 일을 설명하려고 했다.

“그, 그게 무슨 말이야? 무슨 일 있었어?”

타카히사가 이성을 잃고 사정 설명을 요구했다.

“진정해, 타카히사. 충격적인 이야기도 있지만, 미하루는 결과적으로 무사하고 이렇게 우리와 함께 있으니까. 너무 놀라지 말고 이야기를 들어줘.”

사츠키가 탄식하며 타카히사를 진정시켰다.

“네, 네…….”

타카히사가 풀이 죽어 고개를 끄덕였다.

“자, 말해줘, 미하루.”

사츠키가 미하루를 재촉했다.

“그게, 이 세계에 오자마자 일단은 사람을 찾으려고 초원을 걸었어. 그러다가 좀 나쁜 사람들을 만났는데 그때, 하루토 씨가 나타나서 나를 구해줬어. 그 뒤로는 계속 하루토 씨에게 신세 지면서 이렇게 성까지 왔고…….”

미하루가 이제까지 자기에게 일어난 일을 대강 설명했다.

“나, 나쁜 사람이라니……?”

타카히사가 꿀꺽 침을 삼키고 물었다.

“노예상인이야. 아무것도 모르는 미하루를 납치하려고 했어.”

사츠키가 탄식하고 미하루 대신 가르쳐줬다.

"노, 노예?!"

타카히사가 몹시 당황했다.

"놀라지 말라고 하기는…… 힘든가. 걱정하지 마. 아무것도 안 당했을 때, 하루토 군이 구해줬다니까 안심해. 무서웠겠지만, 미하루는 그 무서운 경험도 잘 극복하고 있어. 강한 아이니까."

사츠키가 타카히사에게 호소했다.

"……괜찮아?"

타카히사가 조심스럽게 미하루의 안색을 살폈다.

"응. 처음에만 무서웠지 다음부터는 좋은 일만 있었거든. 지금은 오히려 너무 행복할 정도야."

미하루가 부드러운 표정으로 말했다.

"그렇구나……."

타카히사는 미하루의 표정을 보자 왠지 견디기 힘들게 가슴이 조였다. 기분 나쁜 두근거려서 점점 안 좋은 마음이 솟구쳤다.

'미하루가 노예가 되지 않아서 정말 다행이야! 노예라니 절대 안 돼. 인권에 반한다고! 나의, 나의, 미하루가……!'

타카히사는 마음속으로 거센 분노를 느꼈다. 사람을 물건 취급하고 뜻을 무시하고 자기 마음대로 다루다니, 그런 원시적이고 야만스러운 제도는 타카히사의 정의감에 정면으로 반했다.

만약 미하루가 노예가 됐으면 지금쯤 어떻게 됐을까. 타카히사는 그것을 상상하고 섬뜩해서 얼굴이 파랗게 질렸다.

"윽……."

타카히사는 가슴이 더 세차게 두근거려서 자기도 모르게 가슴에 손을 댔다.

"괜찮으십니까? 타카히사 님."

리리아나가 옆에 앉은 타카히사를 걱정했다.

"응, 그 노예상인을, 아니, 노예제도를 용서할 수 없어……. 사람을 자기 마음대로 하려고 하다니, 절대 안 될 말이야."

타카히사가 깊게 숨을 분노를 토했다.

"……네, 좋지 않은 일이죠."

리리아나가 그늘을 드리우고 타카히사에게 동의했다.

"미하루가 무사해서 다행이야. 노예가 되지 않아서, 정말 다행이야……."

타키하사는 진심으로 그렇게 생각하며 미하루의 얼굴을 똑바로 바라보았다.

"……고마워, 타카히사. 하루토 씨 덕분에 나는 괜찮으니까 그렇게 심각하게 생각하지 마."

미하루가 복잡한 표정을 지으며 감사를 표했다.

"……미하루를 구해주셔서 감사합니다, 하루토 씨."

타카히사는 조금 복잡한 미소를 지으며 리오에게 감사를 표했다. 리오에 대한 감사는 타카히사의 본심이었으나 미하루를 구한 사람이 자기가 아니라서 분했다. 자기가 모르는 곳에서 미하루가 리오와 사이좋게 지냈을 것을 상상하니 자신이 소외된 것 같아 괜히 불안했다. 자기가 모르는 미하루가 있다는 게 무서웠다.

"아뇨, 당연한 일을 했을 뿐입니다."

리오가 미소 지으며 고개를 가로저었다.

"하루토 씨는, 좋은 분이군요."

타키하사는 그런 리오의 얼굴을 보고 있으니 자신이 몹시 보잘것없어 보여서 괜히 초조해졌다. 마음의 평정을 지키는 것만으로 벅차서 간신히 그 말만 했다.

"맞아, 하루토 군은 엄청 좋은 사람이야. 이제 만난 지 이틀밖에 안 됐지만, 왠지 오래 사귄 친구 같다니까."

사츠키가 웃으며 동의하고 리오를 보았다. 이때까지 조용히 지켜보던 프랑수아가 이 말에 주목했는지 "흠." 하고 흥미를 보였다. 프랑수아 옆에 앉은 샤를로트는 그 소리를 똑똑히 들었다.

"영광입니다."

리오는 키득 웃고 어깨를 살짝 으쓱했다.

"저도 하루토 님이 왠지 무척 친근해요. 미셸 오라버니와 다른 의미로 친오빠 같은 분이라고 할까요?"

샤를로트가 갑자기 그런 말을 꺼냈다.

"호오? 흐하하, 샤를로트가 그렇게 말할 줄이야. 기뻐하라, 하루토여."

프랑수아가 웃음을 터뜨리며 리오에게 말했다.

"……네, 성은이 망극합니다."

리오가 이야기가 묘하게 흘러가자 조금 당황하면서도 공손히 기뻐했다.

"사실 저와 사츠키 님은 연회 둘째 날이나 셋째 날에 하루토 님과 파트너를 하고 싶다고 했거든요."

샤를로트가 어제 연회에서 나눈 대화를 잊지 않고 이야기했다.

"잠깐, 샤를. 그, 그런 말을 하긴 했지만, 그건 이야기하다가 어쩌다……."

사츠키가 부끄러운지 뺨을 붉혔다. 그때는 이야기가 흐르는 대로 농담 삼아 한 말이었다. 나쁘지 않다는 생각에 그렇게 말하긴 했지만, 인정하자니 괜히 부끄러워 죽을 것 같았다.

"어머, 저는 진심인데요. 사츠키 님도 낯선 남자보다는 하루토 님이 좋으시잖아요? 첫날은 아버님과 함께 입장하셨지만, 둘째 날부터는 파트너를 데려가는 게 좋아요."

"그, 그래. 확실히 모르는 사람보다는 하루토 군이 낫긴 하지……."

사츠키가 부끄러워하며 인정했다.

"그러면 아버님. 둘째 날 연회 때, 사츠키 님과 제가 하루토 님의 파트너가 되어도 될까요?"

샤를로트가 짓궂게 웃으며 프랑수아에게 허락해달라고 했다.

"사츠키 공만 괜찮다면 상관없다. 하루토도 괜찮겠지?"

프랑수아가 기분 좋게 웃으며 쉽게 허락하고 리오를 보았다.

"……네, 물론입니다. 그런데 괜찮으십니까?"

리오는 고개를 위아래로 끄덕였지만, 프랑수아의 생각을 읽지 못하고 진의를 살폈다.

"그만큼 그대의 공적을 높이 평가하는 거다. 우리나라의 용사와 제2왕녀를 에스코트할 영예를 주마. 보상의 일환이로군. 그리고 사츠키 공의 파트너 후보를 고르느라 고생하던 터였던지라. 참 타이밍이 좋군."

프랑수아가 대범하게 허락한 이유를 설명하고 "큰 역할이다. 잘 해보아라."라고 말했다.

"기꺼이……."

리오가 고개를 끄덕였다. 애초에 파트너를 고를 처지가 아니었다.

"미하루는 어떡할래? 미하루도 모르는 사람과 파트너하기 싫잖아?"

사츠키가 미하루를 보며 누구와 파트너가 될지 물었다.

"어머, 타카히사 님이 계시지 않습니까. 미하루 님과 오랜만에 만나셔서 무척 기쁘신 것 같고, 골을 메우기 딱 좋은 기회라고 생각해요. 물론 리리아나 님과 함께요."

샤를로트가 밝게 말하고 타카히사와 리리아나를 보았다.

"멋지군요. 물론 저는 괜찮습니다. 미하루 님과 대화를 나누고 싶었으니."

리리아나가 흔쾌히 승낙했다.

"물론 저도 괜찮습니다! 아니, 그렇게 해주세요!"

타카히사가 엄청난 기세로 하겠다고 대답했다.

"그러면 결정됐네요. 물론 미하루 님이 싫으시다면 어쩔
수 없지만요……."

샤를로트가 싱긋 웃고 이야기를 정리하며 미하루의 의
향을 살폈다.

"……네. 저도 타카히사와 잠깐 할 말이 있어요."

미하루가 잠깐 침묵하고 천천히 고개를 끄덕였다.

"타카히사 님과 리리아나 님은 아직 방 안내를 받지 않
으셨고 드레스를 입을 시간도 다됐으니 슬슬 해산할까요?
아버님."

샤를로트가 시계를 보고 프랑수아에게 물었다.

"그렇군. 주빈이 지각해서는 안 되지. 연회가 끝난 뒤나
내일 다시 편히 앉아서 이야기할 자리를 만들어보겠다."

프랑수아가 고개를 깊게 끄덕이고 일어났다. 그리고 실
내에 대기하던 시녀에게 타카히사와 리리아나, 리오를 안
내하라고 눈짓으로 재촉했다.

"하루토 님, 오늘 연회 때 잘 부탁드려요. 사츠키 님과
미하루 님은 이쪽으로 오세요. 의상실로 안내하겠습니다."

샤를로트가 가기 전에 리오에게 인사하고 사츠키와 미
하루를 의상실로 유도했다.

"그래. 가자."

사츠키가 말했다. 이곳에는 몸만 덜렁 왔지만, 드레스가 이미 성 의상실에 있어서 일부러 사츠키의 방으로 돌아가지 않아도 됐다.

이번 자리는 그렇게 일단 해산했다.

"나중에 봐, 하루토 군."

사츠키와 미하루가 샤를로트를 따라 방을 나갔다. 프랑수아도 함께 밖으로 걸어갔다.

프랑수아의 지시를 받은 시녀도 "객실로 안내하겠습니다. 여러분, 저를 따라오십시오."라며 타카히사와 리리아나를 안내했다. 리오에게도 시녀가 다가와 남성용 의상실로 안내하려고 했다.

"……저기, 하루토 씨."

타카히사가 미하루와 사츠키가 먼저 나간 것을 확인하고 문 앞에 멈춰 서서 뒤따라오던 리오에게 말을 걸었다. 함께 있던 리리아나와 호위 기사들도 멈췄다.

"네."

리오도 멈춰서 타카히사에게 대답했다.

"미하루를 구해주셔서 정말 감사합니다."

타카히사가 리오에게 깊이 머리를 숙였다.

"저도 감사드립니다. 타카히사 님의 우울도 가실 것입니다. 반대하는 목소리도 있었지만, 이번 연회에 오길 잘했네요."

리리아나도 순수하게 웃으며 리오에게 감사를 표했다.

"아닙니다. 특별히 무언가를 한 것은 아닌걸요."

리오가 평온한 표정으로 고개를 좌우로 저었다.

"……나중에 또 대화할 자리가 있었으면 좋겠습니다. 오늘 밤은 제가 미하루의 파트너이니 사츠키 씨를 잘 부탁드립니다."

타카히사가 리오의 얼굴을 보며 '제'와 '미하루'라는 부분을 강조해서 말했다. 타카히사가 나름대로 대항 의식을 보인 것이었으나…….

"네, 잘 부탁드립니다."

리오는 웃으며 고개를 끄덕였다.

"……."

타카히사는 여유로운 리오의 언행을 보고 마음이 조금 술렁였다. 미하루가 이때까지 계속 리오와 함께 있었다는 사실이 머릿속에 번뜩이자 그 술렁임이 점점 더 커졌다.

"그러면 나중에 뵙겠습니다. 저 때문에 두 분이 지각하시면 안 되니까요."

리오는 타카히사의 심정을 아는지 모르는지 공손히 고개를 숙이고 이야기를 마무리했다.

그로부터 약 한 시간 뒤.

가르아크 왕성에 인접한 사교관. 그 안에 여럿 있는 한 대기실.

현재 이 방에는 가르아크 왕국 북쪽에 있는 소국 중 하나 루비아 왕국에서 온 왕녀 실비 루비아가 연회가 개최될 때까지 대기하며 두 남자와 원하지 않은 밀담을 나누고 있었다.

"샤를 님, 계획대로 크리스티나 왕녀 전하는 이번 연회에 출석하십니까?"

한 남자, 마르고 조금 아파 보이는 장년 남자가 벨트람 왕국 본국에서 파견된 샤를에게 물었다.

"물론 데려오기는 했지만, 왜 이곳에 루비아 왕국의 왕녀가 계시나? 레이스 공."

샤를은 질문에 대답하며 불쾌해 보이는 실비의 얼굴을 보고 장년 남자, 레이스에게 물었다.

"그러시면 안 되죠, 샤를 님. 저는 지금 장 베르나르입니다. 루비아 왕국 베르나르 백작가의 차남으로 실비 왕녀와 동행한 친선대사입니다."

레이스가 싱글싱글 웃으며 고개를 좌우로 젓고 자기 이름을 정정했다.

"……실례했네, 베르나르 경. 그런데 아무리 우리 사이라고 해도 좀 더 자세히 상황을 설명해주길 바라네."

샤를이 상황을 파악하고 레이스를 베르나르라 불렀다. 여전히 기분 나빠 보이는 실비 왕녀를 보고 레이스에게 눈빛으로 물었다. 그녀를 믿을 수 있느냐고.

"물론입니다. 북방 소국 지대가 군웅할거의 땅이라는 것은 아시죠? 루비아 왕국은 가르아크 왕국에 우호적인 동맹국이었으나 요즘은 수면 아래로 우리나라와 가까워지고 있습니다."

레이스가 의미심장하게 웃었다.

"……우리나라는 네 조국과 가까워진 적이 없다."

실비가 얼굴을 찌푸리고 두 사람의 대화에 끼어들었다.

"말씀은 이렇게 하시지만, 안심하세요. 우호의 증거로 동생을 데리고 있으니 우리를 배신할 일을 없습니다."

레이스가 어깨를 으쓱하고 샤를에게 말했다.

"그렇다면 알겠네. 지긋지긋한 유그노 후작파가 활개 치는 이번 연회에 나와 크리스티나 왕녀, 용사의 출석을 타진해 무엇을 꾸미고 있는지 말해주겠나."

샤를이 실비를 보고 냉소 짓더니 레이스를 뚫어져라 보며 본론을 물었다.

"꾸미다니요, 터무니없습니다. 이유는 미리 말씀드렸을 텐데요. 많은 용사가 모이는 이번 연회는 우리나라가 간과할 수 없는 자리니까요. 귀국의 제1왕녀님과 용사를 출석시킨 것은 유그노 공작파를 동요시키길 바라서고, 제가 온 것은 개인적으로 적의 동향을 시찰하기 위해서입니다. 그뿐입니다."

"의외로군. 실비 왕녀가 이곳에 계셔서 뭔가 다른 일을 꾸미는 줄 알았네만……."

"실비 왕녀가 이곳에 있는 이유는 오늘 밤에 제가 루비아 왕국 소속인 장 베르나르이기 때문이에요. 일단 가볍게 변장했고 목적은 시찰이니 눈에 띄는 짓은 하지 않을 거지만, 당신과는 오래 알고 지냈으니까요. 회장에서 만나고 놀라지 않게 먼저 인사한 것뿐입니다. 앞으로 루비아 왕국과 인연이 깊어질 것 같으니 당신도 실비 왕녀와 안면을 터야 하지 않을까요?"

레이스가 품에서 모노클을 꺼내 장착했다.

"홋, 하하, 모노클을 낀 모습은 처음 보았는데 잘 어울리는군. 과연, 그래. 그런 것이었군. 내가 착각한 모양일세."

샤를이 즐겁게 웃었다.

"뭐, 오늘 밤의 연회는 당신에게도 뜻깊은 자리가 될 겁니다. 레스토라시온 설립 이야기는 이미 들으셨을 테죠? 모처럼 정보를 수집할 기회이니, 잘 활용하세요."

레이스가 말했다.

"알았다."

샤를은 레스토라시온이라는 말을 듣고 살짝 벌레 씹은 표정을 지었지만, 곧 기분 나쁘게 웃었다.

'저도 이번 연회는 잘 활용하고 싶으니까요. 이렇게 실비 왕녀와 함께 잠입한 시점에 반쯤 목적을 달성한 것이나 다름없지만, 방심은 금물이죠. 열심히 즐겨봅시다.'

레이스가 샤를에게 맞춰 씨익 웃었다.

【 제 7 장 】 ❀ 연회 둘째 날의 소동

그 후, 가르아크 왕성에 인접한 사교관 1층 홀.

드디어 둘째 날 연회가 시작됐다.

둘째 날부터는 가르아크 왕국에 초대된 여러 나라가 참가했다. 지금은 해당 나라의 손님이 속속 입장하는 중이었다.

초대받는 소국은 모두 가르아크 왕국과 관계가 우호적인 나라뿐이었는데 대조적으로 초대받은 대국은 모두 관계가 미묘한 나라뿐이었다.

현재, 슈트랄 지방 중앙 지대부터 동부까지 가르아크 왕국과 우호적인 대국이 없었다. 굳이 말하자면 가르아크 왕국의 서쪽에 있는 벨트람 왕국의 특별 정부가 된 레스토라시온과 우호적일 뿐, 벨트람 왕국 본국과는 요즘 들어 거리를 두기 시작했다. 동쪽에 있는 센트스텔라 왕국은 국교가 끊겼다.

그러나 최근에는 소원해진 벨트람 왕국 본국도, 인근에 있어도 국교를 맺지 않는 센트스텔라 왕국도 이번 연회에 출석했다.

그 예외감이 두드러져서 초대국 사이에 이질적인 존재감을 자아내 수많은 소국에게 주목을 받았다. 게다가 벨트람 왕국 본국 사람이 왕도를 배반한 유그노 공작파와 공적인 자리에서 만나는 것은 처음이라 큰 파문이 일어날 것이 뻔했다.

그래서 이미 입장한 귀족들은 슈트랄 지방의 대국에서 온 손님의 입장을 조마조마하며 기다리고 있었다.

참고로 보통 대국의 왕의 이름으로 연회가 열릴 경우, 출석한 나라는 왕족을 대표로 참가하는 것이 관례적인 매너인데, 소개 순서는 국력과 외교관계에 따라 개최국이 일방적으로 정할 수 있었다. 따라서 어떤 순서로 입장하는지도 참가자들의 즐거움 중 하나였다.

현재, 북쪽 소국에서 출석한 손님은 대부분 입장을 마쳤다. 남은 곳은 소국 중에서도 국력이 강한 나라였다.

"루비아 왕국의 제1왕녀 전하, 실비 님이 오셨습니다!"

사회를 맡은 귀족의 목소리가 홀에 울려 퍼졌다. 홀 위층 문이 열리고 루비아 왕국의 제1왕녀인 실비가 나타났다.

실비는 파트너 대신 종자 다섯 명을 데리고 왔다.

"오오, 공주기사 실비 왕녀 전하가 등장하셨습니다."

"변함없이 늠름한 분이군요."

"그런데 평소에는 남자 파트너 없이 자매끼리 오시는데 이번에는 동생 분이 안 보이시는군요. 혼자 오시다니 별일입니다."

남자 귀족들의 눈이 이제껏 등장한 여러 왕국 왕족을 향한 것보다 뜨거웠다. 남자만이 아니라 일부 여자 귀족 중에도 실비에게 뜨거운 시선을 보내는 사람이 있었다.

실비 루비아. 아까까지 레이스, 샤를과 밀담을 나누던

루비아 왕국의 제1왕녀였다. 나이는 10대 후반.

여자치고는 훌쩍 큰 키, 아름답고 늠름한 외모, 어깨까지 기른 아름다운 블론드 헤어에 눈길을 끄는 외모를 가졌지만, 가장 큰 특징은 지금 입은 순백색 드레스였다. 다른 귀족이 입은 귀여운 디자인이 아니라 허리에 검만 차면 의례적인 군인 복장 같은 드레스를 입었다. 묘령의 여성인 만큼 선은 부드러웠으나 몸놀림은 무인다웠다.

공주기사라는 통칭은 허투루 있는 게 아닌지 실비는 왕족이면서 기사로 살았다. 그런 독특한 점도 있어서 실비는 소국의 왕녀인데 인근 제국에도 유명했다.

귀족들이 실비의 등장에 주목하는 한편.

"공주기사! 진짜 있었구나! 역시 판타지 세계에 왔는데 공주기사를 봐야지. 바로 이거야. 가능하면 '큭, 죽여라'를 해줬으면 좋겠는데……. 크으~!"

홀과 이어지는 위층 문 밖에서 사카타 히로아키가 홀로 흥분했다. 히로아키는 지구에서 이세계 서브컬처에 푹 빠져 지냈다. 공주기사는 그가 좋아하는 속성 중 하나였다.

그래서 그런지 입장하기 전에 공주기사라고 불린 실비를 알고 교양이 없다는 걸 그대로 드러내며 말을 걸었고 실비가 입장한 지금도 흥분 중이었다.

이미 수많은 소국의 손님이 입장해서 이 자리에 남은 사람은 소국 중에서도 상당한 영향력을 가진 나라와 대국 소속 손님뿐이었다. 참고로 그중에는 유그노 공작과 샤를 등

인연이 있는 사람들의 모습도 보였는데 서로 지금은 없는 사람 취급을 하는지 통로 구석에 서서 침묵을 관철했다.

히로아키 옆에 있는 로아나가 흥분한 히로아키를 씁쓸하게 바라보았다. 그때, 한 소년이 히로아키에게 다가가 말을 걸었다. 생김새로 보건대 나이는 10대 중반에서 후반인 금발이 사락거리는 미소년이었다.

"……궁금해서 물어보는 건데, '큭, 죽여라'가 뭐죠?"

금발 소년이 히로아키에게 물었다.

"뭐? 함부로 말 걸지 마."

히로아키가 기분이 나빠졌는지 금발 소년을 노려보았다.

"이거 가차 없네. 소속한 세력은 다르지만, 같은 일본인끼리 오늘 밤 정도는 친하게 지내자는 게 제 생각인데요."

금발 소년이 씁쓸하게 웃으며 어깨를 으쓱했다.

"혼혈 천연 얼굴 치트는 조용히 해. 너와 이야기할 일은 없으니까."

히로아키가 일방적으로 금발 소년을 싫어했다.

"그러면 대신 당신에게 물어봐도 될까요?"

금발 소년은 신경 쓰지 않고 히로아키 옆에 있던 로아나에게 말을 걸었다.

"아뇨, 그게, 저도 몰라서……."

로아나가 난처한 얼굴로 대답을 못했다. 눈앞에 있는 사람은 공작 영애 로아나도 쉽게 대응할 수 없는 사람이었으니까…….

"야, 내 로아나한테 말 걸지 마, 망할 놈아. 진짜 친한 척 오지게 하네. 나는 너 같은 무자각 리얼충이 제일 싫어."

히로아키가 화를 내며 금발 소년에게 시비를 걸었다.

"손댈 생각도 없는데요……."

"뻔뻔해……. 그렇게 말하는 녀석일수록 남녀관계로 우정을 깨뜨린다고. 손댈 생각은 없었다면서 친구가 좋아하는 여자를 빼앗지."

"아하하, 마치 본 것처럼 말하네요."

히로아키가 짜증내며 얼굴을 찌푸리며 말하자 금발 소년이 물어보았다.

"쳇, 진짜 분위기 파악 못 하는구만……. 네 파트너한테 돌아가."

"공교롭게도 아직 옷을 갈아입는 중이라서요. 곧 올 겁니다."

"뭐? 아, 바로 지금 막 용사가 나 말고도 한 명 더 왔거든? 자 저 여자한테 가서 말해."

히로아키가 리오와 샤를로트 일행과 함께 걸어오는 사츠키를 보았다.

"아, 저 사람은 역시 스메라기 그룹의……."

금발 소년이 눈을 가늘게 뜨고 사츠키의 얼굴을 보며 중얼거렸다. 그러자 사츠키 쪽에서 히로아키 쪽으로 다가왔다.

"……오랜만이야, 시게쿠라 루이 군. 벨트람 왕국 본국에 소환된 용사의 이름을 듣고 설마 했는데 대체 무슨 인연일까?"

사츠키가 금발 소년, 즉 벨트람 왕국 본국에 소환된 용사인 시게쿠라 루이에게 말했다.

"그러게요. 설마 저와 같이 휩쓸린 친구 외에 아는 사람이 이 세계에 왔을 줄은 몰랐습니다."

루이가 씁쓸하게 웃으며 동의했다.

"뭐야? 아는 사이야?"

히로아키가 의아해하며 눈썹을 움직였다.

"부모님이 아는 사이라 조금. 간단하게 인사나 하고 얼굴과 이름을 아는 정도지만요."

루이가 말했다.

"아, 도련님, 아가씨구만, 너희들. 그런 금수저가 일본에 진짜 있구나. 그래서 분위기 파악을 못하는 거야."

히로아키가 희한한 것이라도 보는 듯한 눈빛으로 두 사람을 보았다.

"네, 네?"

사츠키가 눈썹을 찌푸리며 얼굴을 굳혔다. 그러자 이번에는 플로라가 히로아키에게 다가갔다.

"용사님, 죄송합니다. 옷을 갈아입는데 시간이 걸렸어요."

"오, 플로라잖아? 아니, 상관없어. 빨리 와도 이상한 녀석이 말을 걸었을 거야."

플로라가 늦어서 사과하자 히로아키가 훗 웃으며 대답했다. 히로아키는 플로라에게 보이지 않게 입을 내밀고 탄식하며 분노를 삼켰다.

"너는 설마 크리스티나 왕녀의 동생?"

루이가 눈을 살짝 크게 뜨며 플로라에게 물었다.

"……네."

플로라가 조심스럽게 고개를 끄덕였다.

"어머, 호랑이도 제 말하면 온다더니 크리스티나 님이 오신 모양이에요."

조금 떨어진 곳에서 리오와 함께 이야기를 듣고 있던 샤를로트가 통로 끝을 보았다. 그곳에는 플로라와 똑같은 연보라색 드레스를 입은 크리스티나가 루이 쪽으로 다가오고 있었다.

"오래 기다리셨습니다, 용사님."

크리스티나가 루이에게 말을 걸었다. 동생인 플로라가 보일 텐데 마치 못 알아차린 것처럼 행동했다.

"아뇨, 입장까지 아직 시간이 있고 저도 막 왔습니다."

사실 루이는 꽤 오래전부터 기다리고 있었지만, 전혀 티내지 않고 말했다.

"오랜만이에요. 크리스티나 님."

샤를로트가 가볍게 앞으로 나가 크리스티나에게 싱긋 웃으며 말을 걸었다.

"네, 오랜만입니다. 샤를로트 님. 영예로운 연회에 초대해주셔서 진심으로 감사드립니다."

크리스티나가 붙임성 좋게 가련한 미소를 짓고 샤를로

트에게 대답했다.

"아니에요. 요즘 레스토라시온과 몰래 관계를 쌓아왔는데 벨트람 왕국 본국과는 오히려 소원해져서 외로웠답니다. 안 오실 것도 각오하고 초대를 드렸던 건데, 출석해주셔서 기뻐요."

샤를로트가 겉으로는 순진무구한 미소를 지으며 외교 문제를 언급했다.

"이쪽도 가르아크 왕국이 우리나라 내정문제에 간섭하는 사태가 적잖이 문제시되고 있습니다. 하지만…… 오늘 밤 귀국과의 골을 메우는 데 일조한다는 생각에 저도 왔습니다."

크리스티나가 무난하게 대답했다.

"어머, 아주 좋군요. 그렇죠? 플로라 님. 언니와 한동안 못 만나셨죠? 이 기회에 말씀을 나눠보는 것은 어떠세요?"

샤를로트가 플로라를 보며 민감한 화제를 건드렸다.

"저기, 언니……."

플로라가 크리스티나를 보고 숨을 삼키며 입을 열었다.

"공교롭게도 나라를 배반한 자와 말을 섞으려고 발걸음한 것은 아닌지라."

크리스티나는 차갑게 플로라를 떠밀었다. 샤를을 포함한 벨트람 왕국 본국의 귀족들이 떨어진 곳에서 그 모습을 관찰했다.

"……."

플로라는 몸을 움찔했다.

"어머, 각박해라."

샤를로트가 과장스럽게 아쉬워하며 탄성을 흘렸다.

"호오. 그러면 용사인 나와도 말 섞을 생각이 없다고?"

히로아키가 기분 나쁘게 웃으며 이야기에 끼어들었다.

"아닙니다. 용사님은 벨트람 왕국 본국이 소유한 성석으로 소환된 분이시니 우리는 당신을 환영할 의사가 있습니다. 인사가 늦었습니다. 벨트람 왕국 제1왕녀 크리스티나라고 합니다. 뵙게 되어 영광입니다."

크리스티나가 도도히 말하고 히로아키에게 드레스를 잡아 정숙하게 인사했다.

"……아, 뭐, 플로라의 언니라서 그런지 외모가 닮았네. 얼굴이 예뻐. 분위기는 많이 다르지만."

히로아키가 크리스티나의 아름다운 외모와 기품이 느껴지는 몸짓에 반해서 갑자기 대충 얼버무렸다.

"용사님이 칭찬해주시니 영광입니다. 오늘 밤에는 잘 부탁드립니다. 우리나라 귀족들도 용사님을 뵙기를 기대하고 있습니다."

크리스티나가 히로아키에게 싱긋 미소 지었다.

"뭐, 이야기뿐이라면 못 들어줄 것도 없지. 이야기뿐이라면."

히로아키가 말했다.

"부디. 그건 그렇고 가르아크 왕국의 용사님께도 꼭 인사를 드리고 싶군요. 이 분이십니까?"

크리스티나가 미소 지으며 고개를 끄덕이고 이번에는 사츠키를 보았다.

"네, 처음 뵙겠습니다. 크리스티나 왕녀 전하. 가르아크 왕국에 소환된 용사 사츠키 스메라기라고 합니다. 앞으로 잘 부탁드립니다."

사츠키가 숙녀처럼 자기소개를 했다.

"정중히 인사해주셔서 감사합니다. 벨트람 왕국 본국 제 1왕녀 크리스티나입니다."

크리스티나도 왕족처럼 자기소개를 했다.

"그러면 저와 사츠키 님의 이번 파트너도 소개할까요? 하루토 님. 이쪽으로 오세요."

샤를로트가 뒤돌아보며 조금 떨어진 곳에서 조용히 지켜보던 리오에게 말했다.

"그분이 두 분의 파트너입니까? 처음, 뵙는 것이죠?"

크리스티나가 리오의 얼굴을 빤히 보더니 이상하다는 듯이 고개를 갸웃거렸다. 한편, 플로라는 몸을 굳히고 마른침을 삼키며 상황을 지켜보았다.

"당연히 첫 만남이죠. 하루토 님은 귀족이 아니라 최근에 탄생한 대영웅이시니까요."

샤를로트가 기분 좋게 웃으며 리오를 크리스티나에게 소개했다.

"대영웅, 이요?"

크리스티나가 다시 리오를 물끄러미 바라보았다. 대영웅이라니, 거창한 표현이라서 신기해할 만했다. 루이도 흥미를 보이며 리오에게 주목했다.

"네. 괜찮으시다면 하루토 님이 직접 인사하세요."

샤를로트가 자신을 보이며 고개를 끄덕이고 리오에게 자기소개를 재촉했다.

"처음 뵙겠습니다, 크리스티나 왕녀 전하. 소개드리겠습니다. 하루토라고 합니다. 이곳에 계신 용사님을 제쳐놓고 제가 대영웅이라는 평가를 받는 것은 적합하지 않지만, 배알 할 영광을 누리게 해주셔서 황송하기 그지없습니다."

리오는 겸손해하며 크리스티나에게 공손히 인사했다.

"……만나서 기쁩니다. 역전의 고위기사를 방불케 하는 행동거지입니다만, 어떤 위업을 달성하셨습니까?"

크리스티나가 살짝 눈을 크게 뜨며 샤를로트에게 물었다.

"말로 설명하기 어렵지만…… 대강 말씀드리자면 사츠키 님의 친구인 미하루 님을 구하고 파도처럼 몰려온 마물과 아룡을 무찌르고 우리나라의 귀족인 리제롯테 크레티아를 구한 데다 당신의 동생인 플로라 님을 유괴범으로부터 구한 분이세요."

샤를로트가 크리스티나를 보며 대답하고 그 심정이 훤히 보이는 듯한 미소 지었다.

"……유괴범?"

크리스티나가 그 부분을 신경 썼다.

"어머, 역시 동생이 신경 쓰이시나요? 아망드에서 있었던 일은 못 들으신 모양이네요."

샤를로트가 조금 즐겁게, 아주 조금 짓궂게 말했다.

"⋯⋯아뇨."

크리스티나는 표정을 지우고 고개를 저었다. 플로라가 유괴됐다는 말을 듣고 예전에 크리스티나가 일곱 살이었을 무렵에 일어난 유괴 소동이 제일 먼저 떠올랐다.

그러나 당시 플로라를 구한 것은 크리스티나와 같은 나이의 고아 소년이었다. 보상이라는 명목으로 입학한 왕립 학원에서 참으로 우수한 능력을 보였으나 고아라는 것과 이민자 출신의 검은 머리카락을 가져서 주위에서 고립됐다. 결과적으로 나라 사정으로 쫓겨나 실종돼서 지금은 어디 있는지도 몰랐다. 아니, 그러나, 하지만⋯⋯.

'⋯⋯설마. 이름도, 머리카락 색도 달라. 애초에 샤를로트 왕녀는 다른 일을 말한 거고.'

크리스티나가 중성적으로 생긴 하루토의 얼굴을 보고 순간적으로 리오가 떠올랐지만, 곧 그 생김새를 지웠다.

"어머, 타카히사와 미하루도 왔네."

사츠키가 통로 안쪽에서 그들에게 다가오는 타카히사와 리리아나, 미하루를 보며 말했다. 그 뒤 세 명의 여기사도 있었다.

"쳇, 다른 용사도 꽃미남이냐. 게다가 여자를 줄줄이 데리고⋯⋯."

히로아키가 짜증스럽게 중얼거렸다. 그러는 동안 타카히사 일행이 사츠키를 보고 곁으로 다가왔다.

"기다리셨죠? 여러분."

타카히사가 상쾌하게 말을 걸었다.

"센트스텔라 왕국의 용사님도 오셨네요. 이제 이 연회에 출석하시는 용사님이 모두 모였네요. 현재 소재가 판명된 모든 용사님이기도 하고요."

샤를로트가 이곳에 모인 용사를 둘러보고 후훗 미소 지었다.

가르아크 왕국의 용사 스메라기 사츠키. 센트스텔라 왕국의 용사 센도 타카히사. 벨트람 왕국 본국의 용사 시게쿠라 루이. 레스토라시온의 용사 사카타 히로아키.

이 네 명의 용사가 한 자리에 모인 것은 이 순간이 처음이었다.

"흥……."

히로아키가 불쾌하게 콧방귀를 뀌면서도 용사의 특별함을 맛보는지, 싫지만도 않은 듯이 의기양양하게 웃었다.

"미리 말씀드렸지만, 용사님과 파트너 및 동행하시는 분들은 함께 입장하겠습니다. 개최국의 왕녀인 제가 사츠키 님, 하루토 님과 함께 선두에 설 테니 유념하시고 지금은 여기서 대기해주세요."

샤를로트가 유려한 말투로 입장 절차를 설명했다. 참고로 연회 첫날과 다르게 국왕인 프랑수아와 제1왕자인 미셸은 이미 입장해서 초대된 각 소국의 왕족을 환대하고 있었다.

"아, 나는 리얼충들과 친하게 지낼 생각 없어. 가자, 플로라, 로아나."

히로아키가 자기 파트너들을 데리고 조금 떨어진 곳으로 걸어갔다.

"정말 협조할 줄 모르는 남자네. 뜻밖의 횡재로 얻은 지위로 잘도 저렇게 잘난 척을 해대."

사츠키가 히로아키의 태도에 뭔가 생각나는 게 있는지 불만스럽게 그 뒷모습을 보았다.

"까다로운 사람이네요."

루이가 어깨를 살짝 으쓱하며 사츠키와 장단을 맞췄다.

"뭐, 억지로 친하게 지낼 필요가 없다는 점은 동의하지만."

사츠키가 본의 아니게 탄식했다.

"그렇죠. 우리도 각자 입장이 생겼으니까요. 하지만 서로 묻고 싶은 게 있을 테니 일정한 접근도 필요하다고 봐요."

루이가 의미심장한 말투로 동의했다.

"어머, 예를 들어 어떤 이야기를 듣고 싶은데?"

사츠키가 웃으며 시치미를 뗐다.

"아하하, 까다롭네요. 뭐, 꼬집어 말하자면 이 세계에 우리 용사를 소환한 성석과 성석에 깃든 마술에 관해서일까요?"

"안타깝게도 지구로 돌아갈 방법은 몰라."

루이가 에둘러 지구로 돌아갈 방법을 살피려고 하자 사츠키는 시원하게 루이가 원하는 정보를 가르쳐줬다.

"역시 그렇군요. 아니면 신장에 동등한 마술이 깃들어있을 줄 알았는데……. 사츠키 씨는 신장을 다루는 방법에 관한 꿈을 꿨나요?"

루이가 이지적인 말투로 사츠키에게 물었다.

"응, 누군지 모르겠는 목소리가 일방적으로 말하는 꿈이지?"

"네. 역시 신장의 주인이라면 꾸는가 보네요. 저는 신장을 다루는 법 외에는 정말 아무것도 안 가르쳐줬는데 사츠키 씨는 어땠나 싶어서요."

"나도 마찬가지야. 대화가 성립할 여지도 없이 정신을 차려보니까 깼더라고. 타카히사는?"

사츠키가 포기하는 뜻을 담아 과장되게 고개를 자우로 젓고 옆에서 대화를 듣던 타카히사에게 물었다.

"저도 두 사람과 똑같아요."

타카히사가 말했다.

"인사가 늦었네요. 제 이름은 시게쿠라 루이. 보시는 바와 같이 혼혈이고 열여섯 살 가을까지 미국에서 살았지만, 국적은 일본인이고 열일곱 살 고등학생이었습니다."

루이가 사람 좋게 웃으며 타카히사와 곁에 있는 미하루와 리리아나에게 자기소개를 했다.

"그러면 제가 한 살 선배네요. 저는 센도 타카히사. 똑같이 고등학생, 이었습니다. 막 진학한 참이었지만……."

타카히사가 쓴웃음 지으며 자기소개를 했다. 루이가 타

카히사에게 손을 내밀어 악수를 청하자 타카히사가 그 손을 마주 잡았다.

"그렇군요. 잘 부탁해요. 그리고 저 사람도 일본인이죠?"

루이가 타카히사 옆에 있는 미하루를 보고 물었다.

"네. 저는 아야세 미하루라고 해요. 나이는 타카히사와 동갑이고 사츠키 씨의 후배입니다. 처음 뵙겠습니다."

미하루가 조금 긴장했는지 자세를 고치고 조금 딱딱하게 자기소개를 했다.

"처음 뵙겠습니다. 드레스가 아주 잘 어울려요. 일본 여성은 드레스보다 전통옷이 어울린다고 생각했는데 생각을 고쳐야겠어요."

루이가 눈을 보며 미하루를 칭찬하고 타카히사 때처럼 악수를 청했다.

"어어, 감사합니다."

미하루는 조심스럽게 감사를 표했다. 악수를 해야 하나 아주 잠깐 주저하자 타카히사가 미하루와 루이 사이에 끼어들었다.

"죄송합니다. 미하루는 남자를 조금 어려워해서요."

타카히사가 루이에게 쌀쌀맞게 말했다.

"아, 그랬군요. 실례했습니다. 미국에서는 악수가 인사 대신이라."

루이가 눈을 조금 크게 뜨고 싱긋 웃으며 미하루에게 사과했다.

"아뇨, 괜찮아요. 실례했습니다."

미하루가 붙임성 좋게 고개를 젓고 "타카히사, 실례잖아"라고 작게 말하며 이번에는 자기가 루이에게 악수를 청했다.

"감사합니다. 그리고 하루토 군과 저 두 분과도 악수하고 싶은데 타카히사 군과 하루토 군의 연인일지도 몰라서요. 하지 말까요?"

루이가 미하루와 악수를 하고 기뻐하며 웃었다. 그리고 리리아나와 샤를로트를 보며 실없이 웃었다.

"아뇨, 저는 오늘 한정 파트너입니다. 샤를로트 왕녀 전하의 뜻대로 하시길. 잘 부탁드립니다, 용사님."

리오가 키득 웃고 루이에게 악수를 청했다. 루이는 "저야말로. 대영웅님" 하고 비꼬지 않고 말하며 기쁘게 리오의 손을 마주 잡았다.

"어머, 질투하지 않으시는 거예요?"

샤를로트가 귀엽게 입을 내밀었다. 리오는 쓴웃음밖에 안 나왔다.

"공적인 자리에서 남녀 사이의 악수는 친밀한 상대와만 한다는 암묵적 매너가 있으니 처음 만난 사람에게는 삼가는 편이 좋습니다. 용사님을 상대로 거절할 사람은 없겠지만, 마음속으로는 신경 쓸 사람이 있을 수도 모르니까요. 리리아나 센트스텔라입니다. 만나 뵙게 되어 영광입니다, 시게쿠라 님."

리리아나가 이유를 명시한 뒤, 악수하지 않고 자기소개를 했다.

"그렇군요. 하나 배웠습니다."

루이가 밝게 말했다.

"미하루, 리리, 잠깐 괜찮아?"

타카히사가 미하루와 리리의 손을 잡고 조금 떨어진 곳으로 가자고 했다.

"응? 으, 응."

미하루는 자연스럽게 타카히사의 손을 풀고 리리아나와 함께 이동했다. 그곳에 남은 사람은 리오, 사츠키, 샤를로트, 루이, 크리스티나 다섯 명이었다.

"후후, 타카히사 님도, 히로아키 님도, 독점욕이 강하시네요."

타카히사가 멀어지자 샤를로트가 말했다.

"잠깐, 좀, 샤를."

사츠키가 반쯤 웃으며 샤를로트를 타일렀다.

"하하하. 남자는 조금씩 독점욕이 있잖아요. 저도 그래요."

루이가 즐겁게 웃으며 말했다.

"어머, 그런가요? 그러면 크리스티나 님을?"

샤를로트가 호기심을 드러내며 즐겁게 물었다.

"크리스티나 왕녀는 무척 멋진 여성이지만, 저는 따로 좋아하는 사람이 있습니다. 그녀를 독점할 생각은 없어요."

루이가 딱 잘라 말하고 고개를 저었다.

"네. 저는 왕족이라서 이곳에 있는 것입니다. 하루토 씨처럼 오늘 한정 파트너입니다."

크리스티나가 훗 미소 지으며 말했다. 자조하는 것처럼 보였지만, 루이의 마음이 자신을 향하지 않아서 비굴한 것처럼 보이지는 않았다.

"어머나, 담백하네요. 그러면 저 세분이 신경 쓰이네요. 사츠키 님께 여쭙겠는데, 타카히사 님과 미하루 님은 사귀는 사이인가요?"

샤를로트가 루이와 크리스티나의 관계성이 드라이한 것을 알고 낙담한 듯이 탄성을 흘렸다. 그러나 곧 기운을 회복했는지 이번에는 타카히사, 리리아나, 미하루에게 눈길을 보내며 사츠키에게 물었다.

"글쎄? 중학교 때는 그런 거 아니냐는 소문이 있긴 했어."

사츠키가 말하며 리오를 슬쩍 보았다.

"……."

리오는 별다른 말은 하지 않고 미하루 일행을 보고 있었다. 그때, 홀로 가는 문이 열리고 기사가 샤를로트에게 다가왔다.

"샤를로트 님, 회장 준비를 마쳤습니다."

"여러분, 준비가 끝난 모양입니다. 이쪽으로 오세요."

샤를로트가 타카히사와 히로아키 일행을 향해 입장 시간이 왔다고 고했다.

한편, 그 무렵.

사교관 1층 홀에 드디어 소국의 왕족이 입장을 마치고 각 세력에 소환된 네 용사들의 등장을 기다리고 있었다.

홀 한쪽에 루비아 왕국의 제1왕녀 실비가 종자들과 함께 인근 소국 왕족들과 인사와 대화를 나누었다.

"가르아크 왕국 용사 사츠키 스메라기 님, 레스토라시온 용사 히로아키 사카타 님, 센트스텔라 왕국 용사 타카히사 센도 님, 벨트람 왕국 본국 용사 루이 시게쿠라 님이 오셨습니다!"

사회를 맡은 귀족의 목소리가 울려 퍼졌다. 홀 안에 있는 왕후귀족들이 술렁거렸다. 그리고 홀 위층 문이 열렸다.

제일 먼저 사츠키와 샤를로트가 리오에게 에스코트받으며 나타났다. 소국에서 초대받은 남자들이 샤를로트보다 낯선 사츠키와 리오에게 주목했다.

젊은 아가씨들은 특히 리오에게 호기심 어린 시선을 보냈다. 윤이 도는 회색 머리카락을 나부끼고 중성적이게 잘생긴 외모, 당당한 태도로 용사와 왕녀를 에스코트하는 리오의 모습은 그림 같았다.

한편, 그러는 사이 히로아키가 나타났다. 양팔에 플로라와 로아나를 데리고 있었는데 리오와 다르게 의외성 있는 조합이 아니었다. 그래서 홀의 귀족들은 술렁이지 않고 큰 박수로 히로아키 일행의 입장을 환영했다.

"오오!"

이어서 타카히사와 리리아나, 그리고 미하루가 나타났다. 센트스텔라 왕국은 인근 나라와 외교를 차단해서 대국이지만, 왕족의 얼굴이 거의 알려져 있지 않아서 주목도가 아주 높았다. 히로아키 일행보다 함성이 크고 회장 안의 사람이 세 사람의 외모를 눈에 담으려고 뚫어져라 보았다.

그 후, 마지막으로 나타난 것은 시게쿠라 루이와 크리스티나였다.

"오오……."

귀족들이 소리를 질렀지만, 함성보다는 리오 때처럼 술렁임에 더 가까웠다. 그 이유는 물론 현재 벨트람 왕국이 내정 문제를 안고 있기 때문이었다.

현재는 대립하는 두 파벌의 대표로 참가한 벨트람 왕국의 제1왕녀와 제2왕녀. 즉, 크리스티나와 플로라. 이 두 사람이 어떤 얼굴을 하고 이 자리에 있는지, 왕후귀족들의 호기심을 자극했다.

'아, 왠지 귀족들의 반응이 내가 나올 때만 미묘하지 않나? 둘째 날도 같은 파트너를 데리고 와서 화제성이 없다는 건가? 아니면 용사도 어차피 얼굴이 제일이란 거야? 쳇, 리제롯테를 부를 걸…….'

히로아키가 자기 함성만 다른 용사에 비해 그저 그런 것이 마음에 들지 않는지 불만스럽게 얼굴을 찌푸렸다.

그러나 히로아키의 기분과 대조적으로 네 용사가 드디어 홀에 모습을 드러내자 계단 아래에 있는 왕후귀족들의 기분이 절정에 달했다.

네 용사는 홀 위층에 서서 시선을 한 몸에 받았다. 그 뒤로 유그노 공작과 샤를 아르보 등 다른 중요인물들이 이어서 입장해 계단 아래의 홀로 이어지는 계단을 내려갔지만, 아무도 주목하지 않았다.

어쨌든 그 뒤에 프랑수아가 개막 인사를 하고 연회 둘째 날이 드디어 막을 올렸다. 그런 와중에 함성에 섞여 홀에서 누군가가 몰래 사라졌다. 루비아 왕국의 종자로 섞여 들어온 레이스였다.

"이봐, 레, 장. 장 베르나르, 어디 가나?"

실비가 혼잡을 틈타 레이스가 모습을 숨기려는 것을 알아차리고 바로 말을 걸었다. 연회 중에 항상 방심하지 않고 레이스를 신경 쓰고 있었다.

"잠깐 벽에 볼 일이 있어서요. 걱정하지 않으셔도 금방 돌아올게요. 불안하면 같이 가셔도 됩니다."

레이스가 씩 웃으며 말했다. 참고로 '벽에 볼 일이 있다'는 말은 '화장실에 간다'는 은어였다.

"……칫, 10분 안에 돌아와라. 어이."

실비는 레이스에게 명하고 호위 기사에게 따라가라고 눈짓으로 지시했다.

"알겠습니다."

레이스가 공손히 고개를 끄덕이고 기사와 함께 자리를 떠났다. 그대로 홀을 나가 말한 대로 화장실로 향했다.

　통로 곳곳에 병사가 순찰을 돌고 있었고 아무 데나 가지 못하게 경비가 엄중했다. 특히 지금도 홀 위층 문으로 가는 계단 앞에는 여러 병사가 진을 치고 뒷구멍으로 사츠키 일행에게 접근하지 못하게 했다.

　레이스는 위층으로 가는 계단을 보고 눈을 가늘게 떴다.

　"……이봐, 더 빨리 걸어."

　동행한 기사가 불쾌해하며 레이스에게 명했다.

　"급한 사람을 재촉하다니 너무하네요. 10분이나 있으니 여유 있게 돌아갈 수 있으니까 여유롭게 가야죠."

　레이스가 표표하게 말했다.

　"쳇."

　기사가 짜증스럽게 혀를 찼다. 레이스와 기사는 별일 없이 화장실에 도착했다. 화장실은 전부 개별 칸에 안이 넓었다. 실내에는 환기용 작은 창이 있고 문으로만 출입할 수 있었다.

　"빨리 해."

　기사가 화장실 문을 열고 문 말고는 물리적으로 빠져나갈 수 없는 것을 확인하고 레이스에게 빨리 처리하라고 재촉했다.

　"네, 다녀올게요."

　레이스가 홀로 문 안으로 들어갔다. 그렇게 개별 칸 화장실 안에 완전히 혼자가 되자…….

"역시 사교관 화장실이네요. 참 쓸데없이 넓게 만들어서 침입자를 부르기 좋다니까요. 이쯤에 둘까요."

레이스가 품에서 주먹만 한 마력 결정을 두 개 꺼내 바닥 위에 놓았다. 하나는 전이마술 좌표를 설정하는 마도구고 다른 하나는 오드와 마나의 파동이 외부에 감지되지 않게 봉하는 결계마술이 담긴 마도구였다.

'이제 준비는 완료. 나중에 시간이 되면 습격자들이 올 겁니다. 그나저나 아망드에서 대치한 그자가 이 연회에 오다니, 재미있어지겠군요. 계약정령의 기척은 못 느꼈는데 계약자의 몸속에 있을지, 따로 움직이고 있을지…….'

레이스가 바닥에 둔 마도구를 만족스럽게 내려다보고 사츠키와 샤를로트와 함께 입장한 리오의 얼굴을 떠올렸다.

'이번에는 그자가 있어도 아무 지장이 없어요. 회장에 습격자가 들이닥치기만 하면 나중을 위한 포석으로는 충분. 그다음에 어떻게 되든 제 목적은 달성됩니다. 그 생각을 하니 참 마음이 편하군요. 그자가 어떻게 개입할지, 혼란한 회장 꼴이라도 보며 즐겨볼까요.'

레이스가 훗, 하고 입가를 비틀었다. 그로부터 10초가 지나자 흡사 일을 마친 척 화장실 문을 열었다.

"기다리셨죠? 자, 돌아갑시다."

레이스는 연회 중인 홀로 돌아갔다.

◇ ◇ ◇

그로부터 약 한 시간 뒤. 홀 위층에는 각 세력의 용사들과 인사하려고 아주 많은 왕후귀족이 차례대로 방문했다.

사츠키와 히로아키는 어제 가르아크 왕국과 레스토라시온 귀족과 인사를 마쳐서 둘째 날에는 소국 손님이 메인이었다.

그래서 타카히사와 루이보다는 모이는 사람이 적어서 사츠키의 파트너인 리오와 샤를로트도 어제보다는 부담이 줄었다.

한편, 타카히사의 파트너인 미하루에게는 평소에는 쉽게 모습을 보이지 않는 센트스텔라 왕국이 진기하기도 해서 어제보다 많은 왕후귀족이 밀려드는 바람에 응대하느라 바빴다. 국왕 프랑수아와 제1왕자 미셸은 적극적으로 움직여 다른 나라 왕후귀족과 대화하느라 열심이었다.

"그러고 보니 샤를로트 님은 프랑수아 폐하와 미셸 전하와 함께 외국 요인과 인사하지 않으셔도 됩니까?"

리오는 인파가 잠깐 끊긴 타이밍에 샤를로트에게 물었다.

"네. 아버님이 사츠키 님을 보좌하고 하루토 님의 파트너로서 전념하라고 하셨습니다. 덕분에 오늘 밤은 두 분과 계속 함께 있을 수 있어요."

샤를로트가 기분 좋게 미소 짓고 달라붙듯이 리오와 거리를 좁혔다.

"……그건 그렇고 샤를, 하루토 군을 잘 따르네?"

사츠키가 샤를로트의 거리가 가까운 것을 깨닫고 살피듯이 시선을 보냈다.

"하루토 님이 신사적이고 상냥한 분이셔서 그래요. 마치 새 오라버니가 생긴 것 같아요."

샤를로트가 리오에게 팔짱을 꼈다.

"흐음……."

사츠키가 은근히 게슴츠레한 눈으로 리오를 보았다. 그리고 '그래도 거리가 너무 가깝지 않아? 그렇지? 하루토 군.' 하고 리오에게 눈짓 몸짓으로 말했다.

"샤를로트 님. 그렇게 말씀해주시는 것은 영광이오나……."

리오가 난처한 얼굴로 에둘러서 난색을 표했다.

"싫으세요?"

샤를로트가 리오의 팔을 살짝 당기며 아직 자라고 있는 자기 가슴으로 가져갔다.

"아뇨, 싫지는……."

리오는 대답이 궁했다.

"귀여운 동생이 생겨서 잘 됐네, 하루토 군."

사츠키가 살짝 입을 내밀고 리오에게 뾰족하게 말했다.

'……음. 나 왜 짜증 나지?'

자기 마음에 당황하며…….

"너무 가까우면 주위 분들이 우리 관계를 착각할지도 모르니 삼가시는 편이 좋겠습니다."

리오가 살며시 샤를로트를 설득하려고 했다.

"착각하라고 두면 되지요."

샤를로트는 리오의 얼굴을 올려다보며 나이에 어울리지 않는 요염한 미소를 지었다.

"농담이에요. 하루토 님, 제게 춤을 신청하겠다고 하지 않으셨던가요?"

샤를로트가 짓궂게 웃으며 리오에게 떨어져 얼굴을 쳐다보았다.

"오, 그런 약속을 했구나."

사츠키가 흥미를 보였다.

"네. 여자로서는 제게 먼저 권유해주셨으면 하지만, 왕녀로서 사츠키 님께 차례를 양보하겠어요. 자, 두 분이 춤을 추시는 게 어때요?"

샤를로트가 리오와 사츠키에게 춤을 추라고 재촉했다.

"아니, 뭐, 하루토 군이 권하면 출 수도 있고."

사츠키가 부끄러운지 뺨을 붉히고 리오에게서 고개를 돌리며 큰소리쳤다.

"그러면 한 곡 추시겠어요? 사츠키 님."

리오가 즐겁게 미소 짓고 연기하듯이 사츠키에게 손을 내밀었다.

"그럼 한 곡만……."

사츠키가 조심스럽게 리오의 손을 잡았다.

그때, 홀 위층 문과 홀 1층 문이 거칠게 열렸다. 리오 일행을 포함해 회장 안의 의식이 반사적으로 그쪽으로 쏠렸다. 곧 문 너머로 단검을 든 검은 옷의 무리가 가면으로 얼굴을 숨기고 일제히 들이닥쳤다.

"꺄아악!"

홀 안에 여성의 비명이 울려 퍼졌다. 1층 문으로 침입한 습격자들이 홀 1층을 내달려 회장에 흩어진 인파를 뚫고 홀 위층으로 가는 계단을 노렸다.

"뭐야?!" "오지 마, 오지 마!" "도망쳐!"

1층에 있는 참가자들이 패닉에 빠졌다.

"저, 정숙하시오!" "비키십시오!" "습격자를 무찌르겠습니다!"

회장을 순찰하던 기사들이 소란 속에 외쳤다. 습격자에게 맞서려고 이동하려고 했지만, 대부분 인파에 밀려 움직이지 못했다. 습격자들은 그 틈에 일반 참가자에게는 눈길도 주지 않고 계단으로 접근했다.

한편, 위층 문으로 침입한 습격자들은 계단 위 넓은 곳에서 참가자와 담소를 나누던 용사와 왕족을 덮치려고 했다.

"왕족과 용사님을 지켜라!"

위층 경비는 1층보다 엄중했다. 위층에는 가르아크 왕국과 각국 왕족, 용사를 포함해 서른 명 정도의 참가자밖에 없어서 기사들도 움직이기 쉬웠고 습격자들의 접근을 먹으려고 인간 벽을 세웠다.

위층으로 침입한 수상한 습격자의 수는 스무 명, 경비원은 서른 명, 인원은 기사들이 우위였으나…….

"신경 쓰지 마라, 정면과 좌우에서 공격해라! 돌파해라!"

습격자들은 필사적이었다. 죽을 각오로 돌격해 기사들의 인간 벽을 돌파하려고 했다.

"반드시 막아라! 여러분은 저희 뒤에 모여 계십시오!"

위에서 경비를 지휘하던 기사대장이 주변 기사들에게 기합을 넣으며 뒤에 있는 왕족과 용사들에게 외쳤다.

"두 분 다 이쪽으로."

리오는 사츠키와 샤를로트를 기사들이 만든 인간 벽 뒤로 빠르게 이동시켰다. 미하루와 타카히사, 리리아나, 크리스티나와 루이, 플로라와 히로아키, 로아나, 나아가서는 국왕 프랑수아와 제1왕자 미셸도 빠르게 이동해서 주요 경호대상 그룹이 금방 완성됐다.

"야, 농담하지 마. 뒤라니? 계단 아래에서도 우글우글 몰려오잖아! 이대로는 포위된다고!"

히로아키가 1층에서 엄청난 속도로 계단에 접근하는 습격자들을 내려다보고 초조했는지 도망칠 곳을 찾아 주위를 둘러보았다. 그러나 위층과 1층을 잇는 계단은 하나뿐이고 위층에서 홀 밖으로 나가는 문 근처에는 침입한 습격자들이 있었다.

도망칠 곳은 없었다. 기사들이 습격자들을 무찌르길 기다리는 수밖에 없었다. 그러나 습격자들은 미리 시뮬레이션을 했는지 움직이는데 망설임이 없는 데다 개개인의 숙련도도 높았다.

기사들이 인원은 많았지만, 위층 형세는 호각이었다.

한편, 1층에서는 참가자 인파를 뚫은 기사들이 여기저기서 습격자의 침공을 막으려고 했으나 습격자는 스무 명 정도로 뭉쳐 있어서 한두 사람이 막아서면 걸림돌이 되지 못했다.

기사들은 개개인의 전투능력이 높아서 각자의 재량으로 움직였으나 지금은 그것이 독이 되었다. 1층을 경비하는 기사 수가 습격자 수보다 많았지만, 넓은 홀에 흩어져서 경비를 섰기 때문에 국지적인 다수에 소수로 맞서는 형태가 되었다.

살상을 전제로 민첩하게 움직일 수 있는 단검을 든 습격자들에게 기사들은 비살상을 전제로 민첩하게 움직일 수 있는 곤봉을 든 차이는 있지만, 무장은 크게 차이 나지 않았다. 그러나 습격자들이 연계해서 기사 한 명과 맞서서 1층은 기사들이 완전히 밀렸다. 이대로는 계단을 달려 올라오는 것도 시간문제였다.

'이대로는 위험해. 계단 아래에 기사가 모였지만, 수가 적어. 1층에서 적이 올라올 거야.'

리오는 아래를 내려다보며 냉정하게 상황을 분석하고 다시 위층에서 전투를 벌이는 기사와 습격자를 보았다. 이쪽은 간신히 기사가 습격자를 막아서 쉽게 돌파되지는 않을 것 같았다.

"윽⋯⋯."

미하루와 사츠키는 긴장해서 마른침을 삼켰다. 실제로 전투를 보는 것은 처음일 테니 분위기에 압도되는 것도 무리가 아니었다.

"사츠키 씨와 샤를로트 님은 이곳에. 미하루 씨도 여기서 움직이지 마세요. 저는 아래에서 침입을 막겠습니다."

리오가 몇 초 만에 상황 판단을 마치고 사츠키와 미하루와 샤를로트를 최우선 호위 대상으로 정하고 계단으로 밀려오는 습격자를 막기로 했다. 바로 옆에 있는 사츠키와 샤를로트, 그리고 조금 떨어진 곳에서 타카히사와 함께 있는 미하루를 불렀다.

「아이시아, 영체화한 상태로 위층 전황을 확인하고 위험하면 가르쳐줘.」

그리고 아이시아에게 말했다.

「알았어.」

아이시아가 즉시 대답했다. 리오는 그와 동시에 계단 아래로 뛰쳐나갔다.

"잠깐?! 하루토 군!"

사츠키가 계단으로 가는 리오를 보고 황급히 불러 세우려고 했다. 아니, 반사적으로 쫓아가려고 했다. 그러나 샤를로트가 사츠키의 드레스를 잡았다.

"사츠키 님, 그런 차림으로 뭘 어쩌시려고요. 하루토 님의 지시를 따르세요. 용사인 당신에게 만약의 사태가 벌어지면 나라에 큰일입니다."

샤를로트가 사츠키를 멈춰 세우려는 듯이 말했다. 목소리가 평소보다 진지해서 왕족의 사명감이 엿보였다.

"……."

사츠키는 안타깝게 이를 악 물었다.

"괜찮아요. 하루토 씨는 굉장히 강하니까 믿어주세요."

미하루가 사츠키에게 달려와 설득했다. 그러나 사츠키의 드레스를 잡은 손은 살짝 떨렸다.

"아, 정말, 알았어!"

사츠키가 답답해하며 받아들이고 그 자리에 머물렀다. 타카히사가 황급히 미하루의 뒤를 따라왔고 리리아나가 호위 기사 셋을 데리고 왔다.

"미, 미하루, 함부로 움직이면 안 돼."

타카히사가 조금 초조한 표정으로 말했다.

"힐다, 여차할 때는 당신의 판단으로 장벽마법을 쓰고 우리와 이곳에 있는 다른 용사님과 왕족 분들을 지켜."

리리아나가 호위 기사 중 한 명에게 명령했다. 홀 위층, 즉 이곳에는 서른 명 이상의 사람이 있었지만, 고작 셋이서 약 서른 명을 보호하는 마력장벽을 펼치기는 어려웠다. 따라서 되도록 대상을 제한한 것이리라.

그래도 만전을 기하기에는 지킬 사람이 조금 많았다.

"……알겠습니다. 해보죠."

힐다라 불린 여자가 잠깐 침묵했다가 수긍했다.

"쳇, 계단 아래에서 왔어!"

히로아키가 외쳤다. 계단 앞에는 여섯 명의 기사가 막고 있었지만, 계단까지 도착한 습격자는 열네 명이었다. 계단 아래에서 막기는 힘들어 보였다.

"계단 아래 계신 분들, 돕겠습니다. 막기 힘든 적은 전부 뒤로 보내세요.《신체능력 강화마술》."

리오가 계단 중간에 자리 잡고 계단 아래에 있는 기사들에게 말했다. 그리고 주문을 외워 신체를 강화하는 마술이 담긴 팔찌를 발동시켰다. 그러나 그것은 위장이었다. 마술 발동과 동시에 발동을 취소하고 실제로는 정령술로 신체를 강화했다.

"큿, 그 영웅인가. 자신감이 대단하군. 하지만 믿어보는 수밖에! 무리해서 죽지는 마라! 확실하게 막을 수 있는 숫자만 상대해!"

계단 아래에서 가장 지위가 높은 기사가 다른 기사들에게 명령했다.

섣불리 죽기라도 하면 그 부담은 전부 다른 사람에게 간다. 근성으로 죽어도 막으라고 하지 않는 만큼 이성적으로 판단을 할 수 있는 사람이었다.

"네!"

다른 기사들이 각자 무기를 들고 계단 아래 기사들이 습격자와 부딪쳤다.

"여섯, 발목을 잡아라!"

습격자는 여섯이 계단 아래에 있는 여섯 기사의 발을 막고 다른 여덟은 일제히 계단을 뛰어올라갔다. 상대는 리오.

"미흡하나마 저도 돕겠습니다. 수를 줄일 테니 움직이지 말아요!"

시게쿠라 루이가 활인 신장을 들고 리오의 뒤, 계단 위에 섰다. 루이는 그때 이미 활을 들어 조준하고 번개 화살을 쏘았다.

그다음 순간에는 번개 화살이 뒤쪽에 달리던 습격자 중 한 명에게 꽂혔다.

"크악?!"

화살을 맞은 습격자가 거칠게 날아가며 온몸에 엄청난 전류가 흘러 순간 전투불능에 빠졌다.

루이는 그대로 한 벌 더 쏴서 다른 습격자 한 명을 무찔렀다. 그 시점에 다른 습격자가 리오에게 달려들었고 계단 아래의 전투도 혼전이라 함부로 쏘면 다른 사람이 맞을 수도 있다고 판단해 활을 내렸다.

"……뒤를 맡기겠습니다!"

루이가 외치고 뒤로 물러났다.

"알겠습니다."

리오가 대답과 동시에 계단 아래로 뛰어들었다. 낙하 기세를 살려 선두에 있는 습격자에게 접근했다.

"허억, 윽, 크윽……?!"

습격자는 리오의 움직임에 반응해 단검을 내질렀다. 그

러나 리오는 단검을 든 상대의 손을 깔끔하게 피하고 단검을 엉뚱한 방향으로 날렸다. 그리고 도수공권으로 명치를 때려 상대의 의식을 빼앗았다.

'하나.'

리오는 방심하지 않고 다른 습격자를 둘러보았다. 그러자 습격자들이 순간 머뭇거렸다. 리오는 그 찰나의 틈을 이용해 오른쪽 비스듬히 앞쪽에 있던 습격자에게 접근했다.

"으악?!"

습격자는 리오의 접근을 알아차리고 반사적으로 몸통에 단검을 휘둘렀다. 그러나 리오는 궤도를 읽고 빠르게 손을 잡아 구속하고 그대로 명치를 무릎으로 세게 찼다. 습격자의 입에서 소리 아닌 신음이 흘러나왔다.

'둘.'

리오는 이번 습격자를 격퇴하는 사이, 뛰어올라가려고 한 다른 습격자의 옆으로 비스듬히 뒤에서 접근했다. 그대로 옆구리를 손바닥으로 날카롭게 때렸다.

"컥?!"

습격자의 몸이 휙 꺾이며 계단을 올려가려던 다른 습격자 앞에 쓰러졌다.

'셋.'

"칫!"

습격자가 갑자기 뛰어올라 방해물이 된 아군의 몸을 뛰어넘으려고 했다. 그동안에 리오도 발을 굴려 도약했다.

리오는 도약한 습격자에게 가서 습격자가 착지하려던 때 얼굴을 걷어차 계단 아래로 떠밀었다.

"……"

습격자의 가면이 박살 나고 계단을 굴러 완전히 침묵했다.

'넷. 이제 남은 건 둘.'

리오는 담담히 습격자 수를 세며 계단 위에 착지했다.

"윽……."

남은 습격자는 둘. 약 10초도 안 돼서 동료 넷이 당하니 발이 멈췄다. 억지로 돌파하려고 해도 불가능하다는 것을 알았다.

"대단해……."

계단 위에서 리오의 전투를 지켜보던 사츠키가 그 엄청난 전투 방식에 시선을 빼앗겼다. 그것은 미하루와 플로라와 크리스티나도 마찬가지였다.

"정말 다른 기사들은 한 명 상대하는 것도 벅차 보이는데……."

샤를로트도 눈을 크게 뜨고 리오의 전투를 보려고 했다.

"활!"

그때, 리오와 싸우던 습격자 둘이 움직였다. 한 사람이 크게 외치고 몸을 던질 기세로 정면에서 리오를 공격했다.

'……활?'

순간, 리오는 의아했다. 그들은 아무도 활을 들지 않았다.

'페이크? 숨겨둔 무기? 아니, 루이 씨인가?'

리오는 다양한 가능성을 열거하며 습격자들의 일거수일투족을 관찰하며 움직였다. 다음 순간, 습격자 둘의 몸이 세로 1열로 겹쳤고…….

"흡!"

몸을 던져 공격해오며 선두에 있던 습격자가 오른손에 든 단검을 내질렀다. 어디에 닿을지는 의식하지 않았다. 빠른 만큼 무게를 버린 찌르기였다.

그러나 리오는 냉정하게 단검을 든 습격자의 손을 받아넘기려고 했다.

"하아아아!"

그 순간, 찌르기, 찌르기, 찌르기. 습격자는 찌르기 러시로, 그야말로 죽을 각오로 공격했다. 그러나 리오는 모든 것을 간파하고 적확하게 공격을 피했다.

'뒤에 있는 놈은 안 움직이는군……. 그러면 이 녀석 먼저 처리하자.'

리오가 순식간에 판단을 내리고 몸을 살짝 옆으로 틀었다. 습격자의 날카로운 찌르기가 리오의 몸을 아슬아슬하게 스쳤다.

리오는 습격자의 옆으로 돌아가 왼손으로 습격자의 손을 잡고 단검을 빼앗았다. 다리 후려치기로 자세를 무너뜨리고 순식간에 습격자의 몸을 허공에 띄웠다. 그리고 떠오른 습격자의 복부를 위에서 날카롭게 때렸다.

"커억……!"

습격자가 바닥에 부딪히고 신음을 흘리며 의식을 잃었다.

"《광탄마법》."

무찌른 습격자의 뒤에 있던 습격자가 리오의 움직임을 읽고 손가락으로 목표를 정하며 주문을 외웠다.

'활…… 원거리 공격인가?'

리오는 아까 '활'이라는 호령의 의미를 깨닫고 습격자에게서 빼앗은 단검을 들었다. 다음 순간, 리오를 향해 마력탄이 여러 발 날아들었고…….

"하앗!"

리오는 고속으로 날아오는 탄을 전부 포착하고 손에 든 단검에 마력을 주입해서 정령술로 강도를 끌어올려 눈으로도 볼 수 없는 속도로 휘둘렀다.

그 순간, 리오가 휘두른 단검이 습격자가 쏜 빛의 탄을 차례로 베어내고 순식간에 공격을 무산시켰다.

"뭣……?!"

그러자 빛의 탄을 쏜 습격자는 물론 그 광경을 본 모두가 말을 잃었다. 그러나 당사자인 리오는 단검을 역수로 들고 굳은 습격자에게 단숨에 달려갔다.

"윽……!"

단검 손잡이 끝으로 습격자의 명치에 날카로운 타격을 먹였다. 습격자는 복부를 누르며 그 자리에 쓰러졌다.

그 결과, 계단 위에 의식이 있는 사람은 리오뿐이었다.

'아래는 원군이 달려와서 습격자를 전부 체포했어. 위는……'

리오는 아래를 내려다보고 계단 아래에서 밀려오는 여섯 명의 습격자들을 확인했다. 곧 올라올 것 같았다.

「문으로 지원군이 와서 위쪽 전투도 끝났어.」

아이시아의 목소리가 리오의 머리에 울렸다. 전투가 완전히 끝난 것을 확인하고 리오는 연회 규칙에 따라 손에 든 단검을 버리고 무장을 풀었다.

딸그랑, 단검이 소리를 내며 바닥에 떨어졌다.

"오오오오오!"

잠시 뒤, 1층 홀에서 리오의 전투를 지켜보던 왕후귀족들이 함성을 질렀다. 함성은 순식간에 회장 전체로 전달됐다.

'거참, 여전히 멋지군요. 저 정도 숫자로 뭘 어쩔 수 있을 거라는 생각은 안 했지만, 아주 대활약을 했군요.'

레이스는 1층 끝으로 피한 참가자 사이에 섞여 리오에게 관심의 눈빛을 보냈다.

"……이봐, 레이스."

그때, 실비가 레이스에게 말을 걸었다.

"이런, 저는 장 베르나르입니다만, 실비 왕녀 전하."

레이스가 어깨를 으쓱하고 싱긋 웃으며 실비에게 말했다.

"이번 습격자들, 설마……."

실비가 의심하듯이 레이스를 노려보았다.

"설마?"

레이스가 태연하게 고개를 갸웃거렸다.

"……나중에 이야기하지. 이상한 짓 할 생각 마라."

실비가 주위의 눈이 신경 쓰이는지 레이스가 낮은 목소리로 위협했다.

"무슨 오해를 하시는지는 모르겠으나 제가 뭘 했다고 생각하시는지?"

레이스가 표표하게 되물었다.

"닥쳐라. 만약 내가 상상한 짓을 했다면 우리나라를 둘러싸고 국제 문제가 생긴다. 전부 말해줘야겠어."

실비가 다짜고짜 레이스를 압박했다.

"뭐, 이쪽은 우호의 증거로 동생 분을 빌렸으니까요. 그 보답 정도로는 대화에 어울려드리죠."

레이스가 훗 웃었다.

"……"

"아아, 무서워라, 무서워."

실비가 무섭게 노려보자 레이스가 어깨를 휙 움츠렸다.

"서둘러 옮겨라. 이 놈들이 누구인지 무슨 짓을 해서라도 토하게 해라. 관내 수사도 시작하라."

위층에는 프랑수아가 기사들에게 기절한 습격자들을 빨리 옮기라고 서둘렀다. 너무 오래 참가자들의 눈에 닿게 하고 싶지 않았다.

기사들은 기민하게 회장을 돌며 제압됐거나 기절한 습격자들을 홀 밖으로 끌고 갔다.

"하루토여, 큰일을 하였다. 계단 아래에서 밀려오는 적을 무찌르는 그대의 몸놀림이 참으로 훌륭했다. 루이 공도, 협력에 감사한다."

프랑수아는 지시를 내리고 리오와 루이에게 다가가 두 사람에게 감사를 표했다.

"저는 활을 두 번 쏘았을 뿐입니다. 가장 큰 공적을 세운 이는 아무리 생각해도 하루토 군이지요. 그보다 제가 없어도 그가 어떻게든 했을 겁니다."

루이가 공을 리오에게 양보했다. 실제로 가장 큰 무공을 세운 사람은 리오였다.

"주위 안전이 확인될 때까지 초대 손님은 계속 홀에 대기해야 하지만, 두 사람의 공적을 칭송하며 사기를 올리고 싶다. 협력해줄 수 있겠는가?"

프랑수아가 빠뜨리지 않고 두 사람의 무공을 이용하려고 했다.

"기꺼이." "물론입니다."

루이와 리오가 흔쾌히 승낙했다. 계단에서 보여준 리오의 활약은 홀에 있던 귀족들이 다 봤으니 짧은 시간이라고는 하나 루이가 신장을 사용한 것을 목격한 이도 적잖이 있어서 사기 향상에 알맞은 지시였다.

그 결과, 습격자 외에 초대 손님 중에 사상자는 나오지 않았고 프랑수아의 계획대로 리오와 루이는 초대 손님들에게 성대하게 칭찬받았다.

'정해진 수순이죠. 자, 증거를 은멸할까요?'

레이스가 계단 아래 광장에 서서 칭찬받는 리오와 루이를 쳐다보며 자연스럽게 품으로 손을 넣어 안에 든 작은 보석들을 한꺼번에 뭉개버렸다.

동시에 홀 밖으로 끌려갔던 습격자들이 잇따라 고통스러워하며 경련을 일으키다가 죽었지만, 회장에 있는 사람들은 알 턱이 없었다.

그로부터 회장 주변 안전 확인이 이루어지자 습격자가 사망한 사실은 공표되지 않았고 연회 둘째 날이 막을 내렸다.

정령환상기

〔 에필로그 〕 ❈ 주인 없는 기사

 그리고 다음 날 오전.

 리오는 알현실로 불려 가 국왕 프랑수아를 정식으로 배견했다. 일부러 공적으로 부른 것은 어젯밤 연회의 공적에 대한 은상을 내리기 위해서였다.

 현재, 알현실에는 수많은 왕후귀족이 모였다. 그중에는 미하루와 사츠키, 리제롯테, 그리고 초대받은 각국의 용사와 고위 왕후귀족도 있었다.

 참고로 루이에게 내리는 은상은 리오보다 먼저 대화를 나누고 정해서 이 알현은 완전히 리오만을 위한 열린 것이었다.

 "자, 하루토여. 어젯밤에 참으로 큰 공을 세웠다. 안타깝게도 시간이 그리 많지 않아 바로 본론으로 들어가지. 그대에게 내릴 은상에 대해서다."

 프랑수아가 알현이 시작되자 바로 말을 꺼냈다.

 "칭찬해주셔서 감사합니다. 그러나 제 몸을 지키기 위한 일이었기도 하니 각별한 은상은 필요하지 않습니다."

 리오가 공손하게 은상을 거절했다. 딱히 뭔가를 바라는 것은 아니지만, 은상을 받으면 의무가 따르는 지위를 줄지도 몰라 걱정되기 때문이었다. 리오가 은상을 거절하자 알현실이 크게 술렁였다.

"짐을 너무 곤란하게 하지 마라. 공적을 세운 이에게 은상으로 갚는 것이 예부터 내려온 관습이다. 이것을 지키지 않으면 왕으로서, 나아가서는 나라 체면과 연관이 있다. 그대 같은 공적을 올린 자가 있다면 더욱더."

프랑수아가 쓸쓸하게 웃으며 말했다.

"네, 하지만……."

리오는 고개를 숙이고 조심스럽게 난색을 보였다.

"어떤가, 하루토여. 그대가 한 번 거절했지만, 이 나라를 따를 생각은 없나? 우리나라에서는 그대에게 상응한 대우로 고위 기사로 받아들일 용의가 있다만."

프랑수아는 리오가 예상한 대로 지위를 상으로 권했다.

"……각별한 대우에 성은이 망극합니다. 하지만 폐하께 이미 말씀드렸듯이 저는 한 곳에 머물 수가 없습니다. 저 같이 미숙한 사람에게는 힘에 부치는 중대한 일입니다. 그러니 정말 황송하지만……."

리오가 모가 나지 않게 되도록 말을 골라 거절을 입에 올렸다.

"그러면 일단 물어보겠다만, 무엇을 원하는가?"

"……특별히는."

"훗, 네 담백함이 이제는 존경스럽기까지 하군. 보통은 어떤 요구라도 꺼내기 마련인데. 지위도 재산도 필요 없다니 참으로 상을 주는 보람이 없는 남자로다."

프랑수아가 즐겁게 큭큭 웃었다.

"그래서 짐은 그대라는 인간의 본질에 관심이 생겼다. 지위를 바라지 않는 것은 굴레나 짐을 지고 싶지 않기 때문인가? 대답해보라."

프랑수아가 리오의 얼굴을 응시했다.

"……네."

리오는 고개를 끄덕였다.

"그 이유를 물어도 되겠는가?"

프랑수아가 흥미를 보이며 물었다.

"……굴레와 무거운 짐을 지고 살 수 있을 만큼 제 그릇이 크지 않다고 생각하기 때문입니다."

리오는 자신의 마음을 솔직하게 말했다.

"그렇군……. 정했다. 그대에게 명예기사 칭호를 내리마."

프랑수아가 맞장구를 치고 한동안 리오의 얼굴을 보다가 갑자기 말을 꺼냈다. 그러자 알현실에 있는 왕후귀족들이 크게 술렁였다.

"네? 하지만, 저는……."

리오는 명예기사라는 칭호가 가진 의미를 이해하지 못하고 난처해하며 이의를 제기하려고 했다. 왕후귀족들의 반응을 본 바로, 심상치 않은 지위인 듯했다. 자칫 의무를 떠안게 되면 견딜 수 없었다.

"명예기사란 자국민만이 아니라 나라에 공을 세운 자를 칭송하며 증정하는 당대 한정 칭호를 말한다. 기사라는 이름이 붙지만, 짐의 신하가 되는 것은 아니니 어떤 의무도 짚어지지 않는다. 말하자면 주인 없는 기사로군. 그러나 외교적으로는 다른 귀족과 같은 대접을 받는다. 굴레도 무거운 짐도 지고 싶지 않다는 그대에게 알맞은 은상이지? 이게 안 된다면 이야기를 거두고 짐은 네게 금화 1만 장이라라도 줘야 한다. 어떤가?"

프랑수아가 웃으며 리오에게 물었다.

참고로 왕후귀족들이 크게 술렁인 것은 명예기사라는 칭호가 그만큼 특별하기 때문이었다. 임명권한을 가진 국왕이나 고위 왕위 계승권을 가진 왕족의 굳은 신뢰를 얻어야 하기 때문에 받을 수 있다고 생각하지 않았다.

또, 리오는 현시점에 이해하지 못했지만 명예기사는 국가의 의무를 지지 않고 당대 한정인 칭호임에도 그 자리는 백작과 비슷한 대우를 받았다. 유사시에는 독자적 재량으로 기사단을 지휘할 수도 있었다.

말하자면 의무는 지지 않고 특권은 있었다. 귀족 중에도 특별하고 특별한 존재였다. 그러나 보통은 임명받은 사람은 이미 명예기사 외의 지위가 있어서 그 지위로 국가의 의무를 다했다.

다만, 리오의 경우는 명예기사 외의 지위가 없어서 그야말로 특권만 가져갈 수 있었다.

"……네."

리오는 아직 명예기사라는 칭호의 의미를 완전히 파악했지 못했지만, 금화 1만 장이라는 숫자와 자리 분위기에 따라 고개를 끄덕이는 수밖에 없었다.

"그러면 그대가 마음을 바꾸기 전에 마무리를 짓지. 명예기사에게는 통칭을 주는 것이 관습이다. 음…….."

프랑수아가 흠흠 거리며 리오를 보았다. 그리고 곧 무언가 생각났다는 듯이 씩 웃었다.

"좋아, 지금부터 그대는 '검은 기사'라고 이름을 대라. 검은색은 어떤 색에도 물들지 않지. 그대와 잘 어울린다."

존엄한 말투로 말했다. 사실 국왕이 직접 통칭을 주는 일도 명예기사가 부러움을 사는 이유 중 하나였다.

'검은…… 기사?'

리오는 잠깐 사고가 멈췄다. 그리고 냉정을 조금 되찾고 그 이름을 다시 머릿속으로 복창했다.

검은 기사.

뭐지.

이 낯간지럽고 불명예한 칭호는. 검은 기사라니 부끄러워서 아무에게도 말하고 싶지 않고, 누구에게도 불리고 싶지 않았다.

"네, 삼가 명 받았습니다."

리오는 그런 감정은 티 내지 않고 그냥 조용히 받아들일 수밖에 없었다. 고개를 숙인 상태로 자연스럽게 실내를 둘러보았다.

"후훗……."

방 한쪽 구석에 있던 미하루, 사츠키와 시선이 마주쳤

다. 사츠키는 키득키득 웃음을 참듯이 손으로 입을 막았다. 한편, 미하루는 리오를 물끄러미 바라보며 뭔가 생각하는 듯했다.

'사츠키 씨는 웃으며 즐기고 있구나. 미하루 씨는 그런 이름을 들어도 아무렇지 않나?'

리오는 두 사람의 심경을 알아차리고 자기도 모르게 쓴 웃음 지었다.

"앞으로 그대에게 가문 명을 쓰는 것을 허락한다. 자유롭게 생각하면 되지만, 되도록 이번 연회 셋째 날에 알리고 싶었는데……."

프랑수아가 리오에게 가문 명을 지으라고 말했다.

"가문 명…… 말씀이십니까?"

리오는 잠깐 생각에 잠겼다가 눈썹을 까딱했다. 하루토라는 지금의 자신의 이름에 곧바로 떠오르는 가문 명이 있었다.

"표정을 보니 생각해둔 거라도 있나?"

프랑수아가 리오의 표정 변화를 알아차리고 물었다.

"아뇨, 그게……."

리오는 순간 망설여져서 말문이 막혔다.

'만약 이곳에서 이 가문 명을 말하면 나는 이제 물러날 수 없어.'

그렇게 생각했다.

'그런데 물러날 필요가 있나?'

그런 생각이 들기도 했다. 일부러 생전의 가명을 이름으로 쓸 필요는 없을지 몰라도 의미는 있었다. 그것은 맹세였다.

'……결정했어. 말하는 거야. 지금 여기서 말하면 완전히 도망칠 곳이 없어져. 아니, 이곳을 제외하면 없어. 미하루 씨가 사츠키 씨를 만나고 타카히사 씨도 만난 이상, 미하루 씨에게 사실을 계속 숨길 이유가 사라졌다.'

리오는 작게 심호흡하고 스스로 퇴로를 막고 결심했다.

"왜 그런가?"

프랑수아가 의아해하며 고개를 갸웃거렸다.

"가문 명 하나가 생각났습니다."

리오가 입을 열었다.

"호오, 말해보라."

프랑수아가 흥미로워하며 눈을 크게 떴다.

"아마카와……."

리오는 입을 움직였다.

"앗……."

그 순간, 미하루가 몸을 움찔하며 숨을 삼켰다. 사츠키는 눈을 깜빡였다.

"아마카와라고 하였나?"

프랑수아가 낯선 가문 명을 어색하게 발음했다.

"네. 하루토 아마카와. 앞으로는 그렇게 이름을 밝히겠습니다."

리오는 자연스럽게 미하루를 힐끗 보고 결연하게 자신의 성을 입에 담았다.

정령환상기

여러분, 매번 신세 지고 있습니다. 키타야마 유리입니다. 이번에 「정령환상기 9. 월하의 용사」를 읽어주셔서 진심으로 감사합니다.

드디어 연회편에 돌입했습니다! 이번 권이 최다 페이지를 기록했지만, 연회편은 10권이 클라이맥스이니까 기대하세요! 12월 27일에는 코믹스 버전 정령환상기 1권도 발매되니까 이번 권(소설 9권)과 함께 구매하신 분에 한하여 몇 만자짜리 중편소설을 인터넷으로 보실 수 있으니 코믹스 1권도 꼭 사주셨으면 좋겠습니다. (본편 뒤에 일어난 사건을 그린 볼륨 만점 번외편입니다). 코믹스 자체에도 오리지널 특전 소설과 세리아 선생님이 귀여운 덤 만화도 수록됐습니다!

이번에는 트위터에서 세리아 선생님 특대형 입간판을 서점에 세우는 등, 대대적으로 정령환상기 캠페인을 벌이고 있으니 괜찮다면 확인해보세요!

2017년 12월 초 키타야마 유리

정령환상기

주사위는 던져졌다.

리오가 던진 말은 파문이 되어
그를 둘러싼 사람에게 큰 영향을 준다.
사츠키, 아키, 그리고 미하루.

모든 것을 선택할 수는 없다.

그렇기에 가장 소중한 것을.

나는 하루와
함께 있고 싶어

정령환상기

10. 윤회의 물망초

SEIREI GENSOUKI Vol.9

©Yuri Kitayama
Originally published in Japan in 2018 by HOBBY JAPAN CO., Ltd.
Korean translation rights ©2021 by Somy Media, Inc.

정령환상기 9 —월하의 용사—

2021년 10월 30일 1판 2쇄 발행

저　　자 키타야마 유리
일러스트 Riv
옮 긴 이 이은혜
발 행 인 유재옥
본 부 장 조병권
담당편집 정영길
편집 1 팀 이준환 박소연
편집 2 팀 정영길 김민지 조찬희
편집 3 팀 오준영 곽혜민 이해빈
디 자 인 김보라 서정원
라이츠담당 한주원 이다정
디 지 털 박상섭 이성호 최서윤
발 행 처 ㈜소미미디어
제 작 처 코리아피앤피
등　　록 제2015-000008호
주　　소 서울시 마포구 토정로 222, 403호 (신수동, 한국출판콘텐츠센터)
판　　매 ㈜소미미디어
마 케 팅 한민지 최정연
물　　류 허석용
전　　화 편집부 (070)4164-3962, 3963 기획실 (02)567-3388
　　　　　 판매 및 마케팅 (070)4165-6888 Fax (02)322-7665

ISBN 979-11-6611-655-1 (04830)
ISBN 979-11-6611-646-9 (세트)